你一生的秘密

[英] 阿尔芭·阿里卡 著
何静蕾 译

中信出版集团 | 北京

图书在版编目（CIP）数据

你一生的秘密 /（英）阿尔芭·阿里卡著；何静蕾译. -- 北京：中信出版社，2019.10

书名原文：Where to Find Me

ISBN 978-7-5217-0437-2

Ⅰ. ①你… Ⅱ. ①阿… ②何… Ⅲ. ①长篇小说－英国－现代 Ⅳ. ① I561.45

中国版本图书馆 CIP 数据核字（2019）第 078674 号

你一生的秘密

著　　者：[英] 阿尔芭·阿里卡
译　　者：何静蕾
出版发行：中信出版集团股份有限公司
（北京市朝阳区惠新东街甲 4 号富盛大厦 2 座　邮编　100029）
承 印 者：北京盛通印刷股份有限公司

开　　本：880mm × 1230mm　1/32　　印　　张：9.5　　字　　数：188 千字
版　　次：2019 年 10 月第 1 版　　印　　次：2019 年 10 月第 1 次印刷
京权图字：01-2019-3738　　广告经营许可证：京朝工商广字第 8087 号
书　　号：ISBN 978-7-5217-0437-2
定　　价：49.80 元

献给汤姆

因此逝者总会回到我们身边。
——W. G. 塞巴尔德

倘若一切重来，我们不必寻觅就能相逢。
——保罗·艾吕雅

第 1 部分

弗洛拉

1

让是我的初恋男友。我们 19 岁，是索邦大学的学生。空闲时，我们会沿着塞纳河边骑车边讨论文学。我俩都想成为作家，改变世界。“我能成为第二个普鲁斯特。”他对我说。

那是 1939 年的夏天，距离英法对德国宣战还有两个月。让在车票背面给我写诗。他在街角吻我，说我是他的真命天女。我们在蒙帕纳斯咖啡馆逗留，希望能看一眼让－保罗·萨特。有一回，我们看见他独坐一隅。他似乎着了凉，用手帕擦了几次鼻子。我们不敢靠近他。

晚上，我们抱着瓶子喝廉价的桃色葡萄酒，抽高卢金丝烟。我们去跳舞。我将嘴唇涂得鲜红，包上黑头巾。在一家爵士俱乐部的后屋，我献出了处子之身。让为我脱下长袜时，萨克斯的旋律也高亢起来。让的怀抱柔软温暖，我觉得我爱他，又不能确定。我们的约会是不被允许的，也许正是这个念头带来的刺激感点燃了我的激情。让的家人严厉要求他远离我，我是犹太人，是小店主的女儿，让则来自富裕的商人家庭。他父亲是一家大车厂的总裁，为德国人供应卡车，还是前总理皮埃尔·赖伐尔的密友。由于这段恋情过于危险，我们分手了。让在最后一张车票背面为我写了一首告别诗。我再没听过他的消息，却一直保留着车票。

1940 年 6 月 14 日，一个落雨的清晨，德国人的坦克列队开进了巴黎。扩音器里传来一个男人的声音，带着德国口音，宣布首都现在已是一座不设防的城市[1]。那天晚上 8 点起，巴黎开始实行宵禁。一面卐字大旗在埃菲尔铁塔上升起。市政厅上也悬起了卐字旗，像一个堕落的女人。就在同一天，成千上万的人逃离了巴黎。交通标识和街道的名字都成了德文，巴黎时间变成了柏林时间。路过凯旋门时，我看见德国士兵迈着正步举行换防仪式。

一周后，希特勒前来访问巴黎，并在埃菲尔铁塔前摆出姿势，拍了一张照片。“他只是来晃一圈罢了，”我父亲对大伙说，“马上就走人。希特勒会倒台的。”

但他不会倒台，我有这种感觉。我们的城市已经面目全非，大祸

1　战争期间，当城市面临被敌军占领的威胁时，为了保护市民与古迹，政府会宣布城市不设防，并撤出守军，放弃对城市的占领权。——译者注

临头。

“我们应该离开，”我对父亲说，“不能留在这儿。”但他不同意，还骂我没出息。“勇者会直面敌人，而不是扭头逃跑。”他说，“再说，不管怎样，谁也没有资格告诉你该如何生活。没有哪个人能决定另一个人的命运。”

他错了，但他是我父亲，我必须听他的。

大清洗像雨点般骤然降临，然后无声无息地渗入我们的生活。先是小雨滴——宣传材料以寻常图片的形式出现，像镇痛剂般麻痹着公众不安的心。图片中，快乐的学童们在跳绳；时髦女郎在镜头前搔首弄姿，和德国军官们调情；一家人身穿节日盛装，去教堂做礼拜。我们必须相信那是来自真实生活的影像。我们不得不假装世界一成不变，生活一如往常，哪怕寂静的街道上挂满了巨大的卐字旗。没有车水马龙，没有大兴土木，没有叫卖商品的小贩，有的只是撕裂空气的警报声与人行道上巡逻的外国士兵。即使如此，我还是坚持去索邦大学上课。我学的是英国文学，我敬爱安德烈·斯坦老师，他讲到维多利亚时期的文学家们，就像在谈论自己的好友，尤其是乔治·艾略特。我在他的精妙言论和他推荐的书籍中流连忘返。夜里，在狭小的房间里，我会读那些书，并梦想着一个更加美好的世界。

雨滴很快汇聚成了涓涓细流。每晚都有宵禁，街上一片黑暗，我不得不待在家里。我们收听伦敦电台，由自由法国[1]抵抗运动的成员们进行转播。父亲对抵抗运动极其反感。“惹事精，”他哧笑道，“就会搞乱子。”但他还是会听节目。一个男人—— 一个教授，正在解释“占领”这个词如何被赋予了全新的含义。现在它意味着破坏、掠夺、关闭——关闭书店、公园、公寓、面包房和妓院。接下来还要关闭什么？

“反正不会关闭玩具店，”父亲大声说，“他们绝对不敢。这个人只是在胡说罢了。”

白天，母亲会出门上班，她涂着鲜红的唇膏，穿着剪裁精致的裙装。最近她被提拔为老佛爷百货公司丝袜与紧身衣柜台的经理，她热爱这份工作。一天早晨，她出门不久后又回到家里，嘴唇苍白，两眼发红。“我被解雇了，”她强忍着眼泪说，“我已经不能去工作了，他们收走了我的工作许可证。”

“为什么？”父亲吃惊地问。

“因为我是犹太人，莫里斯。”

父亲望着她，无言以对。

1 自由法国：“二战”时由戴高乐领导的反纳粹德国抵抗组织。——编者注

*

父亲开的莫里斯·博姆玩具店位于蔷薇街，就在我们的公寓旁。玩具店在一座18世纪修建的建筑里，位于一楼，远近闻名，深受大家喜爱。形状各异、色彩缤纷的玩具陈列在货架上，店里弥漫着一种气息，很像陈旧书本的味道。在孩提时代，玩具店和店中的那种气息宛如我的避风港，如今却令人忐忑不安。如果德国人把它关闭了可怎么办？我们又会面临怎样的命运？

我父亲的弟弟和他的孩子们住在玩具店的楼上。我的堂弟皮埃尔从不掩藏自己对政治的热衷，他和我一起在索邦大学读书，学习物理。一个周日的早晨，他被逮捕了，我们都十分震惊。“他应该闭嘴，而不是在街角大放厥词，”父亲说，“难怪他们会逮捕他。”

皮埃尔最终被释放了，我却比先前更加紧张。有几个熟人也遭到了逮捕，母亲失业了，父亲的顾客中，基督教徒日渐减少，这让我们的处境更加糟糕。然而，父亲对此镇定自若，他将目前的形势归于大众恐慌和反应过激，而不是如瘟疫般悄然蔓延的反犹太宣传。

我不禁怀疑父亲丧失了理智。我认识的其他人全都忧心忡忡，他却无动于衷。我把疑虑告诉母亲，却立即挨了一顿训斥。“不准质疑你父亲，他心里清楚得很，既然他说我们是安全的，你就必须相信他。”

我去拜访朋友弗朗索瓦丝，她想成为钢琴演奏家。她和父母住在先贤祠附近的一套大公寓里。我们一起听音乐，听得最多的是莫扎特与舒伯特。我向她倾诉了离开巴黎的念头，以及家中的情况。“我真搞不懂我父亲，”我对她说，“他好像根本不肯相信我们正处于战争时期。他总说一切都会好起来的，但形势根本没有任何起色，我好害怕。”

“可能他心里清楚，却不愿意对你承认，”她大胆地猜测，“他一定和你一样害怕。但不管你们有怎样的分歧，弗洛尔，你还不能离开，”然后她又加了一句，“不能对你父母做出这样残忍的事。”

弗朗索瓦丝没有什么好害怕的。她是个信仰天主教的姑娘，是著名历史学家的女儿。“没人能动我父亲，”她告诉我，“他认识一些重要人物。”

然后她给我弹了一首肖邦的前奏曲。我看着她，意识到我并不认识什么重要人物。如果我认识，事情会有所不同吗？会的。但犹太人已经失去了成为重要人物的资格。

我闭上双眼，聆听弗朗索瓦丝的琴声。我忘记了自己是谁，又身在何处。我不再是一个犹太姑娘，不是那个对玩具店外的一切视而不见之人的女儿。我父亲的世界已经被扭曲了，德国人就像他臆想出来的游乐场中的娃娃，就像他商店橱窗里的那套玩具兵。

很快，玩具上的发条会陆续松动，没人能把它们修复如初。

2

一天，父亲从店里带了两个玩偶回家，我至今仍记得它们的模样。它们脸上的油彩开裂了，其中一个是小丑，戴着三角帽，穿着印有菱形图案的戏服；另一个是女巫，戴着黑色尖顶帽，身穿波点长袍，手持扫帚。我觉得它们的样子有些丑恶，父亲却似乎对它们着了迷，像个小孩子。我看见他坐在餐桌旁，用小号画笔细心地替玩偶上色，他的灵巧和专注令旁观者倾倒。但他身上还带着别的什么情绪，仿佛他已预知灾难即将来临，正处在崩溃的边缘，下一秒就要失去控制。奇怪的是，他说起话来依然头头是道。“你懂不懂现在国家的状况只是暂时的？你必须耐心！你必须相信我！为什么你不信我呢？”

“因为你错了，所以我不信你！”我吼道，“看看我们周围都发生了什么！”

“不许顶嘴！”他也吼了起来，“发生了什么我一清二楚！”

母亲过来劝架：“拜托，咱们别争这个了。”她温柔地握住父亲的手。“没人比你父亲更爱国了，”她对我说，语气骄傲，“如果有机会，他会为国而战的。”

“但维希政府[1]可不在乎店主莫里斯·博姆是否愿意为国而战，

1　维希政府：“二战”时纳粹德国占领下的法国傀儡政府。——译者注你们不懂吗？”我喊道，“他们绝不会对我们出手相救的！绝对不会！”

“不许再说蠢话！”父亲厉声说，“你别忘了，夏尔·戴高乐[1]的侄女是我最大的客户之一，她常来我店里，给她的孩子们买玩具。她会为我们说话的，她说她会的。我相信她。”

“跟谁说话呢，爸爸？跟夏尔·戴高乐吗？”

他迟疑了。“谁有分量就跟谁说。”他最后回答道。他站起身，在我眼中，他似乎突然变得矮小瘦弱了。他的黑皮鞋上蒙着灰，蓝衬衫的领口沾着细碎的头屑，他一向和善的面孔紧绷着，神情严肃。也许他还是担心的。也许弗朗索瓦丝说得对，他的精神完全正常，只是不愿承认事实，不愿承认我们大家的处境岌岌可危，所有犹太人都处于危险之中。然而，我们依然毫无动作，就这样坐在客厅里打发时间。

我环顾四周，一束灯光落在房间中央，屋子里的各种瑕疵一览无余：细小的尘粒，椅子上的裂缝，彩色地毯上的洞，窗台上的蜘蛛网。我们已经失去了上天的眷顾。

我只能眼睁睁地看着黑暗缓缓伸出触手，将我们缠裹其中。

---

1 夏尔·戴高乐：法国前总统，“二战”时任法国将军。——编者注

3

每天早晨，母亲都会小心翼翼地将黄星徽章[1]别在胸口，然后再出门去找吃的。我们已无法在普通商店里购买肉、蛋或牛奶，只能去别处想办法。

她从黑市上为我们找来了面包，蔬菜只有黄蔓菁和菊芋。我真讨厌吃这些，却又不得不吃。我们别无选择，已经成了自己土地上的弃儿：我不再拥有进入索邦大学读书的资格；我敬爱的安德烈·斯坦老师被逮捕了，音信全无。犹太孩子们被赶出了所有的游乐场，我们对此不置一词；当我们被驱赶到地铁的最后一节车厢时，我们依然保持沉默。

在家里，餐桌上的气氛变得沉闷压抑。母亲和我不声不响地坐着，父亲则滔滔不绝，谈论着他的玩具店、他忠实的顾客，说全国的人都上当了，德国人不可能说到做到，像传言中那样把犹太人驱逐出境。“耳听为虚。”父亲喋喋不休，像在重复一句咒语。

饭后他会播放唱片，通常是莫里斯·切瓦力亚的作品。他尤其喜爱《为你，巴黎》这首歌，能把它唱下来。有一次，他拎起两个新上了色的玩偶，站在房间中央，操纵着它们随歌起舞，自己为其伴唱。“为

---

1 “二战”时期，在纳粹控制下的欧洲地区，犹太人必须佩戴黄星以表明身份。——译者注

了你呀，巴黎。为了在那条路上有你同行，为了你呀，巴黎。”

这是一幅难以磨灭的景象。客厅昏暗的灯光里，父亲操纵着提线玩偶，让它们轮番单腿旋转，他则伴随莫里斯·切瓦力亚一同歌唱。屋外，德国人的铁蹄踏过窗前的土地，沉重的脚步犹如擂鼓。

*

法国警察来逮捕住在我们这条街上的犹太家庭了。父亲坚称我们能躲过一劫，这事他最懂。“被逮捕的犹太人都是外国人，移民来的，我们不是。我们可是货真价实的法国公民。”

之后警察命令他关闭玩具店，他拒绝服从。“它是我的命根子，”父亲一直这样说，“是我的店。让我关店，休想。”

母亲哭了起来：“求你了，莫里斯，你不关店他们会抓你的，求你了。”

但父亲不肯让步。

1943 年 7 月 12 日是我永生难忘的一天。那是一个星期天，母亲穿着蓝色波点连衣裙，腰部系着带子。她一头卷发，脚穿厚底木鞋，走起路来像马踏着蹄子一样嗒嗒响。我能闻到她的香水味，是娇兰的“一千零一夜”。表妹萨拉牵着她的手。萨拉和她妈妈曾在半夜被抓走，送往德朗西集中营。几天后萨拉被放了出来，她 7 岁，生着病。母亲正要带她去看医生。母亲知道在街头露面很冒险，但她不得不去，她的外甥女病得很重。“会没事的，莫里斯。”她重复了好几遍，像是在说服她自己。一开始父亲没说什么，但他心里清楚，局势对犹太人来说有多么险恶。犹太人被一个个地挑出来抓走，就像被送去屠宰的绵羊。叔叔就是这么对父亲说的，父亲则沉默以对。这是他的对策。他缄口不言，仿佛承认事实就是某种形式的失败。我对此十分恼火，不愿再与他说话。当父亲对我说些什么或者问我话时，我就短短地回他一句。但那一天，父亲有些异样。不知他是否听到了什么消息却没有告诉我们，总之他的态度与其说是轻蔑，不如说是紧张。萨拉哭起来的时候，他还发火了。“不许哭！”他冲她吼道。萨拉止住了泪，吃惊地望着父亲，我们都望着他。他激动得皱起了脸，噘着嘴唇。屋外阳光灿烂，风和日丽。我人生中的一切不幸都发生在风和日丽的时候。“我要去找医生，”母亲一字一句地说，“光站在这儿于事无补。”

“小心些，”父亲说，然后加了一句，“你不该去。”

“但萨拉病了……”

“别去，克拉拉。”

“没事的，我们从后街走。”

她与我们吻别，带着萨拉离开了。那一年我 21 岁。警察在博马舍大道拦住了她。母亲戴着黄星，但表妹没戴。所有 6 岁以上的孩子都必须佩戴黄星，可萨拉没戴。母亲那天心烦意乱，疏忽了。我知道这些，因为邻居看到了事情的整个过程。警察们拦住母亲，带走了她和萨拉。

我再也没见过她们俩。

父亲知道他们下一个要抓的就是我们，但他什么也没做。我告诉他，我们必须离开自家公寓。他脸上的神情我前所未见，仿佛他血管中的血液瞬间停滞了，仿佛他已生无可恋。父亲的熟人——博内先生和博内太太雅克琳提议把我们藏在自家地下室里。他们开着一家餐馆，住在自由民街，邻近玩具店。他们的女儿放学后常到玩具店里来，她尤其喜爱那些瓷娃娃，也喜爱我的父母。父亲让我先去博内家，说第二天再和我会面。为什么？为什么要等到第二天？为什么现在不去？可能他想最后看一眼心爱的玩具店吧，莫里斯·博姆玩具商店。“去吧，去吧。”他说。

所以我独自一人来到了自由民街。我已摘下了黄星，真害怕会被逮捕，我不能被抓。我还想有一天去伦敦生活，我不能被抓。我还想活出名堂，活出意义，我不能被抓。

那天晚上他们来抓我父亲了。他们没在我家找到他，就去了玩具店，发现他正在玩具中熟睡，将玩偶们紧紧搂在胸前。警察将玩偶砸得稀烂，也毁了店里的一切。他们抓走了我父亲。

次日博内先生去玩具店里察看。一片狼藉中，他在一个警察懒得打开的箱子里找到了五个珍贵的娃娃。

*

6个月后，父亲被释放了，因为博内先生认识警察局里的大人物。父亲的外表一如往昔，身体里的某些东西却变了。我曾怀疑他的精神出了问题，现在得到了确认。

“我的心乱了。”他对我说，语气像个孩子。

他回家了。他不想待在博内家，他想和玩偶们玩儿，他说。他的眼神游移不定，像个疯子。我由他去了。看到他这副模样我很害怕。

警察出现在博内家，他们四处搜索，但没发现我。“你必须离开了，弗洛尔。”博内夫妇对我说。

我不能再躲在地下室，当天晚上便离开了。我不敢跟父亲告别，我害怕被抓。我为他哭泣，哭他沦落到了如今的境地，哭我的母亲。我和博内一家道了别，一位朋友为我找到了新的藏身之处，那是一对年长夫妇的家，他们是共产主义者，在沃克吕兹省务农。到那里需要走上一个月，一位向导给我带路，一户犹太家庭与我们同行。我们在夜幕的掩护下穿过田野和森林。一路上，我们睡谷仓，睡废弃的房屋。每当听见有人走近，我们都惊恐万分，生怕会就此送命。我们很难分辨谁是纳粹巡逻队员，谁是普通村民。终于到达韦松拉罗迈纳时，我受到了安东尼·蒂博和玛丽·蒂博的热情接待。他们十分贫苦，但性情和善。如果没有他们，我不知道自己能不能活到现在。我与蒂博夫妇住在一起，直至战争结束。回到巴黎后，我听说父亲再次被捕了，就在我逃走后不久。没人知道他的下落。

4

现在是 1945 年。气温降到了零下 14 摄氏度。到处都是雪，无处可取暖，无物可果腹。只有中午才有一小时的供电时间。许多家庭都在《法国世界报》上刊登启事，寻找亲人，我也照做了。

有人找上门来，是我父母的老朋友罗热。他告诉我，我的父亲、母亲和萨拉都死在了集中营里——贝尔根 - 贝尔森集中营。罗热知道这些，因为他有一位幸存的朋友曾与我父母一起被关在那里。他说我父亲后来不再开口，不在意自己是死是活。他说父亲疯了。

那天夜里，我梦见了玩具店，梦见了店里陈旧的气息，还有父亲招呼孩子们进店的模样——他弯下腰，眼睛闪闪发亮，展示着各色弹珠：云母、恶魔眼、蛋白、猫眼。“我们能玩吗？博姆先生，我们能玩吗？”我梦见了微型马戏团，小丑在轮子上旋转，梦见了发条士兵，梦见了红木八音盒，里面有跳芭蕾舞的女演员。“哦，好漂亮呀！”我梦见了瓷娃娃，人们管它们叫巴黎仕女。这些珍贵的19世纪的娃娃穿着丝绸、天鹅绒、开司米的衣服和漆皮鞋子。有些娃娃，比如玛丽，佩戴着珠宝首饰，萝丝有顶假发，是用人的头发制成的。博内先生说等我准备好了，就将这些娃娃送还给我。要等到什么时候呢？

母亲能听见我，感觉到我，父亲也是。暮色降临时，我会对他们说话。他们的呼吸已消逝在一个不知名的地方，但我能感觉到他们灵魂的微粒依然萦绕在我身旁。我们即将进入法兰西第四共和国[1]的时代。这一年我22岁，在美术学院当模特，我喜欢赤身裸体地坐在那儿，我以此赚钱，却依然填不饱肚子。于是我开始干第二份工作，把英语诗歌翻译成法语。一天晚上，我去法兰西剧院看让－路易斯·巴劳特的话剧。在寻找座位的途中，我碰到了让。他变了模样，看起来更阔绰了。他把我介绍给了他怀孕的妻子。她有浅色的睫毛，一粒小小的钻石在脖颈间闪烁。让告诉我，他如今在为他父亲工作。“所以你没写完你的小说？”我问。“没有。”他回答，神情局促不安，他妻子也一样。她知道我们的往事吗，抑或察觉到了我是犹太人？

我们匆匆道了别。这次会面令我心神不宁，我奇怪自己当初怎么会看上让。然后我想起了爵士俱乐部的那一晚，想起了沿着塞纳河骑行的时光，想起了战前的巴黎。

1　法兰西第四共和国：法国在第二次世界大战后建立的资产阶级共和国。——编者注

但我不能再沉溺于往日的回忆。

剧场很挤，我们一个个紧挨着，空气中弥漫着难闻的体臭。但剧情如此动人心弦，哪怕是悲剧也无损其魅力。我终于忘却了臭气，肚子却依然饿得咕咕叫。巴黎满是剧院和音乐厅，食品店却寥寥无几，我们总是挨饿。感谢老天，我还有夏尔－亨利这个情人。他父母在乡下有座房子，他能去那儿寻找食物。走运的话，他回巴黎时会带着大袋大袋的肉和土豆。我始终没弄清那是什么肉，却还是照吃不误。我们早就没那么讲究了。人们吃自己养的豚鼠，吃公园里的鸽子，政府不得不警告公众，用猫肉做炖菜不安全。夏尔－亨利向我保证他找来的肉绝对可以食用，我相信他。他在自己的公寓里做饭，邀请朋友们共享。他从来不请我的朋友，因为我没有朋友可请。他的朋友吵闹又做作，我不大喜欢他们，但也不想太挑剔，因为我至少有个情人。夏尔－亨利非常英俊，写了很多蹩脚的诗歌。他也十分善妒，尤其嫉妒我在美术学院或者蒙帕纳斯咖啡馆里遇到的画家们。毕加索曾与我搭讪，但我觉得他没什么吸引力。他说要给我画像，却从未动笔。他的西班牙口音很重。有一天，他在园亭咖啡馆给我买了杯饮料。他的新欢弗朗索瓦丝·吉洛就在一旁，但这并不妨碍他和我搭讪。

我住在圣雅克街。我正在努力重建生活。

每当孤身一人，远离美术学院或者夏尔－亨利时，我便会被悲伤与绝望压垮。曾经赖以容身的熟悉空间失去了意义，一切都失去了意义。夜里有些时候，我的呼吸会变得急促，仿佛喉咙里嵌入了碎片。醒来时我已浑身湿透，坐得笔直，过了一会儿，呼吸才平复下来。然后我闭上双眼，听着清晨来临时最初的声音：孩子的哭闹，远处汽车的轰鸣，有人沿街快步走过，鸟儿在阳台上啁啾。这些不同的声响最终会汇聚成了平凡一天的喧嚣。

打开窗户向外眺望，天空湛蓝无瑕，空气明澈，仿佛玻璃。我从窗中探出身去，微风柔和地拂过皮肤。我的皮肤依然白皙，没有雀斑，就像母亲曾经的皮肤一样。母亲啊，现在她已经化为尘土，不复存在。父亲呢？现在我能理解他了。他沉耽在幻想的世界里，因为现实过于痛苦，让人无法接受。母亲被捕后，他终于接受了现实，但为时已晚——疯狂占领了一切。他是否觉得她遭到逮捕是他的过错？如果我们待在家里，不离开屋子，她能否躲过一劫呢？

我再也得不到答案了。我日复一日地询问自己，但永远没有答案。

许多人说即使重来，命运也不会改变。没有什么能改变它，除了运气。运气庇佑了我，却没有庇佑我的父母。我爱他们，却失去了他们。为什么？因为一个我不怎么信仰的宗教。犹太教是我的克星，然而，它也是我皮肤上难以抹除的烙印。我无法令它消失。不管怎么擦拭揉搓，它都将永远存在。

我这一生遇到过许多善良的男人和女人，包括博内夫妇和蒂博夫妇。“永远不要忘记这些好人。”我听见母亲说。永远不要忘记他们，即使他们永远替代不了逝去的亲人。

如今我的英语已经近乎流利了。我可以离开法国，抛下我的记忆，将它们丢进塞纳河水，目送它们沉入水底。但记忆永远不会溺亡，它们总会再次浮出水面。

5

1945 年秋天，父亲的店被卖给了别人。买主将它漆成白色，改了名字。我将卖店得来的钱分给了博内夫妇和蒂博夫妇，这两家人都救过我的命。我自己只留了一小部分。有了这笔钱，我会买一张前往巴勒斯坦的船票。不是我曾经梦想的伦敦，伦敦太近了，我需要走得更远，远离我的记忆，远离父母的幽灵。这并不是永远离开，只是暂时分别一小会儿。罗热和他的太太卡特琳告诉我，巴勒斯坦需要法语教师。卡特琳的弟弟萨米埃尔几年前已在那里安顿下来，当了建筑师，过得很快活。我也能过上快乐的生活，我能改变自己的人生，在那片流淌着牛奶与蜂蜜的土地上脱胎换骨[1]。卡特琳认识一个人，能帮我搭上去往巴勒斯坦的船。“但这一路未必顺当，”她补了一句，“他们已经不收难民了。”

“什么意思？谁不收难民？犹太人吗？”

她摇摇头。“不，是英国人，他们设置了人员定额。可恶，真可恶，这是落井下石啊。”她小声说。

“所以移民巴勒斯坦是违法的？”

她迟疑了一下。“与其说违法，不如说是非公开吧。你可能会被英国巡逻队拦住，也有可能顺利过关。不过这也值得，冒这个险值得。”她顿了顿，注视着我，“船 9 月 17 日从意大利出发。如果我是你，我一定会去。你在这儿已经一无所有了。你还很年轻，还有漫长的人生在等着你呢。”

是啊，但我愿意再次冒险吗？此前我并未对移民巴勒斯坦多加考虑，因为我并非犹太复国运动[2]的拥趸。我爱我的国家，从未想过有什么理由要背井离乡。如果真有什么运动能令我动心，那它一定是关

---

1 《圣经》中上帝与亚伯拉罕立约，赐予其后裔“流淌着牛奶与蜂蜜的土地”迦南，即下文中的“应许之地”，弗洛尔即将前往的巴勒斯坦正是古迦南的一部分。——译者注

2 犹太复国运动：公元前犹太人曾在巴勒斯坦居住，后由于战争流散到世界各地。公元 7 世纪起，阿拉伯人开始在巴勒斯坦居住。19 世纪末，在英国的支持下，欧洲各国的犹太资产阶级回到巴勒斯坦并重建犹太国，这一政治运动被称为“犹太复国运动”。——译者注

于文学的，而不是关于什么应许之地。达达主义和超现实主义，象征主义和存在主义，文学才是我感兴趣的东西，我也不想放弃它。

“为什么要放弃呀？”卡特琳说，“带着你的知识上路吧！写你一直想写的小说！”

“我不知道自己能不能写，”我回答道，“也不知道自己还想不想写。”

“到了那里之后，你可能就会改变想法了，”她说，“至少，你能远离那些伤风败俗的美术学校。”

卡特琳强烈反对我当艺术模特，她不理解我怎么能在陌生人面前脱得一丝不挂，大体来说，她也不理解艺术本身。我不介意她的想法，因为我明白自己喜欢什么。不过，说实话，我并不觉得自己会在巴勒斯坦当模特：身处异国他乡已经是一种暴露，我不想把自己暴露得更多。

什么会在那里等待着我？我对巴勒斯坦几乎一无所知，只知道我们之间隔着地中海。我认识的人中也没有谁能向我介绍那里的风土人情。那里的人读什么？那里能买到外国书吗？他们吃什么食物？他们有好咖啡吗？他们说几种语言？我说的话他们能听懂吗？

我有太多的疑问，但我知道自己必须去。我必须扬帆远航，离巴黎越远越好。在这里我已经一无所有，在巴勒斯坦我却能找到目标。此外，我也一定能找到与我同病相怜的人。在巴黎，没人理解我的遭遇。我与索邦大学的老朋友们已经不再见面，很多人要么搬走了，要么就在我面前露出尴尬的模样，仿佛我是战争的元凶，而不是受害者。也许是我多心了。也许这份尴尬源于不安，因为他们难以对我产生同情，我遭遇的一切已经超出了他们所能理解和接受的范畴。我没有一个朋友失去双亲，他们失去的似乎只有与我对话的能力。战争成了禁忌的话题，仿佛是一种诅咒。因此我们互相回避，就像黑夜里的猫。

*

卡特琳在给我做饭，这是我明天出发前吃的最后一餐。我们吃的是土豆胡萝卜汤。由于小麦供应紧张，面包再次被限购了，但她还是设法从黑市上买来了一小块。“今天我还在店里看见了一个葡萄柚，”她激动地向我宣告，“这还是我 1939 年以后见到的第一个葡萄柚呢。”

桌上有一壶掺水的白葡萄酒，喝起来有一股药味，我们却照喝不误。罗热来迟了，他刚和出版公司的人见过面，对方可能会给他一份新工作。罗热战前是编辑。他在抵抗军里待过一阵，德国人发现了他所在的小队，幸好他事先逃脱了。但他在躲藏时染上了肺结核，从那以后就疾病缠身。他常常咳嗽，面色苍白。罗热请不起医生，不过他讨厌医生，所以也就无所谓了。他整顿饭间咳个不停，大笑时会发出呼哧呼哧的声音。我们都抽了高卢金丝烟，作为餐后甜点。“离开这个该死的国家是对的，”罗热睡前对我断言，“你该把名字改成弗洛拉，听起来更国际化。”

6

我永远忘不了对巴勒斯坦的第一印象：耀眼的白光，裹挟着尘土的热气，松脂的清香，碧蓝的大海。我从未见过这样的地方。巴黎枯瘦饥饿，但我至少了解它。在这里，我不了解任何事，也不认识任何人。我们下船时，早有护士和军人在此等候。他们给我们量体温，并迅速带走了体质较弱的人。海法的街道上回荡着摊贩的叫卖声和阿拉伯孩童的欢笑，这些孩子赤着脚四处奔跑。光天化日之下，一个戴着阿拉伯头巾的男人在宰杀一只咯咯惨叫的鸡。这里有穿拖鞋和短裤的犹太女人，有穿卡其制服、挂着毛瑟枪的士兵，还有一辆辆货车，被疲惫的驴子拉着。空气里充满咸味，还有异国的语言。一个与我同船的 17 岁女孩想和我结伴同行。她是法国人，寡言少语。她曾被关在布痕瓦尔德集中营，见过惨绝人寰的景象。她告诉我这些，但并未细说。在海法的第一天晚上，我们在旅店同住一间客房。客房很脏，床垫缺了几根弹簧，因此我们决定去耶路撒冷。我本来就想去那儿。我们乘坐公交，在大马士革门附近重新找了一家旅社。这家旅社舒适多了，我们就多住了一阵子。法国女孩经常哭，我回想了几次，想记起她的名字，终究没能成功。我只知道她时时哀泣，却很少言语。后来一位希伯来语学校[1]的教师向我介绍了一户波兰家庭，后者想给儿子找英语教师。作为报酬，他们会给我提供一个带小洗手池的房间。我更希望能教法语，但还是答应了。我需要做些事，而这看起来是个大好机会，放弃了太可惜。因此我搬了过去。法国女孩说她要去北边的一座集体农场，我再也没有见过她。

*

我进了希伯来语学校，发现这门语言很难学。我不是唯一被它难住的人，教室里还有许多人和我一样，在咬牙苦战：有孤儿和难民，也有宣称要改变世界的犹太复国运动者与政治活跃分子。我来巴勒斯坦并不是为了改变世界，我只想改变自己的人生。我想抛弃过往，忘记战争的创伤。我是一个 22 岁的姑娘，从未离开过法国。但没有我父母的巴黎已经失去了意义，一切都失去了意义。

晚上，我通常和那家波兰人一起吃饭，母亲名叫索尼娅，有两个儿子：7 岁的戴维是我的学生，另一个是几乎不睡觉的小婴儿，每夜

1　希伯来语是犹太人的民族语言，也是巴勒斯坦地区犹太人的通用语言。——译者注

我都听见他在楼上的房间里哭号，吵得我经常失眠，但我没有怨言。我替索尼娅难过，她的模样是那么憔悴忧郁。她不会说英语，和她交流很困难。她丈夫名叫莫迪凯，喜欢穿短袖衬衫，成天吞云吐雾，皮肤上总是带着晒伤的痕迹。他曾是一位数学家，居住在华沙，后来被驱逐了。现在他想弥补失去的时间。“除了数学，我还有好多事要做呢，”有一次他告诉我，“我想重新体验一切。”

“我也是。”我说。无须多加询问，莫迪凯和我彼此理解。很大程度上，身处异乡的人都能彼此理解。我们胸怀急切的心情，炽热坚定，仿佛耸立在大地上的巨石。我们许多人都饱受磨难，现在是疗伤的时候了。“我们必须把打仗的6年缩减为6分钟，”莫迪凯边说边喷着烟，“在数学上，这叫作β规约：将一个参数替换为另一个。我每天都在做这件事，用生活替换失去的一切。这并不是压抑，而是精简。这就是我坚持前行的方法。”

我倾听着莫迪凯的话。他的言语引起了我的共鸣，胜过了我曾听过的所有智慧箴言。

正是在那个小房间里，头顶是婴儿的哭声，我拿起了笔。一开始是写日记——写得杂乱无序——后来，在笔下的事件结束很久之后，我将它们重新编写成这本以一个个片段组成的自传。许多事件深深铭刻在我的脑海中，难以磨灭，另一些却已然黯淡无光，仿佛褪色的壁画。然而，在重写旧作、重忆往事的过程中，一些细节再次出现，犹如点点色彩浮现于脑海，打开了那扇通往记忆仓库的小门。

*

在耶路撒冷度过的那些晚上，我有时独自去餐馆吃饭。我不想每天都与莫迪凯和索尼娅共进晚餐，再说，索尼娅也不怎么擅长做饭，因此我在耶路撒冷市中心的雅法街找了一家热闹的餐馆。我会带着书去，装出阅读的样子。我不在意，我已经习惯了孤身一人。我喜欢观察人群，倾听他们用各种语言在我身旁说话。有时会有年轻男子来到桌边与我攀谈，我想我的态度可能不是那么随和亲切，因为他们最后都转身离开了。

我开始在希伯来语学校交朋友。其中一个朋友是与我年纪相仿的匈牙利姑娘，名叫艾达。我们养成了在阿塔拉餐厅见面的习惯，那里是文人墨客的聚集地。一天晚上，我们刚坐下来用餐，一个名叫埃兹拉·拉多克的男子就走了过来，询问能否与我们同桌。艾达与他见过面，对他芳心暗许。他容貌出众，有炽热的蓝眼睛和深色头发。他是一位来自布拉格的诗人。艾达对他了解不多，只知道他赢得了许多女人的青睐，还有人说他是卡夫卡的亲戚。

几个月后，我才敢向艾达坦白，告诉她我也爱着埃兹拉·拉多克；告诉她埃兹拉不是卡夫卡的亲戚，不过他父母认识卡夫卡；告诉她埃兹拉曾写过一本诗集，后来却改弦易张，改写散文；告诉她埃兹拉已成为我生命中重要的一部分，只是到底有多重要，我还不清楚。我怎能预言未来？我几乎连当下都看不清。我对脚下的裂隙毫无提防，甚至不知道它们的存在。我为什么要知道？我只想找回生活。找回爱情。

找回希望。

*

38 年后，我丈夫亨利与以色列爱乐乐团举办了音乐会，我随他回到了以色列。他以前曾与乐团合作过一次，指挥是祖宾·梅塔。这是一件大事，那一次我却没有参与。关于埃兹拉的回忆挥之不去，我无法逼自己重回故地。他手上血迹斑斑，我无意中成了他的共犯。并不是因为我以任何形式参与了犯罪，而是我从未想过，我爱的男人竟会滥杀无辜。

不过这一次亨利极力劝说我去，最终我屈服了。“你不能让往事占据当下的人生，”他说，“当年你是无辜的，现在你也同样无辜。”

“我知道，但我忘不了。”我说。

“我明白，”他回答，“但那是很久之前的事了。埃兹拉已经不在了，如果你能来，我就太开心了。”

耶路撒冷耀眼的白光一如当年，还有石头与松脂的香气。街道和我记忆中的别无二致，旧城也一样。蓝眼睛的阿拉伯人还在大马士革门前卖水果，我像老友一样和他招呼，但他已经不记得我了。

当年我与莫迪凯、索尼娅同住在一座油漆剥落的小屋中，如今小屋已不在，取而代之的是一座难看的办公楼。埃兹拉的屋子还在，比我记忆中的还要美丽。如今这里住着一家人，一条德国牧羊犬跑到门边，愤怒地咆哮着。它身边出现了一个女人，苗条，时尚。“安静，”她朝牧羊犬训斥道，“小点儿声。”

她知道谁曾住在她家的屋檐下吗？

回酒店的路上，我经过了阿塔拉餐厅，然后是芬克饭店，我和埃兹拉曾在这里度过了很多夜晚。那时芬克饭店里有位酒保，常给密谋对付伊尔根组织[1]的英国警官端酒。多年之后，我发现那位酒保其实就是伊尔根的成员。我还记得他的模样，他有浅色的头发，一笑就露出酒窝。他是埃兹拉的朋友。

“在这个国家，每个人都在暗暗琢磨怎么陷害别人，”莫迪凯曾经告诉我，“你谁也不能信。”

我本该只听莫迪凯的话。

不该轻信其他人。

---

1 伊尔根组织：英国统治巴勒斯坦时期，进行地下活动的犹太复国主义右翼组织。——译者注

亨利和我住在大卫王酒店。酒店似乎比我记忆中的样子还要高大雄伟，浅红的砂岩外墙在阳光下亮晶晶的。酒店里能眺望旧城城墙的餐厅几乎是空的，一个男人在里面弹着钢琴，气氛沉闷而安静，一切都光洁明亮：皮椅子，大理石地面，还有镶金边的绿松石天花板。

但我知道这明亮的外表下曾发生过什么，在战争与记忆的瓦砾上重建的华厦背后又隐藏着什么。我与无数行李员和酒店员工擦肩而过，心中琢磨他们是否也知道这件往事。他们中有多少人经历过我所经历的那桩悲剧？他们能否背负悲剧而活，抑或选择将它遗忘？

直到现在，我都将真相掩藏在这本蓝色线圈笔记本中。它是历史与回忆的混合物，正如莫迪凯所说，这不是压抑，而是精简。

20 年来，它都躺在我旧胡桃木书桌的第三个抽屉里，像带着火星的灰烬一般噼啪作响。我偶尔会将它取出来，看看它的封面，但从来不敢阅读其中的内容——现在也不会读。我希望有人能重拾我的过往，但那个人不是我。往事对我而言历历在目，无须提醒。我知道我写过什么，我知道发生过什么。现在我病了，我的心脏、骨骼、灵魂，都在遭受煎熬。我已经 82 岁，我累了。有时我累得几乎下不了床，医生说那是因为我服用了保心丸，但他认为也有心情抑郁的原因。他已经这样说了好几年。他曾建议我去寻求帮助，或者服药。“我认识一位出色的心理治疗师。”他不止一次对我说。

但寻求心理上的帮助，对我来说是个不可理解的主意。我从来不是弗洛伊德先生或荣格先生的崇拜者。要做的我都已经做过，无须他人相助。我已深深潜入过自己的灵魂，将沉睡的余烬重新燃起。

那些记忆的碎片啊，我以文字描述画面，又将画面赋予文字。我不想打开自己的潘多拉之盒。相反，它必须被牢牢关上，而这只有一个人能做到——我的儿子。莫里斯离去后留下的空洞从未被填补过。每天我都盼着他重返我的生命，但他从未出现。或许他再也不想与我相见，又或许他只是不知道该怎样找到我，到哪里找我。我永远不会知道答案，也不再强求答案。如今我只能期盼有人会替我完成这个心愿，有人能告诉我儿子，我为他记录了我所经历的历史。为他，我曾试图回溯自己的足迹，从巴黎的那个夏日清晨开始记录命运的曲线，那时我将所拥有的一切视为理所当然，直到它们在我眼前消失——门被猛然关上，只留下无尽的黑暗。

7

埃兹拉和我在芬克饭店吃炸肉排，那是 1946 年 4 月 12 日，我深坠爱河。这是我第一次体验到真正的爱情。我的爱人就在这里，坐在我对面吃饭，用皮塔饼蘸橄榄油。他说自己从早上起就没吃过东西，饿得受不了了。

埃兹拉在英国政府[1]做兼职，负责处理巴勒斯坦犹太人的归国申请书，但他时常囊中羞涩，因为薪水很少——“少得就像他们准许入境的犹太人”，他对我说。我们在巴勒斯坦吃得很好，食物也比法国丰富许多。我们吃鹰嘴豆泥和新鲜的西葫芦，吃面包和鸡蛋，吃辣腌橄榄和匈牙利酥点。我习惯出门时付两个人的账，很高兴能这样照顾他。当模特的那一年我存了些钱，但埃兹拉不喜欢听我说这段经历，想到其他男人见过我的裸体他会妒火中烧。我对此哈哈大笑，他也大笑了起来。他笑的时候还忙着往嘴里塞东西，吞咽之间几乎顾不上喘气。“我总是饿得不行。”他说。

我们下班后在小餐厅或者饭店见面。我不再教戴维英语，而是在大卫王酒店附近的一所学校里教法语，一周上四次课。我很喜欢这份工作，校长要我再教一年，我同意了。

埃兹拉则不太喜欢他的工作。他抱怨自己没时间写小说，每当我提出想看看他的作品时，他就非常烦躁。“别老问我。”他在写的这本书是 1920 年发生在布拉格的一个爱情故事，我们周围的每一个人好像都对他的书很了解。我感觉他还没写多少，却又不肯承认。不过有一晚，他喝醉后说整个故事还在他的脑海里——人们之所以会知道它，是因为他在动笔前就把内容泄露了出去。关键只在于怎样赋予角

1 当时巴勒斯坦处于英国的委任统治之下。——译者注

色生命。“应该不会太难。”他说，我则将信将疑。我知道写作的困难。我曾尝试写小说，最后却放弃了这个念头。我觉得自己没有那个能力，而且这段恋情里也只容得下一个作家。埃兹拉的第一本诗集大获好评，他被誉为天才诗人、未来的里尔克——突然之间，“人人都想和埃兹拉一夜风流”，别人就是这样告诉我的，那是在我们相遇之前。现在可不一样了，因为我俩形影不离，至少晚上是这样，所以即使她们想和埃兹拉一夜风流，也只能暗自神伤了。但这并未减少埃兹拉磁铁一般的吸引力，结果便是我俩很少能得到独处的机会，除非在饭店里。

我们之前来过几次芬克饭店。这地方据说极负盛名，知识分子、艺术家和政客常来光顾。这里有许多英国士兵和犹太姑娘调情。酒保尤里是埃兹拉的朋友，他是俄罗斯人，相貌十分俊美。饭店的墙上挂着著名画家的画作，晚上酒吧里熙熙攘攘，热闹得吓人。人们聚在一起，高声说笑，喝得醉醺醺的。巴黎人也会流连酒吧，却比这克制得多。在这里，在巴勒斯坦，大家都扯着嗓门，“克制”只是一句用来自吹自擂的戏言。似乎没人想睡觉，埃兹拉也不例外。他拉着我到处跑，对别人说我是他的女友。除了更像是临时情人的夏尔－亨利，我很久没做过任何人的女友了，我喜欢这种感觉。我尤其喜欢做埃兹拉的女友。有几次他带我去大卫王酒店喝酒，这里的酒水据说是中东最好的。埃兹拉和我因为囊中羞涩无法常来光顾，但我完全理解为什么人们会喜欢这里，因为只要来了，就再也不想离开。侍者全都是苏丹人，人们说着各种语言，很容易就忘记了自己身处哪个国家。男子西装革履，女子香气袭人，穿着高跟鞋与夏装，与陌生或熟识的男人调情。埃兹拉告诉我，酒店南翼被租给了英国人，供委任统治政府的首席秘书使用。他们在这里工作、取乐、喝茶。对“喝茶”这个概念，埃兹拉比我更陌生。我在索邦大学认真研读的英国经典文学名著，他一本都没读过。不可否认，他对英国这个国家并不想多加了解，因为他对它没什么好感，甚至厌恶它的存在——不过他不会在公开场合说这些，因为他不想丢了工作。除了英国人，埃兹拉对其他人似乎都很了解——文人、政客、贝都因人、旧城的阿拉伯水果贩子，比如大马士革门前那位蓝眼睛的果贩，就经常送埃兹拉橙子和海枣，因为有一次果贩的小儿子差点被路过的驴车碾压，埃兹拉救了他。这里的一切发生得都很快。耶路撒冷超出了我此前的任何想象，它蕴藏着一种活力十足的能量。我总想着哪天这座城市会不会自行燃烧起来，又或许这片古老的土地会突然迸射出光芒。我被这一切簇拥着前行，自 1943 年以来，我第一次得到了快乐。我能感觉快乐的心情在胸中蔓延开来，像是一股清泉涌出干涸开裂、伤痕累累的土壤。

*

埃兹拉有个名叫洛塔的朋友，是来自柏林的音乐学家。她家的前门总是敞开的，每周五晚上，人群像饥渴的蜂群一样涌进涌出。洛塔三十出头，是位见多识广的魅力女性，有着黑色长发和深色肌肤。她丈夫是单簧管演奏家，最近因为另一个女人离开了她，那女人怀上了他的孩子。有一阵子，洛塔紧闭屋门，拒绝亲戚朋友的拜访，但如今她又重新迎客了。“我没有孩子，但我至少从那个杂种手里搞到了一套房子。”她向大家宣告。

人们可以径直走进洛塔的客厅，那里总有人在弹奏钢琴或者背诵诗歌。大家用德语、希伯来语和英语交流，有时还说俄语和法语。常有人在洛塔家借宿，因为耶路撒冷的旅馆都不便宜。“她家就像在举办一场文学沙龙，”有人谈起洛塔时这样说，“但不是每个人都能成为其中的一分子。”

我常常琢磨，如果不是埃兹拉，我能否加入洛塔的“文学沙龙”。我很想和洛塔交朋友，我觉得她令人钦佩。她会写作、唱歌，会说几门语言，她拥有我所缺乏的一切优点。但她似乎有些冷淡，又或许这冷淡和我有关。我几次试图与她交谈，她却心不在焉，仿佛宁可和别人说话。埃兹拉曾提到洛塔对他“有几分情意”，不知他的“几分”是什么意思。我明白最好不要问。我也明白，只要有那个能力，我就会去博取洛塔的好感，向她展现我顽强坚决的一面。

但她身上的某些东西击败了我。

*

埃兹拉的法语很流利，我们便用法语交谈。他有淡淡的口音，被他称为“失落帝国[1]的余音”。“我的故乡已经不复存在，”他说，“你的巴黎却还活着。”

“巴黎或许还在，但已不属于我，再说它也已经是千疮百孔了。”

“它会恢复的，”埃兹拉说，“法国总能恢复如初。”

“不错，它会恢复，”我承认道，“它的自负已经在国民精神中深深扎根了。”

“你的父母自负吗？”他问。这个问题让我吃了一惊。真要说的话，我父母正是自负的反义词，他们谦逊、勤劳、低调。“他们不知自负为何物，我母亲倒是很喜欢化妆打扮。”我告诉他。

“她和你一样漂亮吗？”埃兹拉又问，“她从前一定很漂亮。”

“我觉得她很美。”我回答。我向他描述母亲是多么优雅，多么喜欢漂亮衣服，身为一个纤弱女子，她的笑声又是多么响亮。接着我发

1 这里指 1918 年分裂解体的奥匈帝国。——译者注

现回忆她的笑声让我很想哭，于是我告诉埃兹拉，现在我更愿意听他讲，讲他在布拉格的童年，讲他的母亲和父亲。当我提到他父亲时，他的神色稍微有些紧张。“我觉得我从来没有真正了解过父亲。”他说。

埃兹拉在布拉格的一户富裕家庭中长大，他们的寓所曾是一座宫殿，从窗口可以望见瓦兹拉夫广场。寓所里有很多房间，他可以骑着自行车在其中穿梭。他家有两个佣人和一个法国保姆，保姆名叫西蒙娜，埃兹拉对她感情很深。他和父母说德语，和西蒙娜说法语。埃兹拉小时候由西蒙娜全权照管，因为他母亲——一位美丽的名媛，忙得顾不上他。他从没怨恨过母亲的缺席，反正他是这么说的，因为他爱母亲，母亲也爱他，母亲在他身边时，会给他“全心全意的陪伴”。她聪慧过人，是“一位饱读诗书的女性，如饥似渴地享受着人生”，埃兹拉这样描述她，就像在描述一个女性版本的自己。“我家总是人来人往，尤其是春夏季节。我父母举办了许多聚会。有位剧作家名叫雅罗斯拉夫·哈普威尔，我觉得他和我母亲有私情。父亲或许也这么想，但我不能确定，因为我很难和他交流——他是个不苟言笑的人。他是一位纺织厂厂主，很有钱，性情冰冷，冷得就像冬天时我家公寓的房间。有客来访时，我们会提前烧两天炉子，好让他们待得舒舒服服，所以大部分聚会都会在暖和的时候举办。我见过卡夫卡的父母，因为他们来我家参加过几次聚会，他们认识我母亲——大家都认识她。他们都爱她，就连卡夫卡的父亲也不例外，他可不怎么讨人喜欢。像我们一样，他们在家说德语，弗兰兹[1]用德语写作，捷克人不喜欢他这样，他们希望他用捷克语写作。但后来这些都无关紧要了，弗兰兹死于1924年，我们都以为悲痛会让弗兰兹的父亲变得温和一些，可他始终还是那个德行。他也是位厂主，和我父亲一样做服装生意，但没我父亲那么优雅。他性格专横，喜欢扯着嗓子说话。我母亲说那是因为他在南波希米亚长大，是一个礼定屠宰手[2]的儿子，是个信教的犹太人。'他像屠夫一样敏感多疑'，这就是她对赫尔曼·卡夫卡的评价。其实她对赫尔曼和宗教都没什么耐心。我们虽然是犹太人，却很少谈论宗教。直到1938年，德国国防军在瓦兹拉夫广场举行大阅兵，我们的生活一夜之间天翻地覆。"

我从未听到过这个故事的结局，因为埃兹拉只肯讲到他被驱逐、被赶进奥斯威辛的大门。"我再也不想推开那扇门了。"他只肯告诉我，他在集中营染上了伤寒，后来又感染了肺结核，大难不死的经历使他更加坚强。

他也没能听完我的故事，因为我只讲到了母亲穿着蓝色波点连衣裙离去，身后萦绕着香水的余味。我没有描述她走后留下的那个充满回忆的空洞，每天我都在逃避它。总体来说，埃兹拉和我没有那种将

1 弗兰兹：指弗兰兹·卡夫卡。——译者注

2 犹太教规规定，只有按照一定程序和规矩屠宰的牲畜才可食用。教规规定的屠宰方式称为礼定屠宰。——译者注

痛楚诉诸言语的需求。我们吃完炸肉排和土豆，又吃了带着肉桂微香的果馅饼，将痛楚掩埋在沉默之中。

埃兹拉很瘦，瘦得令人心疼，他 23 岁，模样看起来要更年轻一些。与人谈笑的时候，他身上似乎会发出炫目的光彩。他的陪伴将我拉出了悲伤的泥潭。既然他能重获新生，我也该为之努力。“地狱吞噬了我的父母，但没有吞噬我。我很幸运。我们不该为自身的幸运而愧疚，心怀感激就够了。”埃兹拉说。

我向他学习，我和他一起成长。在我之前，埃兹拉交过许多女友，他在欢爱之事上的技巧高超得令我吃惊。

他是男人，他是我的。他是欲望，他是诗歌、激情和火焰，他是香烟、露骨的情话和潮湿的手指。他皮肤苍白，像高悬于天空的月亮。

夜里我们以悲伤交谈，那是亡者留给我们的沉默的语言。战争的旋涡绕过了我们，于是我们身体交缠，当我们与共同过往留下的幽灵对抗时，愉悦的汗水在皮肤上闪闪发光。

早晨，埃兹拉点燃香烟，我则注视着他留在墙上的影子，注视他往唇边递烟的动作，注视烟气融入第一缕炽热如火的阳光。

8

埃兹拉和我的恋情已经持续了几个月。他的房东，一个讨厌的罗马尼亚人，也是一位店主，撞见了我俩在床上，便把他赶了出去。他不能和我同住，因为在莫迪凯和索尼娅家中，我的房间里只有一张小桌子和一张单人床，睡不下两个人，而莫迪凯夫妇可能也不会同意。于是埃兹拉暂住在洛塔家。我本该嫉妒（洛塔很漂亮，虽然她比我俩年长许多），但我没有，我全心全意信任埃兹拉。如果他向我求婚，我一定会同意，毫不含糊地同意。

那么，埃兹拉的住宿问题或许就这么解决了。

*

城里出事了，我坐立不安，埃兹拉却劝我宽心。“别担心，我们很安全。”他说，手指滑过我的肌肤。

那是一个周六的下午，我们坐在我房间的沙发上。在这里能听到外面的叫喊声，偶尔夹杂着枪声，让我想起了巴黎——在此之前，巴黎似乎还那么遥远。不过这里的一切都与巴黎不同，包括这次全国推行的宵禁。在法国，“安全”这个概念只对非犹太人有效，这里则正好相反：政府让我们待在家里，好确保我们的安全。一个半军事化的犹太复国组织对政府建筑、铁路和英国军队进行了袭击，作为反击，委任统治政府派出了一万七千人的军队对该组织的成员实施逮捕，这次行动被称为“黑色安息日”。军队缴获了组织的各类文件，送到位于大卫王酒店的指挥部妥善保管。政府承诺要根除恐怖与暴力，人们却对此反应冷淡。为什么会这样？

我跟埃兹拉谈起这件事，他却显露出厌烦的模样，这让我很惊讶。“政府绝不可能让人民俯首帖耳。民愤太大了。再说，我对政治也不感兴趣。”他含糊地说。

“怎么会？伊尔根是一群野蛮的暴徒！看看他们对这个国家做了什么！他们想把一切都毁掉！”

我觉得他眼中闪过了某种神色，那是转瞬即逝的不安。

“可能吧。”他最后回答。

*

几天后，我去了洛塔家，下班后我偶尔会到她家拜访。我还是比较希望能在其他地方与埃兹拉见面，因为洛塔的存在依然令我紧张。这一次她不在家，我松了口气。房子似乎空荡荡的，埃兹拉既不在厨房也不在他的卧室。正想离开时，我听见有人在说话。我循声而去，发现埃兹拉在房子后部的一个房间里，正在和一个我从未见过的男人交谈。我听不清他们在说什么，但谈话的内容似乎很重要，因为他们站得很近，好像对某事十分忧虑。我在门边站了片刻便走开了，埃兹拉却在此时叫了我的名字。“弗洛拉，过来！见见我的朋友！”他说，似乎我刚才看见的只是一件平淡无奇的小事。

我于是回到房间，被他介绍给了什洛莫。什洛莫的眼睛很小，面庞淤肿，鼻子周围有几处血痂。他不像是埃兹拉朋友圈中的熟面孔。他用希伯来语说了句什么，虚弱地笑了笑。“什洛莫刚刚遭遇了意外，”埃兹拉为我翻译，“所以他脸上挂了点儿彩。”

“出了什么事？”我问。

“他被一个阿拉伯人打了，”埃兹拉回答，“在错误的时间来到了错误的地点。”

“什么意思？出了什么事？”

“他犯蠢了，真的，就为了一包烟。”

我听说犹太人和阿拉伯人之间曾有过几次冲突，但我的朋友和熟人并没有遇到过这种麻烦。他们和我一样，对阿拉伯人很尊重。没人想惹事。惹事的家伙都来自英国委任统治政府想除掉的那些激进组织。我打量着什洛莫，琢磨他会不会是那些组织的成员。他正在用希伯来语说话，语速很快，我听不懂。此刻他满头大汗，一副心急如焚的模样。他瞥了一眼手表，结结巴巴地用英语说很高兴认识我，便与我道别了。埃兹拉把他送到门口。埃兹拉回来后，我劈头盖脸地问了他一连串问题："我怎么从来没见过他？你是怎么认识他的？他和阿拉伯人是怎么回事？"

埃兹拉慢吞吞地向我解释："什洛莫欠了阿拉伯人的钱，把对方惹火了。跟香烟没关系，他只是不想在我面前丢人。我认识什洛莫，因为我们一起工作，"埃兹拉补充了一句，"我们其实不算是朋友，只是英国政府办公室里的同事罢了。我们一起处理移民文件。"埃兹拉说话时，我一直注视着他，我看得出他隐瞒了一些事情。

"你还干什么活儿？你的工作肯定不止这些。"

"就这些。"他坚决地说。

"你可不擅长撒谎，"我告诉他，"看看你的脸就知道了。"

埃兹拉抬起头，戏谑地看着我。"真的吗？"他露出一个笑容，"对，你没说错。我确实在干其他活儿，但你或许不会赞成。"

"说来听听。"

他迟疑不决。"你确定吗？"

我点点头。"确定。"

"那好吧，"他缓缓地说，"你也知道，我们处理巴勒斯坦犹太人的回国申请，这是明面上的工作，只是我们手上碰巧也有战时失踪人员的档案，所以我们会帮助大屠杀幸存者偷渡进入巴勒斯坦。"

"怎么做？"

他说得很谨慎："我认识一个做假护照的人，他会伪造政府公章。"

“真的吗？”

我不知该责备他还是该保持沉默。毕竟我们两人都是偷渡进巴勒斯坦的，我没有谴责他的资格。

“那个做假护照的人是谁？”

“一个阿拉伯人，住在雅法。这事你谁都不能告诉，听到了吗？”

“当然。”我顿了顿，“所以你帮犹太人偷渡到这个国家？”

他提高了嗓音：“你觉得这有问题？想告诉别人？你也知道我可能会为此蹲班房的，对吧？你知不知道？英国人设置了人员定额，他们必须遵守，但我可不管它。你明白吗？我在集中营待过，我可不会把他们的人员定额放在眼里。”

“是的，当然。但设下人员定额的不是他们，对吗？是国际联盟[1]定的，不是他们。他们只是奉命行事——”

“他们像狗一样奉命行事。你听到没有？就像得了狂犬病的该死的狗！”他的声音越来越大，眼中迸射出我从未见过的光芒。

“埃兹拉——”

“不，现在你给我听好！你知道英国人驱回了多少满载乘客的难民船？”

“不。求你别大喊大叫。我知道你说的事很重要，但请你平静下来，

---

1 国际联盟：1920年《凡尔赛条约》签订后成立的国际组织，曾有58个成员国，1946年解散。——译者注

别嚷嚷。”

“我没嚷嚷。法国人、意大利人和美国人都准备接收犹太人，可英国人呢？不……哪怕在危急关头他们也不肯通融。比如 1942 年的‘斯特鲁马号’。你知道那件事吗？你肯定知道，那是一桩特大丑闻。”

“我不太清楚。”

其实在来这里之前，我对英国委任统治政府和巴勒斯坦几乎一无所知，但我并不羞于承认这一点。

埃兹拉目光灼灼地盯着我。“‘斯特鲁马号’是一艘船——准确地说不是船，而是一堆肮脏的破烂，上面载着 769 个难民，许多是富裕的罗马尼亚人，他们付出重金，只求逃脱纳粹的魔掌。1942 年，它离开罗马尼亚，驶向巴勒斯坦。因为引擎故障，它被迫停靠在了伊斯坦布尔，但土耳其政府不许难民下船，因此难民们在船上困了好几周，等待别人决定他们的命运。犹太事务局请求巴勒斯坦接收难民，回复却是一声响亮的‘不行’。安卡拉的英国大使说他不想让这些人进入巴勒斯坦。结果怎么样？”

“我不知道。”

“我来告诉你吧，船被苏联人的鱼雷击中，难民全都死了，只有一个人幸存。他们都他妈的死了。”他沉默片刻，深深地吸着气，“还有一次，一艘潜水艇——又是苏联的——用机枪把 400 个大屠杀幸存者扫进了海里。”

“太可怕了，”我轻声说，“为什么？”

“他们以为这些难民是德国人。”他顿了顿，“反正苏联人是这么说的，说他们以为是德国人。”

埃兹拉点燃一支烟，向窗外喷吐烟气。我听见孩子们在街上唱歌的声音。

“还有许多类似的惨事，”他说，“所以，不错，我认为每个犹太人都有进入这个国家的自由。我认为我们受的苦已经够多了，人员定额根本不该存在。”

我点点头，说不出话。“斯特鲁马号”和被机枪扫射的幸存者们的惨状在我脑海中萦绕不去。但还有些别的东西——埃兹拉流露出的愤怒（不是普通的愤怒，而是狂怒）让我吃惊不小。为什么我之前没有察觉？为什么他要谎称自己对政治不感兴趣？他何止是感兴趣，简直称得上执着了。可他执着的对象是什么？和平吗？还是某些更加阴暗的东西？

“你有没有参与什么应该让我知道的事？”我直截了当地问。

“没有，”他斩钉截铁地回答，“我知道你会问，但我没有。我唯一的身份就是大屠杀幸存者。英国人不能再拦阻我们的船只，不能再把我们的难民送进集中营。他们不能再做效仿纳粹的勾当，犹太人民绝不会再一次任人宰割，我们受的苦已经够多了。”

我握住了他的手。“你说得对，埃兹拉。我们都曾饱受苦难，尤其是你，但我不觉得英国人在效仿纳粹，他们只是在做自己的工作。我相信他们之中许多人心里也是不好受的，毕竟他们也是人呀。”

埃兹拉继续抽着烟，没有说话。我看着他的双眼，看见点点黑色细斑像小小的子弹一样镶嵌在他蓝色的虹膜上。

埃兹拉找到了新的住处。那是位于德国人聚居区的埃梅克·雷费姆街上的一座老石屋，紫色的三角梅从粉刷过的墙壁上垂挂下来。屋里有一间带大床的卧室，还有浴室和厨房。家具式样典雅，从窗口能看见圣安德烈教堂。这是一个美丽宁静的地方，我第一次嫉妒埃兹拉。我希望自己也能住在这样的公寓里。更令我眼红的是这里的租金也很低，因为房主是洛塔的朋友，而洛塔曾放话要倾力帮助“天才诗人”埃兹拉。在我能干预之前，流言就满天飞了。“洛塔总是对你伸出援手，对不对？我是说，她哪怕有一次没管过你吗？”

埃兹拉的脸色阴沉起来。“我跟她没有情感纠葛，如果你想的是这个。”

“不，不，我当然没有这么想。”

但他说话时的某种态度令我不得不多想。他为何这么快就得出了这样的结论？

所以我告诉他我要回去工作，要改学生的作文。天色晚了，我的声音在颤抖——很快我就会哭出来，我想在泪落前赶紧离开，我不想让任何人看见我哭。但埃兹拉没给我机会。他走过来，将我拥进怀中。“怎么啦？别难过嘛。根本没什么好担心的，懂不懂？我爱你，你知道吗？我爱你，弗洛拉·博姆。”

他从前也说过这样的话，但这一次，他将我紧紧搂在胸口，那种几近绝望的急迫感是前所未有的。“我该走了，”我说着将他推开，“还有很多工作要做。”

他一把抓住我的双肩，“我们之间什么事都没有，”他说，神情坚决，“完全没有。洛塔可能希望发生什么，但我对她并无男女之情。永远不会有。你相信我吗？”

“是的，”我轻柔地说，“我相信你。”

“我不想失去你，”他耳语道，与我四目相对，“我们不能失去彼此。”

“对，”我低声说，“我们不能。”

“晚上见。我爱你。”他又一次说道。

1946 年 7 月 21 日，埃兹拉必须在海法过夜。他的上司想让他参加次日早晨的一场会议，在那里过夜要方便些。“工作一完我就直接坐火车回来。”他说。

身为英国政府的雇员，埃兹拉有一张特别通行证，可以随意前往任何地方。但我对他的旅行忧心忡忡，最近发生了很多骚乱：爆炸、绑架，人们在光天化日之下遭到枪杀。就在上个月，五个英国军官和一个英国皇家空军的战士被绑架了。我感觉埃兹拉可能会是下一个。“小心些。”我对他说。

“当然。”他抚慰着我，但他似乎很紧张。他把我紧紧搂在胸前，开始亲吻我，拉扯我的胸罩。他说他想要我，虽然他早就该回自己的公寓了。“可现在是‘每个月的那个时候’。”我害羞地告诉他。而且我肚子疼，但我没说出来。我觉得谈论这种事很尴尬，他显然也抱有同样的想法。“好吧。”他喃喃说道，我则扣上了衬衫的扣子。我拿起梳子，开始过分用力地梳理黑色卷发。埃兹拉点燃香烟，在房间里踱来踱去。“你明天有什么计划？”他边问边往一个有裂缝的咖啡杯里磕烟灰。“早上你在家吗？”

他以前从未问过我这种事，我不禁起了疑心：“问这个干什么？”我说着，梳子停在了半空。

“只是随便问问，没别的。我说错话了吗？”他的语气里带着防备。

“不，没有，当然没有，”我让步了，“我不知道明天做什么，可能会跟艾达散散步。明天我没课。”

“好吧。”

我不禁疑心他是否在背着我另寻新欢，这个念头已经不止一次出现在我心里了。如果是真的，对方会是洛塔吗？他是不是真的要去海法？还是我在胡思乱想？

“明天见。”埃兹拉说。

我们在门边吻别，他身上有香皂和夏日阳光的味道。

*

学校校长雅艾尔想和我见面。她想讨论明年的课程，还想让我教英语。她建议我们中午 12 点在学校附近的一家咖啡馆见面。天气闷热潮湿，我的肚子不痛了，取而代之的是严重的头疼。但我不敢取消约会，我必须显得热情些，我需要这份工作。我的钱包已经快见底了。

雅艾尔三十八九岁，过早地白了头发，看起来要比实际年龄大得多。她有两个孩子，其中一个在学校读书，是个聪明的女孩，法语学得很快。雅艾尔似乎将此归功于我教学有方，我觉得是她女儿本身学得快。总而言之，雅艾尔很高兴，我也乐于维持现状。

她稍微迟到了一会儿，我在等她的时候点了咖啡和糕点。我希望吃点东西能缓解头痛，但事与愿违，头痛反而变本加厉了。

她来的时候，我的头疼得仿佛在被大锤敲打。“你还好吗？你的脸色好苍白。”雅艾尔说。

我解释了原因，不停地道歉。“真不好意思，我可能需要回家休息。”

“当然。”她注视着我，“走前喝点柠檬汁吧，别再喝咖啡了。”

我照做了。我啜饮着柠檬汁，它确实减轻了头痛，但作用不大。

我再次道歉，雅艾尔送我走到了咖啡馆门边。她站得很近，我能闻到她腋窝的气味。“好好保重，我们明天再谈，没事的。”她温和地说。

我缓缓往回走，脑袋一抽一抽地疼。我穿过街道，加快了脚步。我看了看手表，现在是中午12点半。不知埃兹拉是否已从海法回来了？我要不要去看看他？突然之间我好想他。我不该那么疑神疑鬼，不该表现得那么嫉妒。他没有其他女人，他只有我。再说，他也会嫉妒，嫉妒得比我还厉害。我意识到自从相识以来，我们每晚都会见面，昨晚是我们第一次分离，而且是带着猜忌分开的，全都是因为我。

过了乔治王大街的红绿灯，大卫王酒店便像堡垒一般矗立在眼前。我想起和埃兹拉共进晚餐的那一天，这仅仅是一周前的事。那晚有个埃及人，法语说得无可挑剔。他优雅而殷勤，我们谈起安德烈·纪德和保罗·艾吕雅，还喝了香槟。埃及人说他是来自开罗的驻外通讯员，暂居大卫王酒店。“全世界都找不出这么一个将私家侦探、社会名流、犹太复国组织探子、记者和阿拉伯酋长会聚一堂的地方。”他大笑着说。我想让埃兹拉加入谈话，因为这个人着实有趣。埃兹拉不愿意，因为他吃醋了。他说想早点离开，我们便回去了，但我其实还想再待一会。回家的路上，我突然想起这个人甚至还没告诉我他的名字。我猜测他可能是个间谍。耶路撒冷四处潜伏着间谍，我觉得这座城市正是因此才格外令人兴奋。

头痛渐渐缓和下来，我路过了施泰玛茨基书店，也许我该进去买一两本书。不知埃兹拉是否读过《了不起的盖茨比》？他肯定读过，埃兹拉什么都读。但是意外突然发生了。一声震耳欲聋的巨响，仿佛什么东西爆炸了。怎么回事？我脚下的地面在颤抖。是炸弹吗？我抬起头，被眼前的景象惊得倒吸了一口冷气：就在刚才，大卫王酒店的西南翼坍塌了，地上是一堆石块、水泥和扭曲的钢筋。到处是翻滚的浓烟和焦黑的碎片。我听到尖叫声，街上是狂奔的人群与翻倒的汽车，随处可见断裂的树木与碎玻璃片，男人和女人身上覆满了鲜血和白灰。接着救火车、救护车和警车的鸣笛声响成一片，我也摔倒在地上。一个男人扶我起身，他全身都是白灰，我也一样。他对我说了几句希伯来语，我没有回答。时间一分一秒地过去，我却感觉不到它的存在。巴勒斯坦人和英国士兵们在碎石中翻找着幸存者，四周倒着许多尸体，我倒吸了一口气。我看到了我的母亲，我的父亲，然后我开始哀号，我一直紧紧封闭的悲伤此刻像脓疮一般爆裂开来。接着我看见附近躺着一个男人，他穿着英国士兵的制服，黑色的靴子埋在碎砖块里，一个女人扑到他身边。“詹姆斯！”她尖叫着，“詹姆斯！”她年轻漂亮，可能和我差不多大，浅绿色的连衣裙上沾着污渍和血迹，而她的丈夫詹姆斯已经死了。他死前竭力睁眼看了她最后一眼，此刻她正将他搂在怀里摇晃着，摸着他的靴子，在他耳边说话，他的头毫无生气地向后仰着。我向她冲去，抚慰了几句——我不记得具体说了什么，但我记得她听了进去，于是松开了丈夫的尸体，轻轻合上了他的眼睛。她亲吻他的眼睑，又亲吻他惨白凝滞的脸，在炽热的阳光下不住地吻他。她轻轻把他放在地上，转身面对着我。她轻声告诉我，他是她的真命天子，没有其他男人能与他相比，她已经怀上了他们的第一个孩子，失去他以后一切都无法回到从前，他是她的生命，她的挚爱。

“你叫什么名字？”我问她。

“克莱尔·贝茨，”她的声音微弱无力，“我们本来想在这个星期去亚丁，开始新的人生，而不是走向终点。”

她跪倒在地，双手掩住了脸，我抱住她，她便在我怀里止不住地号哭。她颈上挂着一串精致的珍珠项链，她就这么跪在地上号啕大哭，我也在哭——为她，为詹姆斯，为我的父母，为黑暗的死亡，为詹姆斯死前最后一眼看见的克莱尔的浅绿色连衣裙。

现在这里到处是医护人员和警察。他们把克莱尔搀扶起来，有人将毯子盖在了詹姆斯脸上。克莱尔离开时回头看着我，好像想要对我说话。接着她便消失在浓黑的烟雾、焦煳的气味和遍地的尘土之中。

*

阳光灼烫得不可思议。我想不起我是怎么回到家的，也许是有人把我送了回来。是扶我起来的那个人吗？我的头阵阵抽痛，眼前一片模糊。我躺在床上，莫迪凯和索尼娅前来探望，给我喂饭，照看着我，但光线刺痛了我的眼睛，天气热得难以忍受。我呕吐了几次，然后坠入了梦乡。醒来时已是黄昏时分，我听见宣礼员在旧城墙后召唤信徒做祷告的声音。

第二天，莫迪凯把我叫到他家厨房坐下。“埃兹拉不会回来了。”他解释了原因。他早就听说过埃兹拉和什洛莫的事，是他哥哥告诉他的。他知道伊尔根大多数成员的名字，因为他哥哥四年来一直在为英国情报人员工作，帮助他们追踪社会上的激进分子。埃兹拉是组织的二号人物，是爆炸事件的主谋。

“什么？”我吸了一口气，“主谋？”

“是的，”莫迪凯说，“我哥哥正打算对埃兹拉和他的朋友们收网，结果还没动手就出事了。真是大意。他告诉我，他们设法逮捕了几百个人，全部送到了拉非亚的拘留营。他们抓住了什洛莫，但他们真正想抓的是埃兹拉。什洛莫不肯供出他来。”

我久久说不出话。莫迪凯的话堵住了我的喉咙，我听见自己急促的呼吸声。

“我很抱歉，不得不告诉你这些，”莫迪凯说着，轻轻握了握我的手，“但我认为你应该知道。”

“他根本没去海法，”我终于喃喃自语，“他自始至终都在这里……他骗了我一次又一次。他不是替英国人工作，而是与他们为敌……”

莫迪凯缓缓点头。“不止他一个。如今，在这个国家，每个人都在暗暗琢磨怎么陷害别人，你谁都不能信。”

“包括你？”

他微微一笑。“大概吧！没错，包括我，但我可是个好人。”他又迅速补充了一句。我陷入了沉默。

“你觉得他为什么要这么做？”我终于开口问他。

莫迪凯从衬衫口袋里掏出一包烟，点燃了一支。“为了报复‘黑色安息日’突袭，”他边说边喷出一口烟，“他和他的朋友们想直击要害，而且下手不轻。他们用的是 TNT（三硝基甲苯），藏在 7 个牛奶桶里，每个桶里有 50 公斤。是埃兹拉打扮成苏丹侍者的模样将货车开进酒店，也是他把牛奶桶放进了餐厅地下的厨房，然后离开了现场。炸药于中午 12 点 37 分爆炸。有三通电话打进了酒店，警告有炸药即将爆炸，酒店却对它们置之不理，这是我哥哥和他手下搞不懂的地方，但他们接下来会专门调查此事。当务之急是抓住埃兹拉和他那些狂热的同伙。”

莫迪凯抽完烟，用染着尼古丁的指尖使劲捻灭了它。“死亡人数已经接近 90。”他抬起头来看着我。“我们此刻正在见证英国委任政府统治的尾声，记住我的话，伊尔根赢了这一仗，从现在起，巴勒斯坦就要走上自主之路了。”

他说的每一句话都让我震惊到了骨子里。为何我会一无所知？为何我会如此天真？因为我爱埃兹拉，对他的爱蒙蔽了我的双眼。我诅咒他，现在我对他深恶痛绝。我为他羞耻，也为自己羞耻。詹姆斯·贝茨的模样浮现在我的脑海中。他的尸体躺在地上，妻子在亲吻他闭拢的双眼。我想找到她，告诉她我所知道的一切。我想找到她，告诉她我有多么抱歉。

“当时有个女人，”我告诉莫迪凯，“她名叫克莱尔·贝茨，我在废墟里看到她在亲吻丈夫，和他诀别。那场面太惨了。”

莫迪凯点点头。“真可怕。我很难过。为她，为我们，为英格兰。”

我突然想起一件事。“你把这些都告诉我，你哥哥知道吗？他又是怎么发现埃兹拉的？”

“他有个线人，还有，没错，他知道我会告诉你。”

“线人是谁？”

他点燃另一支烟。“不清楚。”

“我敢打赌是洛塔，”我喃喃道，“一定是她……”

“我说不好，”他抽着烟说，“我想埃兹拉可能想拉她入伙，但她没答应。”

我僵住了。“你觉得他也想拉我入伙？”

莫迪凯注视着我，莞尔一笑：“这我可没法告诉你，只有你自己知道，弗洛拉。还是我来问你这个问题吧，他曾想拉你入伙吗？”

我摇摇头。“没有。他一个字都没说过，可能是我对这个国家还不够忠诚吧。”

他又吸了一口烟：“但你对他忠诚。他身在何处，你知道任何线索吗？”

我又摇了摇头。“不知道。他告诉我的一切显然都是假的，你应该跟洛塔谈谈看。他没有欺骗她，他们走得很近。”

“是的，我知道。我们谈话的时候，她正在接受讯问。”

我猛地转头看向他：“‘我知道’是什么意思？他们有私情？”

他打量着我：“你还在乎？”

“不，”我反驳道，“我不在乎。”

“很好。他背叛了你，她也钟情于他。我们因此认为她可能掌握了某些信息，所以才会拘留她。她恨他爱的是你，而不是她。”

次日，一帮英国警官来到了莫迪凯家。他们搜查了我的房间，查看了我的身份证件。我被带上警车，来到警察局接受讯问。一个身材高大、面容机警、吐字清晰的英国警官坐在木桌后面。房间里闷热得令人窒息，空气里弥漫着陈年烟草的气味。尽管气温很高，我还是忍不住瑟瑟发抖。警官向我询问埃兹拉的情况：我们如何相识？我对埃兹拉的工作知道多少？他有什么朋友？我提到了什洛莫和洛塔，还有那个在雅法做假护照的阿拉伯人。警官追问那个阿拉伯人的详细情况，但除了埃兹拉透露给我的信息，我能告诉他的并不多。

“我从来没起过疑心，”我说，“我不知道埃兹拉过着双重生活，完全不知道。”这是实话，我看得出警官也相信我。

“如果我知道，”我补充说，“我一定会离开他。”

“是的，但你会告发他吗？”他问，直直地注视着我的双眼。

“当然会，”我斩钉截铁地回答，“这对我来说不是问题。”

但内心深处我却无法断言。从警官打量我的神情中，我看出他的想法也跟我一样。

“我们在搜捕埃兹拉·拉多克，”他坚定地告诉我，“我们一定会抓住他，他杀害了 90 个人。”他顿了顿，“他的手上沾了这么多血，我们绝不容许他逍遥法外，绝不。”

我接受了另一场讯问——另一个警官，另一串问题。他问了我和埃兹拉共度的最后一晚，问了洛塔的事，又回头接着问埃兹拉。我尽力回答他，我的答案应该很可信，因为他放我回家了。“如果需要再和你谈话，我们会通知你的。”他们告诉我。我等待了几天，我听说又有人被逮捕了，艾达也在其中，但我不清楚原因。我只知道自己该离开了。我在这里的时间已到尽头，奶与蜜之地已成为一片焦土。埃兹拉还在逃亡，如果他们抓住了他，可能会把他吊死。这个念头令我无法承受——我倾心过、触碰过、亲吻过、信任过的男人可能会被吊死，因为我深信，尽管他隐瞒了自己的秘密行动，但他真心爱过我。我能感觉到，爱是无法伪装的，就像恨一样。现在我恨他，他不能在犯下如此罪行后全身而退。然而，我必须在他们找到他之前离开。他们也许会找到他，也许永远找不到。我了解他，他可能永远不会落网。

他是杀人凶手，然而我曾爱过他。他是杀人凶手，他背叛了我。他是杀人凶手，我曾全心全意信任过他。

如果我学会了什么，那就是不能再爱。

未来的许多年里，我都不能再爱。

之后，我发现莫迪凯也欺骗了我。

莫迪凯没有哥哥，所谓的哥哥就是他自己。他是英国人的间谍。雅艾尔告诉我，他一直在留心我，他知道我是无辜的。他知道许多事，具体是哪些事，她没有细说，我也没问。

乘船远去之时，我铭记在心的并非埃兹拉的面容，而是克莱尔·贝茨紧拥亡夫的画面，还有她转身看我时的模样。她身穿染血的浅绿色连衣裙，伫立在炽烈灼人的正午骄阳之下。

汉娜

1

我们与牛津花园的所有邻居相处都很融洽，除了住在街对面的多布斯太太。她头发灰白，仪态十分优雅，看不出具体年纪。她走路慢悠悠的，脸上布满皱纹，却带着一种冷淡而自负的气质，似乎暗示她有着不同寻常的人生经历。

4 年来，我们一直尝试和她交朋友。她曾对我父亲的一出戏剧大加褒扬，父亲因此相信她曾是个了不得的人物，或者做过什么非同凡响的事。“她怀揣秘密，正待人揭开，或者像成熟的果实一般待人摘取。”

“那祝你摘果好运咯。”母亲说。

父亲热情洋溢的性格极具感染力，遇见他的人大多会被这样的性情打动，多布斯太太却是个例外。

无论是对我们周到的礼节、茶会的邀约，还是父亲在戏剧界的名声，她都保持着无动于衷的态度。她一向彬彬有礼（“您好吗？是啊，今天天气真好。”），但除了最基本的礼貌外，她不会有更多的表示。

就我们所知，她独自居住，无儿无女，也没有亲戚。邻居告诉我们，她的丈夫已于 1981 年去世，他叫亨利·多布斯，生前是著名钢琴演奏家，也是一位文雅的绅士。邻居们以前常能听到他弹琴，弹得确实非常动听。我知道这些，是因为父亲一得知多布斯太太丈夫的身份，便立即买了他的两张唱片，以最大音量播放，希望她丈夫演奏的舒伯特作品能将她吸引到我们家来。

我还记得那两张唱片的模样，封面上是亨利·多布斯的照片，他顶着一头浓密蓬松的白色长发，坐在钢琴旁。下面有一句引言，父亲常常大声朗读：“多布斯对音乐的理解直击心灵，比他精湛的演奏技巧更加引人入胜。如果要为格伦·古尔德[1]选择一位继承者，此人必定是亨利·多布斯。”

“你们想想！”父亲大声说，“想想看，如此卓越的人物，居然娶了这么一位热情友好、人见人爱的老婆。”

总之，多布斯太太听到我家客厅窗户里轰鸣着古尔德继承者的大

1 格伦·古尔德：加拿大钢琴演奏家。——译者注

作，却根本没遂父亲的心意，因为如今多布斯太太与父亲见面时连“你好”都不怎么说了，仿佛他以某种方式冒犯了她。这下父亲也不再播放唱片了，他说自己真是如释重负，因为亨利·多布斯其实也不算什么伟大的钢琴家，那他干吗还要费这个劲呢？

多布斯太太偶尔会有客人来访。有一次，我看到一个优雅的男人拿着手杖站在她家门外。进门之前，他还在门口的垫子上蹭了蹭鞋。还有位上了年纪的女人，以及一位拎着小提琴的青年，后者错按了我们家的门铃。

“请问这是弗洛拉·多布斯家吗？”他带着浓重的口音。

我给他指了正确的方向。“那是德国口音，”他一走母亲就告诉我，“她肯定和德国人有来往。”

父亲回家后，我们将此事告诉了他。“她叫弗洛拉，”我说，“妈妈觉得她和德国人有来往。”

“德国人？”

他的脸沉了下来。“她是个德国佬，她肯定是德国佬，这下什么都说得通了。”

“什么说得通？”我问。

“别问啦。”父亲叹了口气说。

“我觉得她不是德国佬，”母亲小心地说，“我听过她说话，她的口音不像德国人。”

父亲扭头看她：“你说你听过她说话？她说过三个字以上的话吗？”

母亲想了一会儿。“我真的想不起来她说过几个字了。”她最后说。

我不明白他们为何要如此费心。多布斯太太是否和德国人来往，我并不怎么在乎。我只知道我和弟弟在上学路上经常见到她，她穿着飘逸的裙子，和我们一样住在诺丁山一条稍显脏乱的街道上。下雨时她会打伞，对她这样瘦小的人来说，那把伞实在太大了。她坐公交车，我们知道这一点，因为我们常看见她艰难地爬上 31 路公交。但我们并不觉得她特别有趣。她老了，至少我们觉得她很老，而且她说话简短生硬，态度也不友好。

“不知她要去哪儿。”本提到我们曾看见多布斯太太乘车时，母亲说。

我耸耸肩。“不知道。再说谁在乎呀？”

“她有点神秘兮兮的，就这么回事。”母亲说。

我父母终于放弃了猜测。一年又一年过去，本和我长大了，身材变得瘦长，粉刺越长越多，弗洛拉·多布斯却毫无变化，她在时光中凝滞不动，依然是位年龄不明的神秘女士。除了避世独处，她别无所求。

*

1986年，我收到了圣保罗中学高级班[1]的录取通知，16岁的我欣喜若狂。回家后，父亲开了一瓶香槟，母亲则提醒他，本和我年纪还小，不能饮酒。于是我父母喝了香槟，之后我们坐车去了附近的一家法国小酒馆庆祝，尽管第二天本还要早起参加学校组织的法国游学。

本和往常一样，脾气很臭，没有大吵大闹，而是沉着脸一言不发，差点搞砸了我们的庆祝之夜。

本小时候目睹的那场悲剧像化学物质一般渗进了他的心里，导致他的情绪时常很不稳定。当他长成少年时，这种喜怒无常的情绪已成了他基因的一部分。

我看着弟弟像株病恹恹的植物般生长。我看着他的根茎纠结变形，青春之花干瘪萎谢。那次事故犹如粗暴的入侵者，污染了本该盛放的花朵。他依然秀逸俊美，他永远是美的，但他的美沾染了愧疚的污痕，这愧疚仿佛泥浆般深厚浓稠。他很少与人交流，无论走路、说话还是吃饭，他都低垂着脑袋。他的情绪偶尔也会缓和一些，但非常少见。在这种时候，我们都会紧紧围在他身边，尽可能将他的好心情延续得久一些，引他说话，逗他笑，问他问题，努力挽留那个我们所钟爱的

1 英国中学里的高级班（sixth-form）相当于我国的高中。——译者注

他，直到回忆的触手将他拉回到阴暗沉默的监牢中。

看着他这样真是太痛苦了。我发现母亲脸上多了许多皱纹，父亲在外面轻松开朗，在自己儿子身边却提心吊胆。我宽慰着父母，说本能自己跨过这道坎。“大多数十几岁的孩子都这样。”我补充了一句，心里却没什么底。话说回来，我自己也只有十几岁。

“当然了，他长大了就会好的。”母亲尽力加重了安慰的语气。

“是这样吗？”父亲喃喃地问。

将近 5 年里，本的行为已耗尽了父母的精力，他们太疲惫了。我和他们同样担忧，同时也怨恨他们毫不反抗，被拉进了本消极的旋涡。家中的气氛变得窒闷沉重，那是一言不发的沉重，蹑手蹑脚的沉重，因本而生的沉重。

*

第二天气温降到了冰点以下，但在接吻时，我男朋友阿伦的嘴唇还是暖暖的。“明天见，”他说，“放学后我们可以找点事做，比如看个电影什么的，或者你可以到我家来，”他加了一句，语气有些紧张，“我父母不在家。”

我在一次午后派对上认识了阿伦。他在附近的拉蒂默中学读书，有传言说他是个数学天才。他身高中等，十分瘦削。他有着深棕色的眼睛，乌黑的头发梳成偏分。他之前在加尔各答的一所英印双语学校读书，来这里后发现很难交到朋友，便一心扑在学业上，直到遇见了我。

我是他的初恋女友，而他是我吻过的第二个男孩。拥抱在一起时，我能闻到他头发里淡淡的发蜡味。他讲故事很有一套，令我听得出神，不仅因为其中的异国风情，也因为他丰富的想象力。他说在锡金，“冰轮般的”月亮挂在喜马拉雅的山脊上；他说“闪闪发光的纱丽彩虹”从加尔各答的晾衣绳上垂挂下来，在风中彼此缠绕；他描述他家的房子，还有雨季被刷出条条水迹的墙壁。

“如果你愿意，哪天我可以带你去加尔各答。”有一次他对我说。

从未有男孩说过要带我去什么地方，我觉得脸颊烫了起来。

此刻，听到他邀请我去他家，我再次觉得脸颊发烫。“好，我想去。我是说，看电影或者去你家什么的。”我回答。

想到两人之间可能会发生什么，我既忐忑又兴奋。

“再见。”他说。

我们又吻了一次，便分手了。我走向地铁，戴着手套的手紧抓着录取通知书，胸中刮起狂喜与爱意的旋风，令我飘飘欲仙。

列车开进拉德布罗克丛林站时，我发现自己丢了一只手套，手指冻得生疼。我匆匆朝家走去。下午 5 点，冬日的牛津花园早已漆黑一片。一个穿着短裙和高跟鞋的妓女站在街角抽烟。她将一头蓬乱的长发扎成许多粗辫，因此我和本给她起了个绰号“长毛玛丽”。我记得自己当时在想她一定很冷，想说几句关切的话，却突然犹豫了，因为我不知该怎样跟妓女说话才不算冒犯。

最后我只是抬起戴手套的那只手，迅速向她挥了挥，她也向我挥了挥手。然后她走开了，向圣马克路的方向犹犹豫豫地踱了过去。寒冷的夜色中，我听着她高跟鞋的声音，明白了跟妓女说话可能无须在意礼节，毕竟大家都是普通人，下次见面时我无论如何都要和“长毛玛丽”说些什么。

跑到家门口时，冰冷彻骨的雨水已倾泻而下。

我按了门铃，却无人应门。家里没人，我想起本去了法国，而父母都出门了。我手忙脚乱地在包里摸钥匙，却没摸到。我把包里的东西全都倒在门口，慌张地翻找着，我的手指已经被淋湿了，麻木生疼，但还是没找到钥匙。我全身透湿了。我没带钱，也没法联系父母。我们认识的其他邻居，其中有退休老人也有上班族，他们会非常乐意让我进门避雨。他们和多布斯太太不一样。他们瞧不起她（“她就会摆架子”，他们说），和她不同，他们乐于接受我们的善意，也乐于回馈善意。

然而，或许是眼前即将改变的未来和崭新的世界给了我极佳的心情，又或许我只是想让爱打听的父母开开心，我决定去敲弗洛拉·多布斯的门。

我奔跑着穿过街道，用书包遮挡着脑袋。

我等待着，雨水顺着脸颊流淌下来，冻僵的手痛得比之前还厉害。

然后我听到钥匙在锁眼里转动的声音："什么事？"她声音冷厉，微微打开的门上挂着链锁，她就在门后紧盯着我。

"真不好意思，多布斯太太，"我连忙回答，"我是您的邻居，名叫汉娜。我回不了家了——呃，也不是真的回不了家，只是我找不到钥匙，手指冻僵了，也没办法联系我的父母。您介意让我借用一下电话，并且在这里等他们回家吗？"她脸上流露出一种不满的神情。我太莽撞了。对，她显然是介意的。这是个糟糕的主意，任何与这个女人攀交情的主意都糟透了。邻居们说得没错：她喜欢摆架子，而且粗鲁无礼。

但接着她的表情柔和起来。"好吧，"她说，"进来吧。"

我惊呆了，站在门前一动不动。"您确定吗？"我问，脸上雨水横淌。

"是的，确定，"她边回答边打开链锁，让我进来，"可你都湿透了。麻烦你脱掉鞋，把外套放在门口，我去给你拿毛巾。我马上就回来。"

我关上门，照她说的做了。门厅里有股潮湿的气味。我脱掉了外套和鞋，我的脚也湿了，但我不敢脱袜子。

她拿着毛巾回来了，我草草擦了擦头发、双手和脸。

"谢谢您。"我把毛巾递还给她，我已经感觉好多了。

她打开了门厅尽头的门。"跟我来。"她说。

在我的想象中，她的房间里会有印花墙纸、放在小桌垫上的花瓶和套着浅黄色罩子的旧沙发，因此眼前这幅出乎意料的景象令我吸了口气。

一排又一排的书，从地板堆到天花板，舒适的天鹅绒扶手椅，饰有精细花纹的咖啡桌，镀金枝形吊灯，还有真人尺寸的非洲雕塑，雕的是一个倚在门上的男人。地板上铺着色彩与形状各异的东方风格小地毯。墙壁的空白处挂着抽象画，还有镶在相框里的人物照与风景照。

这栋房子属于一个品味高贵而精致的女人。我父亲的猜测是对的：她一定有着与众不同的人生。屋里还有一台钢琴，是一台闪闪发光的小型三角钢琴，乌黑的漆面上写着“蓓森朵芙”。我知道蓓森朵芙牌钢琴，我父母的朋友有一台，放在他家的客厅里。他是一位著名钢琴家，拿着丰厚的酬金开演奏会，会上座无虚席。我也知道这种钢琴有多昂贵。这一定是亨利·多布斯弹过的钢琴。不知多布斯太太是否认识我们那位有名的朋友，我不敢问她。

“您会弹琴吗？”我问了她另一个问题。

她看看我，悲伤地摇了摇头。“我丈夫会弹，但他几年前去世了。我以前也会弹一点钢琴，现在已经不弹了。”

不知她丈夫长什么模样，他们有孩子吗？

“它真漂亮。”我不禁低声赞叹，手指抚过钢琴凉凉的黑色饰板。我不明白，既然她不弹琴了，为什么还留着它呢？

“你的手没事吧？要在暖气片上烘烘手吗？”

我看着自己的手，手上的皮肤似乎变成了惨白色。手还是很疼，但已稍稍缓和了。“您真好心，多谢了。”我说。

我把双手放在暖气片上，却觉得有些不自在。在陌生人家里烤手真是太尴尬了，我想。但我也能感觉到热量令我僵硬的手指恢复了灵活，于是我便多烤了一会儿。

“我丈夫在瑞典遭受过严重的冻伤，”多布斯太太主动开口道，“我们不得不去医院，那时还以为他的手保不住了。”

“哦，太可怕啦！”我喊道。

“是啊，”她平静地回答，“是很可怕，但最后他也没事儿。喂，你要喝杯茶吗？”

“好的，那太棒了。”我回答，她友好的语气令我吃了一惊。

说实话，她房间里的一切事物几乎都令我吃惊，包括弗洛拉·多布斯本人。

我误会了她，我们都误会了她。她并非无礼，只是戒心太强，但她戒备的是什么呢？在她无可挑剔的英语中，我察觉到了一丝轻微的异国口音。她从哪儿来？直接问她会不会显得失礼？她十分优雅，现在我看得清清楚楚。她上身穿着带有褶边的衬衫，脖子上挂着一条项链，下身是有涡纹图案的裙子。她颧骨很高，画着极淡的妆。她一定曾是个美女，而且她那段美丽的年岁距今并不遥远。

我提出想借用洗手间，多布斯太太冲楼上指了指。“上一层楼，左边的第一扇门。”她说。

洗手间门上的绿漆已经褪色，把手也脱落了。门上贴着一张画展海报——“向克劳德·莫奈致敬，巴黎大皇宫国家美术馆，1980 年”。海报上画着一艘帆船，背景中有一些树，波浪上闪耀着光斑。不知是不是她看过画展后把海报带回了伦敦。我走进洗手间，打开灯，关上了门。

帆布质感的墙纸已经褪色，上面印着田园风景。洗手间里有个陈旧的大澡盆，下面安着四条黑色铸铁腿，还有一个开裂的陶瓷盥洗盆，饰有带花的瓷砖。我上完厕所，过去洗手。热水令我的双手恢复了原本的颜色，我如释重负地呼了口气。她的肥皂又旧又硬，已经搓不出泡沫了。我找不到手巾擦手，只得用了浴巾（应该是她的），这样做似乎不太合适。一双拖鞋（浅蓝色小号拖鞋）放在洗手间的角落里，我仿佛瞥到了多布斯太太生活中较为隐私的一面，这不由得让我心生不安。

我快速将视线移开，向窗外望去，我能看到自家门前的那条街。有人忘记关阁楼卧室的灯了，或许是父亲故意留了这盏灯——最近这一带小偷猖獗。“我们必须警惕些。”他这样说过。多布斯太太也一样警惕吗？我不禁想。

一阵强风呼啸而过，窗户被刮得格格作响。树枝摇晃起来，一辆汽车驶过，消失在街道尽头。我听见远处传来音乐的声音，但听不清它来自哪里。正要离开洗手间时，有几件东西令我抬起了头：在那里，在我上方的架子上，坐着几个古董陶瓷娃娃。我凝视着它们，瞪大了双眼。娃娃一共有 5 个，互相看着对方，仿佛正在深谈的密友。在波特贝罗路的露天市场和小时候父母硬拉我们去的法国跳蚤市场上，我见过这样的娃娃，但从未见过一套保存如此完好的娃娃。它们非常美丽，头发里别着插梳与珠宝，衣服上装饰着小小的花朵和羽毛。它们穿着衬裙和丝绸连衣裙，还有漆皮鞋子与花边袖饰，我惊叹地注视着它们。

为什么多布斯太太把它们放在如此不相称的地方？如果是我，一定会自豪地将它们展示给大家看。也许她觉得不好意思吧？毕竟，收集娃娃有点怪怪的。或许也未必。又或许娃娃根本不是她的？

我回到客厅，满脑子还想着那些娃娃，它们那样美丽而怪异。我发现弗洛拉已经坐下了，正用一个绘着花朵图案的茶壶倒茶。我想询问那些娃娃的事，但不知怎么又忍住了。她看着我，微笑了一下。“你喜欢你们的房子吗？”她问，啜了一口茶，“你们的前一任房主是我的朋友，”她补充道，“他在那里差不多住了 50 年呢。”

“哦，真的吗？哇……他叫什么名字？”

“伯特·莫泽，他是个画家，出色的画家。他和妻子生了 4 个孩子，现在都是大人了。”

“哇，”我又赞叹了一次，“嗯，我非常喜欢这座房子，我们都非常喜欢。”

“你们以前住在哪儿？”

“住在哈默尔史密斯。后来出了事，我们就把公寓卖了。”

“明白了，”她缓缓回答，“出了什么事？”

我犹豫了，心跳快了起来。每当这件事像一封携带病毒的信般滑入脑海，我的心跳就会加快。

“哦，不是什么大事。我父亲身体不舒服，现在他已经好了。他是戏剧导演。”我自豪地补充了一句，试图掩盖声音中的颤抖。

我无法告诉她真相。父亲的病只是真相的一小部分，事情发生后很久，我们全家都处于痛苦的状态中，有人至今依然如此。

“嗯，我知道你父亲，”她告诉我，语气稍微有些含糊，“你想给父母打电话，是吗？”她又问了一句，一边抚平膝盖上的裙子。

我跳了起来。我沉浸在兴奋之中，竟然把这事忘了。“是的，麻烦您了。”

她指了指钢琴后面的小茶几。我给母亲打了电话，希望她没在接待病人。自从当上治疗师以后，她很少能在晚饭前回来。

母亲还是接了电话，我向她说了钥匙的事。“你现在在哪儿？”她问，“我有个病人 5 分钟内要来，不能和你说太久。”

我告诉她我在哪儿，电话那头沉默了片刻。“你在哪儿？”她又问了一遍。然后她清了清嗓子："好吧，我们待会儿再说。你爸爸大概 40 分钟后回来，我会想办法告诉他的。"

她立刻挂了电话。

"一切顺利吗？"弗洛拉问。

"我父亲 40 分钟后回来，"我回答，"希望您不会嫌我待得太久。"我补充了一句，突然担忧起来。

"绝对不会。"弗洛拉安慰我说。

我拿起茶杯，啜饮了几口。"您的茶真好喝。"我说。

"是大吉岭茶，我也很喜欢。"她探询地打量着我，"告诉我，你多大了，汉娜？"

我说我 16 岁了，刚被圣保罗中学录取。

我向她描述了我目前就读的学校、我的父母、弟弟和朋友们。我不清楚我为什么会这样做，也不知道是什么促使我向她讲述了自己的生活。可能因为我一紧张就容易口无遮拦，而她令我紧张。

也可能是我想给她留个好印象，希望她能邀请我父母过来喝茶。

不管是出于什么原因，我对她畅所欲言。我说我喜欢看书，想要成为作家。我说我希望某天能去牛津大学学习文学。我差点儿就说了阿伦的事——他多么想去剑桥读天体物理，但我忍住了：我还没跟父母提过男朋友，当然也不能向她透露。然而，又有何不可呢？

我发现自己一直在想着阿伦，很难将思绪移开，仿佛他已经在我脑海中定居，像一位秘密的访客。有时我觉得必须把他的身影赶跑，因为它模糊了我的视野。此刻，仅仅是想着他，我的双眼便再次蒙眬起来，特别是明天我就要和他独处了。这种情况下，和多布斯太太谈论他肯定是不合适的，还好她没发现我有什么不对劲儿的地方。她看着我，莞尔一笑。“希望你梦想成真。”她说。有一小会儿我不得不整理了一下思绪。“我的梦想？”

“是呀，牛津，是个学习的好地方。”

“哦，我知道，我都等不及了。”

我注视着她。她的语气有些异样，我不禁好奇她本人是否曾在牛津读过书。但话说回来，我也不敢开口询问。下次拜访时我会问她这个问题的，我想。不知为什么，我觉得自己一定会再次来访。

“我发现您家有很多书，”我指着她的收藏，谨慎地换了一个话题，“您也写作吗？”

这句话我是脱口而出的。她有一种气质，令我感觉既放松又敬畏。

多布斯太太用银茶匙搅拌着她的茶。“可以这么说吧，”她轻声回答，“我现在就在写一本书。”

“真的吗？是哪方面的书呢？”

“是关于作曲家罗伯特·舒曼的，你了解他的作品吗？”

我快速思索着。我了解吗？不，不算了解。不过说了解也行。

“算是了解，”我肯定地说，“他很了不起。”

她点点头。“的确了不起。”

“书会出版吗？”

“希望能出版。”她回答前稍稍迟疑了一下。

“那真是太好了，”我说，“我是说，能出版的话就太好了。”

“会出版的。”她微笑着说。

我又瞥了一眼她的书架。“这些书您全读过？”

我不想谈论太久她写的书和罗伯特·舒曼，因为我对舒曼所知有限，不知该问什么问题。

“没全读过，不过也读过许多。”她用餐巾轻拭着嘴角，“你有什么特别喜欢的作家吗？”她问我。

我提了几本书，谈话便像流水一般顺畅了起来。她说她特别喜爱法国文学，年轻时也想成为小说家。然后战争爆发了，她所熟悉的生活也改变了。

“是怎么改变的？我是指您的生活？”但愿她能够回答。

“哦，”她缓缓地说，“我离开了法国，在英国定居。那是许多年前的事了。”

我努力掩饰着自己兴奋的表情。“那么您是法国人？”

“不错。”

“您来自哪里呢？巴黎吗？”

“是的，来自巴黎。”

“真好呀。”这个消息很令我开心，说不清为什么，但我确实很开心。坐在这里和她谈话也同样令我开心。

“你了解巴黎吗？”她问我。

“不是非常了解。我是说，我去过巴黎，大概两次吧，但谈不上真正了解。不过我父母对巴黎很熟悉。我母亲曾在那里住过，会说一点儿法语。她在那里上过烹饪学校，她做菜可好吃了。”

“我明白了。”她似乎不是特别感兴趣。

我啜了一口茶，将杯子放在茶碟上。茶碟上点缀着紫罗兰图案。“我也喜欢法国文学，”我大胆地说，“我们在学校读维克多·雨果的作品。我还喜欢玛格丽特·杜拉斯，她的《情人》真是棒极了。”

多布斯太太似乎有些惊讶。“真的吗？我没看过，所以不好评价。”她又给自己倒了杯茶。她的手指上戴着一枚很大的戒指，镶嵌着闪亮的宝石，不知是不是她丈夫送的。我也很好奇，她是不是觉得我太小了，还没到读《情人》的年纪？果真如此的话，她可就错了。我有许多事是她不了解的，比方说，我有个男朋友。

“真的很棒，”我又说了一遍，“我还喜欢弗朗索瓦·莫里亚克，《苔蕾丝·德斯盖鲁》[1]，我发音地道吗？”

“非常地道，”她回答，“你的发音很好听。”

1　原文为法语。——译者注

这是真心话吗？很难判断，但没关系，我非常喜欢她的陪伴。我们继续谈论书籍，她显然是个博览群书的人。“你喜欢英国文学吗？”她问我。

“我可喜欢维多利亚时期的文学家了，尤其是乔治·艾略特。”我说，“我觉得我对她的了解比她对自己的还深呢。”我煞有其事地补充了一句。

弗洛拉·多布斯再次打量着我，这一次她的整张脸都焕发出了光彩。

“有趣，”她说，“真是非常有趣。为什么要这样说，你愿意告诉我吗？”

但我还没来得及回答。敲门声就响了起来，她站起身。“跟我来，”她说，“一定是你父亲来了。”

她关上客厅与门厅间的那扇小门，我们便向大门口走去。我拿起外套、包和鞋子，把衣物重新穿上。它们还是湿的。

她再次拉开链锁，打开了门。蓄着胡须的父亲站在门口，穿着米黄色的雨衣。他举着伞站在雨中，看起来比平常还高。

“我来接我女儿，”他告诉弗洛拉·多布斯，“非常感谢您对她的照顾。”我看得出他正伸着脖子，想看一眼她的客厅是什么模样。

但他什么也看不到。

“不胜欣悦。”弗洛拉回答，和我握了握手，没理会我父亲。

然后她用力关上了门。冰冷的雨水已变成了雪花。

*

我再也没能向弗洛拉·多布斯解释自己如此喜爱乔治·艾略特的原因，也没能和她谈论其他许多我们没来得及说起的作家。

我找过机会，但她似乎总不在家。两周后，我再次敲响了她的房门。我捧着一个柠檬蛋糕，是母亲那天早上烤的。这一次我知道她肯定在家，因为几分钟前我刚看到她走进了屋子。

我等了很久，她才过来应门。开门时她似乎有些古怪，仿佛不记得我是谁了。“你好，”她抬脸看着我，“有什么事吗？”

我吃了一惊，回答得结结巴巴，还差点弄掉了蛋糕。“我……我只是想谢谢您那天的帮助。我真的和您聊得很开心，我父母也想谢谢您，我妈妈做了这个柠檬蛋糕。”

我用颤抖的手将蛋糕递给她，她犹豫了一下才接了过来。“真是太客气了，谢谢你。”她说。

她的语气比那天还要阴郁。发生了什么事？

“您没事吧？”我问。我没忍住，我必须知道，是不是我做错了什么事？

弗洛拉·多布斯的目光在我身上短暂停留了片刻。“对不起，恐怕我遇到了一些事。我们暂时不能再见面了，也许将来可以，但现在不行。”

“可为什么呀？”我大声问，“是我犯错了吗？”我莫名觉得喉咙发紧，仿佛快要哭出来了。

“和你没有丝毫关系，”她连忙抚慰我，眼神也柔和了许多，“完全是我自己的原因。抱歉。希望你学业有成。再见了。”

然后她轻轻关上了门。

发生了什么事？我都糊涂了。“和你没有丝毫关系，完全是我自己的原因。”她这样说。

但会是什么缘故呢？她病了吗？还是收到了什么坏消息？

我很苦恼，很伤心。那天在她的客厅里，我们建立了友谊。我感到弗洛拉·多布斯身上有些特别的东西，我看得出她对我也有同样的感觉。那她为何又要与我断绝往来呢？

一定是出大事了，没人会无缘无故这么做。难道这是法国人的处事方式？不，不是的，肯定不是。这是弗洛拉·多布斯的处事方式。我必须接受再也无法与她相见的事实。她提过“也许将来可以”，但我感觉她不是真心的。她这样说只是出于礼貌，想让这难以理喻的做法变得稍微能够让人接受。毕竟，我几乎不认识她。我有整整一生的时间可以用来和其他男人与女人相遇，可以和他们讨论乔治·艾略特，以及其他话题。

她不可能是我唯一的选择。

但不管我如何努力，每次路过她的房子，我都感觉肠胃古怪地翻腾起来，像是某种渴望或是期盼，想与她再次相见。她身上某些特质吸引着我，但这种特质是什么，我却无法诉诸文字。

去弗洛拉·多布斯家拜访后不久，我多了一个习惯，就是站在自己的卧室窗前寻找她的身影。我找到了她家的洗手间，就在对面那座房子的左侧。我能看见灯光亮起又熄灭，还有窗帘后晃动的身影。

然后，一天早晨，我看见那里站着一个人。

那是弗洛拉·多布斯。她正在往我的方向眺望——一个瘦小的人影，穿着黑色衬衫。我几乎可以看见她望向我的双眼在闪烁光芒。我呆住了，回望着她。我甚至友好地轻轻挥了挥手。

她没有回应，而是猛地拉上了窗帘，仿佛受了惊吓。

我去圣保罗中学就读后不久，她就搬出了那座房子。

她是周末搬家的，那时我们在乡下。

没人目睹她离开，也没人和她道别。没人知道她搬到了哪里，又经历了什么。她搬家的时间选得恰到好处。

父亲开始察看报纸上的讣告页，担心她是不是去世了。“该死，她究竟去哪儿啦？为什么这时候搬走？真是太怪了。”他翻来覆去地说。

那天晚上，离开弗洛拉家后，父亲和教父沃尔特借着纯麦芽威士忌的酒劲问了我一连串问题。“她家什么样？你们聊了什么？她整天都在干吗？她好相处吗？你觉得她是间谍吗？我觉得她是军情五处的。（说这句话的人是沃尔特。）”

然而到头来，我们的猜测全都是空想。她离开了，我们永远无法发掘出关于她的真相。

房子空了一阵子，直到某一天，一个留着胡子的电视机制造商和他的西班牙妻子出现在了我们的街道上。

我在放学回家的路上见到了他们。那女人留着深色短发，皮肤晒得黝黑。男人则衣着华贵，神情严肃。

他们来访后，弗洛拉·多布斯房外很快挂上了“已售”的标牌。

这对夫妻挖了地窖，又加盖了阁楼。他们翻新了厨房，还推倒了几堵墙。改建工程持续了一年，噪声大得令人难以忍受，我们决定提前出门度假。我父母在比利牛斯山麓租了一座房子。本在临出发的最后一分钟突然反悔说不去了，他要去他朋友詹姆斯家。

值得称赞的是，我父母竟然没有反对他的决定，这个假期也因此平静了许多。

我们回到伦敦时，屋外仍停满了卡车，波兰工人们又敲又钻，同时喷云吐雾，扯着嗓门说话。

制造商和他妻子搬进来时，整条街上的人都在咒骂他们。

渐渐地，弗洛拉·多布斯的名字被我淡忘了。

2

沃尔特个头很高，面孔棱角分明，眉毛浓重，头发则是稻草一样的黄色。他眼中总闪烁着顽皮的光芒，仿佛正想搞什么恶作剧。在我和本眼中，沃尔特如同家人。他衣着讲究，爱穿红色灯芯绒裤子和浅红色衬衫，烟斗里散发着枯树叶的味道。我还记得他那个红色小烟盒的模样——顶上有一行黄色的字“登喜路混合型烟草”，还记得他用女性般修长纤秀的手指捏出烟草放进烟斗时的模样。

他的英语说得字正腔圆，而且只喜欢背诵已故诗人的作品。“我对活着的诗人没兴趣。”他说。他常用略显浮夸的腔调抨击叶芝和雪莱，但如今他认识了露西，似乎暂时放弃了这个习惯。根据他委婉客气的描述，露西对诗歌的兴趣可谓微乎其微。

由于沃尔特是个恶习缠身的单身汉，我们都难以想象他会与什么人组建家庭。然而露西·康东出现了，她是个平平无奇的法国演员，来自一个没人听说过的法国小镇——这是我父亲的评价，说完后他便试图改口。沃尔特宣称自己对她一见钟情，接着我们就发现她那指甲被啃得参差不齐的手指上戴着一枚硕大的钻戒。

1982 年 4 月，我 12 岁生日的第二天，在我家位于多塞特郡海岸边的房子里，他们举办了婚礼，我是伴娘。露西身穿一件浅黄色连衣裙，发辫里装饰着颜色相配的花朵。她看起来兴高采烈，踮着脚轻盈地穿过房间，像个芭蕾舞演员。她那一大家子法国亲戚都来了，一个背着手风琴的男人柔声唱了一首他们都很熟悉的法国歌，在场的法国人都纵情歌唱起来，包括新娘。

我从未见过露西如此真情流露，她唱着歌，在爱国热情的驱使下将拳头举向天空。

本和我与露西的几个法国侄子一起玩。我们都不会说对方的语言，但还是设法找到了交流的途径。其中一个孩子，15 岁的朱利安，邀请我和他跳“摇滚”。他面庞英俊，虽然额头上有几颗红色的青春痘。他穿着尖头靴，脚非常大。这是我第一次和男生跳舞，或者说是第一次试图和男生跳舞。他带着我旋转，教我步法，我磕磕绊绊地跟着他跳，同时能闻到他身上须后水的气味。最后他把我丢在那里不管了，我觉得很没面子。

后来吃蛋糕时，我发现他在盯着我看。他向我抛来一个飞吻，我的脸颊便火红滚烫起来。

婚礼之后，沃尔特立马带露西去了意大利度蜜月。他们回来后不久，我们便看见她坐在“卵石屋”的收银台后面——“卵石屋”是沃尔特位于布里德波特南街的古董店。“我美丽的妻子露西，现在是我的新经理啦！”沃尔特兴高采烈地宣布，听众们则表现得不冷不热。

他的店开张于20世纪70年代早期，深受本地人与伦敦人的喜爱——更不用说我母亲了，她是沃尔特的头号粉丝。母亲能布置好我们的房子，主要得感谢沃尔特高明的眼光。她不是沃尔特唯一的拥趸。人们来“卵石屋”不仅是因为沃尔特的收藏，也因为他的魅力、幽默与学识。

露西的到来改变了这种常态，人们要费些劲儿来适应这种改变。露西很害羞，英语也说得很吃力。她在英国似乎不怎么自在，总是抱怨天气与饮食。她说话总以“在我的国家”开头，令我父亲不胜其烦。但她了解家具，尤其是19世纪的法国家具，我母亲不止一次说露西的学识令她吃惊。

父母都向我们强调，要热情对待露西，但本觉得做到这一点很难。我努力遵循他们的要求，与露西见面时也会特意问她问题。她用细弱的声音回答我，结结巴巴地寻找着合适的单词。我为她难过，但本不一样。“她讨厌我们，”他说，“我也讨厌她。”

母亲严厉地训斥了本。“不许说这种蠢话。有什么好讨厌的？她很可爱。这里没人讨厌别人，她也觉得你和汉娜是可爱的孩子。”

“真的吗？”我惊讶地问。

“真的，”母亲回答，语气并不太令人信服，“露西最大的问题是英语不好。搬到新国家生活很不容易，她也在艰难地努力。你们要向我保证会好好对她。她给了沃尔特幸福，这是最重要的。”

本耸了耸肩。“我更喜欢她来之前的沃尔特，”他说，“那时沃尔特还跟我们一起玩呢。”

“沃尔特一直是从前的那个沃尔特，”母亲说，“他爱你和你姐姐，这点永远不会改变。你只要保证按我说的做就行。”

“我保证。”本郑重地说。

“那就好。”

露西有着橄榄色的皮肤，留着齐耳短发。她的脸蛋很漂亮，却一直笼罩着淡淡的哀伤。我无意中听母亲说，那是因为她不能生孩子。当我追问详情时（“怎么看得出一个人不能生孩子？”），母亲装聋作哑，于是我明白这不是小孩子该问的话。对露西的电影事业我们所知不多，不过母亲说她遇见沃尔特时正“走在成为明星的路上”。“卵石屋”里挂着一张她的巨幅电影海报。那部电影名叫“L'Arriv ée du mendiant”，意思是“游民驾到”。那是一部侠盗题材的电影，背景是法国大革命时期。露西穿着紫色紧身礼裙，烫成大波浪的秀发挽成高高的发髻，含情脉脉地凝视着男主角的眼睛。扮演男主角的是一位英俊的法国演员，据说“帅得能令女人昏倒”。从这位演员的黑色外套以及与之相配的马甲和马裤上，我推测他并非片名中的“游民”。

电影上映后不久，露西遇见了沃尔特，如今她住在英格兰，很少工作。“把黑布丁换成美味的金汤力酒，对她大有好处[1]。”父亲说了句俏皮话。

“一点儿都不好笑，”母亲说，“没人愿意放弃职业生涯。”

“那个黑什么是什么东西？”本问。

“一种恶心玩意，法国人觉得很美味，”父亲回答，“是一种血肠。”

“真恶心！”我说。

“我要吐啦！”本嚷嚷起来。

“没必要嚷嚷。话说回来，也没人逼着露西放弃职业生涯嘛。”父亲继续说。

“沃尔特应该甩了她，”本说，“他从前很有趣，现在变得好无聊，就像所有结了婚的人一样。”

“够了，本。”母亲严厉地说。

在我们认识的所有成年人中，被本嘲笑过的只有露西。也许他察觉到了她的脆弱，也许他在以自己的方式向沃尔特发泄怨气。不管怎样，本不愿意和露西接触，有时露西想对他说话，他就离开房间，边走边用挖苦的眼神看她。这些行为带着一种刻意的残忍。父母在附近时，本还有所顾忌，如果父母不在，他就肆无忌惮了。有几次，我看出了苗头，便事先向露西道歉，希望她别在意我弟弟的所作所为，

1 “黑布丁”指法国人常吃的一种血肠。这里暗指露西离开法国来英国很划算。——编者注

但她对此似乎十分淡定。“没什么，”她无力地微笑着，“没什么大不了的[1]。”

我不明白她为什么不反击，或者教训本一顿，让他收敛些，毕竟本只是个8岁的毛孩子。然而她什么也不说。但我猜测如果本是法国人，露西还是会训斥他的。

我始终不清楚露西是否向沃尔特告过本的状。也许她这样做过，但沃尔特不以为然，或者听之任之。虽说本做得不对，但他的把戏有时还挺好笑的。他模仿露西说话的腔调，学她扭腰摆胯的姿态，做出吸烟的模样，再噘着嘴假装吐烟——本模仿起人来惟妙惟肖，因此经常被叫到父母的朋友面前表演。

有一次趁露西在喝茶，本躲在露西身后，做了许多难看的鬼脸。“停下！”当他把手指插进鼻孔的时候，我对他比了口型。

但是已经来不及了。

露西猛地转身，茶水洒了出来，烫着了她的腿。她跳了起来，尖叫了一声“蠢小子”[2]。本撒腿跑回自己的房间，父亲怒气冲天地追了出去。

还有一次，本在花园里找到了一只蜘蛛，趁露西不注意，他把蜘蛛塞进了她的手提包。他曾听露西提起自己有蜘蛛恐惧症。当她打开

1　原文为法语。——译者注

2　原文为法语。——译者注

包时，一只黑色的大蜘蛛爬了出来，吓得她再次尖叫。

本装出惊讶万分的样子，甚至提议要帮她倒一杯水。

“是你干的吗？”她第一次质问他，绿眼睛被怒火烧得发亮。

那双眼睛也许还泛着泪光，但我没看清楚。

“不是，真不是我干的！”本激动地嚷嚷。

“本绝对不会这样做。”沃尔特紧握着露西的手说。

“不，就是他干的好事。”父亲说。

他把本拖走了，我们都听见了他大吼着训斥本的声音。

本哭了，但没有认错。只有我知道真相。几小时后，本走出房间，眼睛哭得通红。我要他保证以后再也不做这种事。“你对她很残忍。想想如果别人对你做同样的事，你会有什么感受？”

本耸了耸肩。“我才不在乎呢。”他说。

“你没说实话，你自己也清楚。”

“只是开玩笑的。”他嘟囔着说。

“本，”我语气坚决地说，“这种玩笑并不好笑，沃尔特也绝不会离开露西，因为妈妈说他非常爱她。你再长大些就会明白的。”

“爱来爱去的多无聊，再说我什么都懂。”

我弟弟金发碧眼，有一张天使般的脸庞，我却继承了父亲的地中海式长相：黑色卷发、深色眼睛、苍白皮肤。我和弟弟长得一点也不像，我也很嫉妒他。他是个漂亮的孩子，人们常常这样夸他。

但对我来说，他是个怪物，小小的、魅力逼人的怪物。

“当心，”我警告他，“你会闯祸的，到时候你就会被关在家里哭鼻子，我可不会在乎。”

本耸了耸肩。“我也不在乎。”他说。

*

我父母喜欢讲述他们在 1968 年相遇的经过。我父亲先联系了我母亲安妮塔，因为母亲翻译了一位挪威剧作家的作品，这位剧作家在她的国家之外鲜为人知。父亲想导演她写的戏剧。

他们初遇的地点在伦敦切尔西艺术俱乐部，安妮塔赴约时穿着黑色喇叭裤和橘色衬衫。“你们的妈妈第一眼就把我迷晕了，”父亲说，“她还迷晕了另一个家伙，但我很快就把他打发走啦。”他神秘兮兮地说。

“怎么打发的？他是谁呀？”我们问他。

父亲始终没有透露，多年来，我一直怀疑是否真的还有另一个男人。但即使有也没关系，因为母亲最终选择了父亲。那天他们聊着戏剧与生活，直到酒吧打烊。道别的时候，父亲“被灌了一肚子的伏尔加和挪威秘闻”，心里知道自己一定会娶她为妻。

“我所有的哥们儿都嫉妒死了，”他对我们说，“你们的妈妈把我们迷得神魂颠倒。”

我看着母亲，想起了他的话。她依然令父亲神魂颠倒，我心里知道。不久前有一次，我发现他们在厨房里跳舞。收音机开着，美国歌星雷·查尔斯在歌唱，某一刻父亲揽住母亲的腰，母亲则大笑着仰过头去，她浓密的长发几乎垂到了地上。

他们的爱情纯净无瑕，完美无缺。我使劲鼓起掌来。“再来一次！”我喊道，“再跳一曲吧！”

我记不起他们是否真的又跳了一曲。我只记得1982年夏天之后，死亡的阴影改变了我们的生活，他们的幸福也黯淡褪色，趋于平淡。幸福黯淡时，他们对彼此的迷恋也黯淡了。他们似乎找到了一种更含蓄的方式来表达爱意——或者并不是含蓄，而是别的东西？我很担心。我们的父母还在一起，但他们各自的家族中都各有一段充满了背叛与悲剧色彩的往事。我祖母安娜盛年早逝，丈夫另娶了一个他不爱的女人，而且据大家所说，他对这位新妻子很不好。几年之后，女人离开了他。祖父意识到自己错了，但为时已晚。她再也没回来，他则染上了酗酒的毛病。我的外祖父弗雷德里克则和别的女人生下了一个孩子，母亲始终没原谅他。至今他依然是母亲的心头刺。不管何时别人提到他的名字，母亲的脸都涨得通红。

历史会重演吗？某些迹象告诉我，它还会重演。那是一个代代相传的模本，它将病菌撒向子孙，在相似的条件下，创造出无数大同小异的悲剧。我需要确保自己对那些症状免疫。我想创造自己的剧本、自己的故事，不要沾染前人的不幸。因为我的父母虽说幸免于难，却没人能预料明天他们之间会发生什么。

*

“丢炸弹喽！”父亲边喊边把我高高抛起，我落进水中，又叫又笑，双腿踢着海浪，带着泡沫的小浪头从我身边涌过。

这天天气非常炎热，露西和我们一起下海游泳。她穿着黄色泳衣，脸被晒得发红。当我落在她身边时，她大笑起来。她说沃尔特那天病了，胃有点不舒服。“其实我觉得他也不怎么喜欢海，”她实话实说，“但我喜欢！”

她迎上一个浪头，有那么一会儿，她看起来像个在水中嬉戏的孩子，跟我们一样。这大大增加了我对她的好感。

“我也要玩‘丢炸弹’！”本大喊道。

“好吧，”父亲说，“要开始啦！”

“丢——炸——”他抱起本，“弹喽！”他用浑厚的声音高喊，将本抛了起来，又看着他落进水里，就像刚才扔我时一样。

海鸥嘶哑的鸣叫声穿透天空。它们在我们的头顶盘旋着，拍打着灰色的翅膀。团团云朵从蓝色的地平线外掠过来。天气终于要凉爽下来了吗?

我正要将这些指给父亲看，一个浪头猛地涌了上来，当头砸下。我正喘息着想吸几口气，浪头就将我卷了进去。漫长的几秒之中，一切都变得冰冷黑暗，我拼命挣扎着想游回海面。

我刚成功出水，便看见本的身体被一个浪头吞没，他小小的脑袋消失在海里，看不到了。

我尖叫起来，嘴里满是咸涩的海水。这个浪头并不算大，但它的拉力却是我前所未遇的，仿佛水下有一只手死死抓住了我。大家都惊呼起来，四散奔逃。

“遇上激潮了！”有人大叫，“别待在海里！”

“赶紧上岸！”父亲高喊。

“我找到他了！”露西也高喊着回应。

我看见她潜入水中，出水时抱着本。她的眼睛睁得老大，眼神里满是惊恐。

父亲一把接过本瘫软的身体，挣扎着将他带到岸边，迎上了母亲，她尖叫着：“本！本！”两个救生员冲过来将他平放在沙滩上。他双眼紧闭，脸色发青，这景象令我作呕。

一群人围到了他身旁，他们湿漉漉的身体泛着光。

一个救生员把本的脑袋转到一边，开始口对口进行人工呼吸。

本毫无动静。

我将脚趾插进沙子里，心脏在泳衣下怦怦直跳。我甚至屏住了呼吸，只是为了体验我弟弟此刻的痛苦。

他可能会死，我冒出了这个不可想象的念头。

父亲站在我旁边，浑身都在滴水，我能听到他沉重的呼吸声。我闭上双眼。真是太可怕了，我无法承受。

突然传来一个声音，我睁开眼睛，看到本大口大口地呕着海水，救生员此刻正扶着他坐直。大家都鼓起掌来，母亲想冲过去搂住他，别人不得不将她拦住。

“他会没事的，”救生员向我们宣告，“可我们还是要送他去医院。”

“利昂！”母亲大喊，“他还活着！”

我们三个人紧紧拥抱在一起，母亲哭了出来。

“露西呢？”我突然问，“她救了他呀！”

母亲顿时止住哭泣，一手捂住了嘴。我们呼唤着她的名字。“露西！你在哪儿？”

但只有涛声暗示着她的去向。

露西潜进水里把本救上来之后，我们都以为她就站在我们身边。

母亲脸色煞白。“露西，”她声音嘶哑，拽住了救生员的胳膊，“我们的朋友露西刚才和我儿子一起在海里——她救了他。她刚才去救他了，现在她还在那儿，还在海里。”

她从头到脚都颤抖了起来。父亲让我们留在海边，他开车跟着本去医院。他忧急交加，完全没了头绪。“我会尽快回来的。”他说。

我奔向母亲，和她紧紧拥抱，同时两个救生员快步走向大海，海面此刻呈现出不祥的宁静。天空万里无云，阳光闪耀。海鸥们飞走了。救护车带走了本，远处传来它哀鸣般的警报声。另一辆救护车开了过来，随之而来的还有新的救生员。母亲和我站在岸边，石子硌痛了我的脚——我在混乱中丢失了鞋子。出于关切与同情，有几个人留了下来——真是出于关切和同情吗？他们对我们说了些话，但我不记得他们说了什么，也不记得我是否有所回应。我只记得他们提到了两年前淹死的一个女孩。“还记得那个可怜姑娘吗？这片海滩太危险了，”一个男人说，“我可再也不来了。”

母亲和我什么都没说。我们不愿去想另一个女孩，只想着露西。我们就这么注视着那片波光闪烁的广阔海面，紧紧地、沉默地握着手。“得有人去通知沃尔特。”她终于开了口。

救生员们已经出发了很久，他们回来时一副筋疲力尽的模样，摇着脑袋，看着我的母亲说他们能做的都做了，但没有找到露西。“不过这也不能说明什么，”救生员说，“直升机马上过来。”

很快直升机便到达了现场，开始在海滨一带盘旋，引擎的轰鸣声在沙滩上空回响。

我看着母亲。她神情木然，似乎将感情封闭在了某个遥不可及的地方。

这令我害怕。一切都令我害怕。

我的世界开始崩塌破碎，碎片穿透了我的心脏，犹如脚下的石子刺破了皮肤。沃尔特知道后会做何反应？

他们一定要找到露西。

必须找到。

她救了我弟弟，却代替他沉入了海里。

代替了本。

我紧紧抓着母亲的手。她的手指握起来很脆弱，仿佛要碎了一样。我不清楚我们在海滩上等了多久。我眼看着太阳渐渐暗淡，光芒渐渐变冷。“快找到她，快找到她，快找到她。”我在心中一遍遍默念。

本被留在医院过夜——保险起见，医生说。

母亲去陪他了。

沃尔特坐在我家厨房里，抽着烟斗。父亲坐在他对面喝酒。

两人都没有说话，他们无话可说。

我们都知道发生了什么，没有人说出口，但我们心知肚明。直升机找不到她了，没人能找到她。

只有大海知道她身在何处。

*

露西失踪的次日，变天了。

云的颜色暗沉下来，似乎预示着夏天的结束。气温下降，雨点纷纷洒落。雨下个不停，时速 70 英里[1] 的狂风卷起泛着白沫的大浪，找到露西的可能性急剧下降。

半夜，我们听到了一声爆炸般的巨响，电光紧随其后。我跑向窗边，照亮了天空的闪电，看上去像是霓虹灯做成的树枝。我吓坏了，冲回床上。本醒了，惊声叫了起来。我听见母亲在安慰他："只是打雷，宝贝，只是打雷。"

早晨，风雨平息了一些。我走进花园，环顾四周。我曾深爱的风景已面目全非，昔日的美丽荡然无存。大海和它咸腥的气味曾是我幼年生病时的万灵药，如今却变得黑暗而不祥。此刻，连空气里都充满了悲剧的气味。我想象着露西的遗体被海浪随意抛掷，撞在岩石上——她的皮肤被晒焦，被泡肿，被撕裂。

她挣扎了多久才失去生命？她的遗体已经在水下腐烂了吗？他们还能不能找到她？

这是个可怕的念头。仅仅几天之前，这个羞怯无辜的女人还和我们一起坐在我家的餐桌旁，此时此刻，她已不复存在。

我们的房子也变得不一样了，就像送走最后一班列车的车站：空虚、凄凉。媒体发现了这件事——本地报纸的头版上，露西的头像凝

1　1 英里约等于 1.609 千米。——编者注

视着我们。《继小维尔玛之后露西·康东殒命：我们的海滩是否安全？》便是用醒目大号字体印刷的头版标题之一。

一群电视台的工作人员不请自来，出现在我们家中，同来的还有几个新闻记者。电话铃响个没完，报道一篇篇印了出来，其中提到了我父亲和露西——“戏剧导演和著名法国女演员”。

我们全都渴望逃回伦敦，但我们不能。我们被困住了，父亲试图安抚我们。

“她可能没事儿，谁知道会不会有奇迹呢。”他说。

他真的如此相信吗？

第三天早晨，露西依然孤身漂在海上。我查阅了激潮、离岸流和疯狗浪的资料。露西就像一粒沙——苍白、柔软、温暖、不溶于水。

也许父亲说得对，也许她还活着。也许她设法爬上了岩石，后来游回了岸边。也许她在哪里找到了庇护所。

“把克里斯蒂娜和彼得叫来吧，”我无意中听到母亲对父亲说，“他们应该过来，他们擅长处理这类事情。”

“他们是激进分子，”父亲说，“这种人为什么就擅长处理事情？再说你提到的又是哪类‘事情’？我们有什么必要找人过来？”

“好啦，利昂，你知道我的意思，”母亲疲惫地说，“彼得都伤心一辈子了。”

“还是有些不一样的，不是吗？他都不怎么了解他父亲……”

“这是为了孩子们，”母亲坚持道，“对他们来说，这是一段极其艰难的时期。本也喜欢你妹妹，我觉得这是个好主意。索尔兹伯里离这里不远，他们很快就能过来。”

“他们的孩子呢？万一他们把那对人厌狗嫌的双胞胎带来怎么办？”

“不会的。在这种情况下他们不会带孩子来的。那对双胞胎也不是人厌狗嫌，只是男孩子比较调皮罢了。”

“好吧。那就给他们打电话吧。”

我对我的希腊先人们了解不多，只知道曾祖父出生在阿尔巴尼亚边境附近伊庇鲁斯山区的一个村庄里，在 19 世纪 80 年代移民到了英国。祖母年纪轻轻就去世了，当时我父亲和他妹妹克里斯蒂娜年纪还小，祖父独自将兄妹俩抚养成人。他们与希腊亲戚的关系最好时也只能谈得上淡漠，现在已经完全不联系了。虽说继承了地中海式的长相与希腊风格的姓氏，我父亲对他的祖先几乎一无所知。他似乎也不太在乎这些，克里斯蒂娜也一样。克里斯蒂娜的丈夫彼得热衷政治，是个著名的工党活动家，积极投身各种事业，包括与巴勒斯坦相关的政事，致力于将它发展成一个民主的世俗国家。夫妻俩都是巴勒斯坦团结运动组织[1]的成员，甚至认为以色列应该从地图上消失。我父亲不赞同他们的观点，母亲却有那么点儿想投身运动的念头——并不是她对这项事业抱有坚定的信念，而是她觉得生活太舒适了，想为世界各地受压迫的人出一点儿力。“那就把你的衣服都捐掉，去参加反对种族隔离运动[2]或者联合民主阵线[3]吧，它们都比巴勒斯坦团结运动强多了，”父亲反驳道，“南非比巴勒斯坦更需要我们。团结不只是像彼得和我妹妹那样喊喊激进口号，也应该做些实事。南非的种族隔离制度能够被消除，而且应该被消除，以色列可不一样。”

彼得的父亲詹姆斯20岁时死于耶路撒冷的大卫王酒店爆炸事件，彼得的母亲克莱尔当时已怀上了他，她带着一颗破碎的心回到了英国。这一事件给世界与彼得的家庭留下了久久不散的余波，彼得深受影响。彼得的母亲深信以色列是罪魁祸首，事件发生后，她一直在家乡肯特郡过着仅能勉强糊口的艰难生活。在她的鼓动下，彼得也渐渐将以色列视为母子俩一切不幸的根源。

彼得12岁时，克莱尔找到了一份好差事，成了一名图书管理员。那年她带着儿子去犹太丘陵[4]的拉姆赫战争公墓给丈夫扫墓，“我们要

1 巴勒斯坦团结运动组织：关注巴勒斯坦议题的英国非政府组织，致力于声援巴勒斯坦，呼吁社会各界对巴勒斯坦予以关注。——译者注

2 反对种族隔离运动：致力于摒弃南非种族隔离制度的国际运动。——译者注

3 联合民主阵线：成立于20世纪80年代的南非反种族隔离组织，现已解散。——译者注

4 犹太山丘：位于约旦河西岸地区的山丘。——译者注

找的是 G 排的 7 号墓”，她对儿子说。

彼得先找到了地方，当他看到墓碑上父亲的名字时，受到了深深的触动——“詹姆斯 · 弗朗西斯 · 贝茨，皇家炮兵部队步枪手二等兵，1926—1946”。他声称，自己心中就此萌生了一种渴望，要为全世界被压迫的人发声，但我父亲认为他的渴望远不止于此：“一开始他的信念还是有正当理由的。后来，当他年纪渐长，正当的理由就变质成了错误的借口，就像种族间的仇杀一样。”

20 世纪 60 年代早期，彼得离家前往南美，在海外志愿服务社待了两年，后来他说这段经历对他“影响深远”。1968 年，还在伦敦国王学院念书的他写了一本宣传册，题为“新种族隔离制度：7 号墓”，呼吁全英国对以色列进行抵制。许多人在宣传册上签了名，包括克里斯蒂娜，彼得就是这样和她相识的。彼得曾认真考虑过中断学业，好将更多时间投入在《7 号墓》上，但克莱尔极力阻止了他，说詹姆斯绝不希望儿子离开大学校园去搞政治活动。

当时克莱尔早已再婚，嫁给了肯特郡的一个公证员，又生了两个孩子。对这位居住在坦布里奇韦尔斯市，已经发福却依然动人的普兰顿太太来说，政治已是久远的过去了。但对彼得来说，分歧的种子早已种下：他同母异父的兄弟们拥有慈爱的父亲，他却没有。母亲的悲恸为他的少年时代定下了基调，她曾在夜晚那么温柔地拥抱着他，现在却活得开开心心，似乎淡忘了那段为纪念詹姆斯而与彼得共同战斗的日子。

说实话，往日的幽灵从未离开过彼得。我长大一些后曾猜测过，他战斗不休，与其说是为了告慰父亲，不如说是为了重获母爱。如今，我已无法分辨缘由。确定无疑的是，詹姆斯 · 贝茨在 7 月里炎热的一天被犹太复国主义激进分子杀害，这场悲剧在我的家族里留下了印记。虽然彼得信奉我父亲口中“无趣至极的激进主义”，但我认为我们中没有谁能够客观公正地看待中东的政事。彼得有一份记录，极其详细地记载了 1946 年 7 月 22 日事件的全过程。记录放在一个大文件夹里，里面有几篇报道与事件发生前后酒店的照片，有一张彼得父母在新婚之日拍摄的照片，他母亲天真又娴静，父亲则年轻而孩子气，对镜头微笑着，手臂搂着新娘的腰；有关于第六空降师的简报，那是詹姆斯曾经服役的部队；还有一封詹姆斯的母亲威妮弗雷德写给《诺丁汉晚报》的信，是在詹姆斯死后不久写的，标题是“别了，我的骄子”。我们去彼得家做客时，他必定会拿出这一整套资料给我们看，但我觉得其中最令人心碎的还是这封信。

1977 年，克里斯蒂娜生下了一对双胞胎。他们需要夜里起床给两个男孩喂奶，换尿布，这大大减少了夫妻俩参与各类政治活动的时间，那个文件夹也暂时被束之高阁，尤其是双胞胎中的詹姆斯有一段时间还生了病。他们不清楚病因，但詹姆斯很快就康复了——“坚强的孩子，就像他祖父当年一样”。

双胞胎一进托儿所，在当地大学教英语的彼得就立即重拾了他搁置的事业，不过如今《7号墓》已经换了个更加大众化的名字，也涉及了南非与其他一切他认为值得为之战斗的事业——许多事业。

犹太极端分子杀害了彼得的父亲，仅仅因为后者恰巧是个英国士兵。他们夺走了孩子的父亲，这本身就是一桩极为可耻的罪行。哪怕1946年对我来说就像另一个世界那样遥远，我依然对彼得的痛苦感同身受。

只是露西在海上失踪后，他们来多塞特郡看望我们的那天，彼得特别沉默寡言，不知是因为什么。他只说了一句“我们会全心全意与你们共渡难关”便不作声了，窗外无情的暴雨仍在倾泻而下。

彼得在公共场所演讲时声音清晰而洪亮，与我们私下相处时却不言不语，几乎像是不知道该说什么。这是因为我父母没有为某项事业战斗，还是他对陌生人的死亡难有感触？他几乎不认识露西，虽然他和克里斯蒂娜参加过露西的婚礼。我记得他在婚礼上拨弄着领带，别人都在跳舞，他却独自站在自助餐台旁。他看起来比从前矮胖了些，头发梳成偏分。他的大眼睛充满忧虑——其中没有我常见到的坚定热烈，也没有惯常嬉笑怒骂时的活力。婚礼那天他没有大声说话，只是流露出深深的不安，克里斯蒂娜却毫无异样。她大杯大杯地喝着香槟酒，舞也照跳不误。她穿着红色低胸连衣裙和高跟凉鞋。我听见她在舞池中大笑，扯着嗓子说话，甚至可能喝醉了。克里斯蒂娜在文法学校教美术，也在当地画廊中办画展。据我母亲说，伦敦有人对她的作品感兴趣，这让克里斯蒂娜十分开心，因此那天她的情绪也格外高涨。

克里斯蒂娜和彼得不同。他俩有着相同的政治观和道德观，但克里斯蒂娜带着某种优雅自如的气质，这是她丈夫所缺乏的。从克里斯蒂娜把本叫到一边聊天时的神态里，我就能看出这一点。她做得十分自然，举手投足都满含自信。而彼得尽管整天嚷嚷着国际化抵制行动与社会工作，在自信上却无法与她相比。克里斯蒂娜和人打交道很有一套，特别是和孩子打交道。我喜欢和她相处，本也一样。我听不见她在对弟弟说什么，但当她对本说话、抚摸他的头发时，本的小脸立即焕发出了光彩。

然后本又垮下了脸，克里斯蒂娜离开他去厨房找我母亲。她俩开始一起做饭，我在屋外面看见她们边剥菜叶边垂着头交谈，神情看起来很严肃。当时我在花园里，趁雨暂时停下透过厨房的窗户向她们张望。接着瓢泼大雨再次降临，她们的面容也模糊起来，仿佛一张老相片。

但我没有进屋，而是留在了被雨淋湿的花园里。这是个冲动的行为，仿佛我需要与自然亲密交流。于是我仰起脸，抬起胳膊，任由暴雨将我浇透——我的头发、脸颊、衣服、穿着凉鞋的双脚都湿透了。母亲跑出来一把抓住了我的胳膊。“汉娜，你在做什么——你疯了吗？你会得肺炎的！你还嫌我们操的心不够多？”她吼道，“去把身上擦干！立刻就去！”

她的声音尖锐而愤怒，我边低声骂她边跑上楼换衣服。难道她不明白？一切都面目全非，一切都不可理喻——所以我才会这么做。

但正如她所说，现在不是争吵的时候。

我把湿衣服扔在地板上，擦干头发，从衣柜里扯出一条连衣裙，重新走下楼去。父母已经点好了蜡烛，餐桌布置得十分美观。本阴沉着脸。我们都坐了下来，就在吃饭的时候，大雨变成了冰雹。它们将窗格砸得砰砰作响，接着又变回了雨。母亲做了土豆泥配鸡胸肉和胡萝卜，但我们其实都没什么胃口。

本始终垂着头一言不发，哪怕克里斯蒂娜和他说话时也是如此。因此我们不再管他，假装一切正常，彼得开始谈论他的孩子们和孩子们的学校，又谈到黎巴嫩战争，父亲立即打断他，将话题转到玛格丽特·撒切尔身上（“今天不谈打仗，彼得，不谈打仗”），然而提到撒切尔就不可避免地要提到马岛战争，因此机敏的母亲开始滔滔不绝地回忆起阿根廷来。她说她小时候去过那里，我们哪天也该去那里玩玩——它在南美洲呢。

但没有人真正在意。我们不在意南美洲，不在意孩子的学校，也不在意马岛战争。我满脑子想的只有露西，独自漂在海上的露西。

我知道本肯定也在想着同样的事。

然后我父亲提到了披头士乐队，我们聊起了约翰·列侬。本暂时抬起了头——他是披头士乐队的歌迷。我说我想去纽约，去中央公园看草莓园[1]。本说他不想去，然后又陷入了沉默。母亲看起来很忧虑："本，亲爱的，请你不要难过，跟我们说说你想聊什么！喜欢聊什么都行。"

本搅弄着食物，一言不发。母亲便说没关系，不想吃饭就不要吃，她很乐意跟他聊聊披头士、草莓园或者任何他想聊的话题。"但我不想聊天！"本大叫起来，"你不懂吗？我根本什么都不想聊！你不明白吗？你不明白吗？"

他用叉子捣着土豆泥，一下比一下使劲，一团团土豆泥溅得到处都是。母亲喊了句什么，但已经来不及了。本双手抓起盘子，将它在桌上砸成了碎片，食物洒得一片狼藉。我们不知所措地看着他。母亲脸色发白。"本，"她轻声说，"本，拜托——"

本一把推开椅子，朝他自己的房间跑去，留下了一地板的土豆泥和碎瓷片。彼得和克里斯蒂娜惊呆了，说不出话来。很长一段时间里，我们全都沉默着。

最后母亲站起身，走过去打开了厨房的壁橱。她拿出一把扫帚，慢慢将碎片扫成一堆。彼得逃也似的跑上楼去，克里斯蒂娜则清理了桌上剩下的盘子。父亲一动不动地坐在椅子上，眼神空洞，像个喝醉酒的人。

1　草莓园：中央公园里的一个小广场，为纪念约翰·列侬而建。——译者注这是我最初的人生经验：

悲剧发生后余波经久不散，会改变正常的生活秩序。

脆弱与力量来得同样迅速。

愧疚与悲伤同样强大。

没有什么是理所当然的。

所有美好的事物都可能消失。

我高大的父亲如今变得渺小，我母亲只敢轻言细语。

沃尔特假装一切还与以前一样。

本几乎不说话了，他说他一开口就嘴疼。

而我呢，我夜夜都梦见大海，梦见巨浪将我吞没。

梦见露西沉入海底前那双惊恐的绿眼睛。

*

两周之后，仍然没有发现露西的遗体。

沃尔特催促我们回伦敦去。“我会等她的，他们一定会找到她。”他说话时的态度相当镇定，“尸体不会就这么消失在海里。”

我们不情不愿地离开了。离开前，母亲说她要把我们在多塞特郡的房子卖掉。它被诅咒了，她说，房子的窗户正对着害死露西（不用说还有另一个女孩）的海滩，我们不可能再留着它。“这对我们的情绪不好，”她说，“海滩也不安全。”

“不，”父亲回答，“那是偶然事件，很可怕，但依然属于偶然事件。这种事不大可能再次发生。我不会卖房子。”

他们开始争吵，一直吵到深夜。这是他的房子，不是她的。他已经拥有它20年了，爱它胜过一切，她无权卖它。“这跟有没有权利无关，这是常识！”她大吼着，“孩子们呢，利昂？你看看弗洛伊德会怎么说！”

“我他妈的才不管弗洛伊德呢！”父亲吼了回去，“我只在乎我的房子！”

然而母亲最终还是赢得了这场战争。我猜她说服了认命的父亲，告诉他这样做才是对的。“我已经跟她吵累了，”后来他告诉我们，“再说也许她是对的，也许她头脑最清醒。”

本和我没有异议，因为我们谈不上头脑清醒。我们只知道这事令我们更加心碎，但满怀忧虑的我们无法阻止她。

所以房子被卖掉了。我无法狠心对它说再见——本也一样。我们童年的最后一位见证者也不在了，原本就沉重如山的悲伤之上又添了一层失落的哀戚。

它是座房子，露西是个人，失去两者的感觉却是相同的。

时间飞溅开来，犹如鲜血。

3

一天早晨，沃尔特打来电话，说要来伦敦待两天，想在次日过来吃晚饭。

母亲往鹅肚里塞着填料，仿佛要做圣诞大餐。“为了纪念露西，我们明天吃法国菜。”她向我们宣布。

她好几周没下厨了，作为补偿，这顿饭十分丰盛，她做了烤土豆、烤栗子、炙蔬菜配热肉汁。她还端上了法式奶酪和黑巧克力奶冻作为甜点。她点起蜡烛，将整个房间照得通明，还放了法国歌手夏尔·阿兹纳武尔的歌。

大人们吃得兴高采烈，仿佛一切如常。

本和我勉强吃了点东西，装出开心的样子。

沃尔特看起来跟从前没什么两样：快活，温柔，只是好像不大爱说俏皮话了。他喝酒比以前多，大家都喝得比以前多。直至晚餐的尾声，他们肚子里灌了足够的酒后，才提起了露西。沃尔特坚持说那次事故无法避免，因此也没有谈论的必要了。

“她不在了，”他说，“我会挺过来的，我们都必须挺过来。挺过来的唯一办法就是忍痛出发，一路向前。”

我注意到他嘴唇发紫，就像酒的颜色。

“不可能那么简单，”母亲说，“你不可能说向前就向前了。”

父亲责备地看着她："安妮塔……"

"这是在精神创伤的影响下说出来的话，不是他的本意。"母亲指着沃尔特继续说。

她喝醉了，我看得出来。她说话的模样很怪，嘴唇仿佛变得跟果冻一样，软乎乎的。

"我没有精神创伤，只是心里难受罢了。"沃尔特说，他以前从不当着我们的面这样说话。

"沃尔特，'难受'这个词太轻了。"母亲还在说个不停，声音也过于响亮。

"确切地说是精神创伤。精——神——创——伤。"

"安妮塔！"父亲突然大吼，"够了！"

母亲看着他，轻轻笑了两声。"够了？真的吗？"她用餐巾轻轻擦了擦嘴，目光灼灼地瞪着他，"我来告诉你什么是够了，利昂。要不是你当初玩那个扔炸弹的蠢游戏，这一切都不会发生，都不会发生，还有——"

"孩子们一直喜欢那个游戏，你知道的，而且你也玩过。你是忘记了吗？"父亲厉声反驳。

"不，我没忘，但那不是重点，对不对？对不对？"她高喊着，"我说的是实话！如果你当时没下水，如果你没玩那个游戏，这一切都不会发生，是吗？"

“安妮塔，利昂，这件事谁都没错，谁都没错。”沃尔特说，他的声音小得几乎听不清。

但父亲没听沃尔特说话。他的整张脸都颤抖起来。我吓坏了，我从未见过他那个样子。他开口了，一字一句说得很慢，充满了威胁：“你是在怪我吗，安妮塔？你想把过错推到我身上？你怪我招来了那个我根本不能控制的该死的离岸流？”

“我不是怪你，但我觉得我们在这件事上都有责任。”母亲回答，躲避着他的注视。她又给自己倒了一杯酒。现在她已经紧张起来了，却还在试图掩饰。

“不错，”父亲大声说，语气阴沉而愤怒，“你说得对。如果你当时能想起露西还在水里——面对现实吧，你忘了她还没上岸，她刚救了你儿子——你的儿子，不是她的——要是你当时想起有这回事，救生员或许还能找到她，把她救回来，是不是？是不是？”问到第二次时，他已经在怒吼了。

“利昂，安妮塔，拜托，”沃尔特再次开口，我看着他，发现他脸颊通红，像是快要哭了，“她走了，我们做什么也无法改变这个事实。”他声音嘶哑地补充了一句。

我真想逃走，想从这里跑开，躲到我的卧室去。他们互相喷吐着毒液般灼热的字句。争吵的这两个人真是我父母吗？还是悲伤带来的无助感让他们失去了常态？

父亲又倒了一杯酒。母亲点起烟，不安地抽着。本的脑袋垂得几乎要碰上盘子了，双腿在桌下抖动着，碰到了我的腿。我将手放在他的膝盖上，轻轻捏了一下。我感觉自己应该说些什么。说什么都行，只要能驱散笼罩在我们头顶的剑拔弩张的不祥气氛，让大家好好说话。

“露西是我们之中最勇敢的，我们应该以纪念勇者的方式纪念她，”我一口气说了出来，“而不是以其他方式。”

一片沉重的静寂，大人们都盯着我看，然后父亲开口了：“你说得对，汉娜，说得非常好。你的话对极了，她是我们之中最勇敢的。”

此刻本也抬起头看着我们，他的脸显得很小，很脆弱。

“淹死的应该是我，不是她。所以这是我的错，所以你们才会吵架。”

母亲立即捻灭了香烟，站起身向他走去。“绝对不许这样想，我亲爱的儿子，永远不许。”她声音颤抖地说，将他搂在怀里。

“可这是实话，”本继续说，“我对她很坏。我捉弄她，可她还是救了我，虽然我是个可恶的孩子。”

“你并不可恶，本，她知道你只是在犯傻而已，”沃尔特打断了他，看起来很忧虑，“千万别以为她会往心里去。”

“不，她在意的——而且汉娜说得对，”本的神情十分难过，“她比我们所有人都和善，都勇敢，现在她却死了。”他加了一句，接着便止不住地抽噎起来，“她死了，我捉弄过她。”

母亲把他搂在胸前，他却一把将她推开，向楼上奔去。

“你们谁也不许进我的房间——我说了，谁也不许！”他喊道。

我连忙追了上去，但他在我追上之前便甩上了门，我久久伫立在门外，徒劳地呼喊着他的名字。

那天夜里，上床睡觉之前，我去厨房拿水喝。正要进去时，我发现沃尔特正在和母亲说话。

她倚在火炉旁，他紧挨她站着，而她正边笑边轻轻把他推开。“好啦，沃尔特。”我听见她说，接着又说了几个含糊不清的字。

他不动了，突然露出了悲伤的神情。“当然，”他说，“当然。”

我一定发出了什么声响，因为两人都抬起了头。

“汉娜，亲爱的！”母亲说，她匆忙和沃尔特拉开了距离。

“我只是想喝点水。”我说。

母亲倒了杯水，递给了我。我吻了她和沃尔特，道了晚安，便上楼回房间了。

我想入睡，却睡不着。我觉得哪里不对。我有种难以形容的感觉，就像在冰面上滑行。

*

本和我去拜访一位儿童心理学家，她的办公室在汉普斯特德一条树木葱茏的街道上。格拉斯博士戴着一副大眼镜，灰发紧紧地梳成发髻，头皮都露了出来。我觉得她的头皮让人很不舒服，想站起来跑回家去，但一听到她说话，我便很快忘记了她的发际线。

格拉斯博士告诉我们，海滩上发生的并不是一起孤立事件，而是和其他伴生事件互相牵连的（她解释了“伴生”这个词的意思）。重要的是，她说，要理解“因果”的含义。要知道意外是确实存在的，我们遭遇的便是一起意外。“并不是每件事都能找到合情合理的原因。”

接下来格拉斯博士谈到了露西，措辞十分谨慎。她说露西溺水是不可避免的。当时出现了离岸流，可能会将她拖离海岸（所以才叫“离岸流”），这和她是否出手救了本没有关系。格拉斯博士强调，这不是我们的错。关键是我们必须明白这一点——发生的一切都不是我们的错，而本对她的一两次捉弄是无关紧要的。这句话她重复了好几次，“无关紧要”。

“不对。”本用细弱的声音说。

“为什么不对呢，本？”

“因为欺负了别人就会内疚。通常，你有机会去说对不起，我没办法对露西说对不起，因为她死了。”

然后他低下头，想藏起他的泪水。我抓住他的小手，紧紧握住。

格拉斯博士注视着本，许久之后才开口。“你说得对，本，你显然也是个非常敏感善良的人。但是你瞧，我觉得露西一开始就知道你有多内疚。我认为她那时立即就原谅你了，因为她看得和我一样清楚：她知道你不是有意的，你还小，任何人都会原谅你。”

本抬起头，含泪看着格拉斯博士。“但我不能原谅我自己。”他声音很轻，几乎像是不想让我们听见。

之后他就再也没开口，回家的路上也一直沉默着。

母亲决定让我们再去见格拉斯博士几次。

我们去了。悲伤没有消失，但悲伤压在心头的沉重感消失了，至少对我而言是如此。后来，一天早晨，沃尔特打电话说在多塞特海岸边找到了露西的遗体，离事发地不远。她的遗体在暴风雨中被冲上了岸，一个渔民发现了她。

“我们可以给她下葬了。”他说。

我问母亲露西被发现时是什么模样，但始终没得到回答。母亲说，重要的是，露西被找到了，我们终于可以让她入土为安。

露西被葬在了法国。

我父母去参加葬礼，我们便住在教母南希家，她是母亲的老朋友。南希是位画家，住在考文特花园一家泰国餐厅的楼上。泰国菜的气味常常飘进窗来，但她似乎并不在意。

她给我们烤曲奇饼，那天夜里，她让我们看电视看到很晚。

第二天早上，她女儿安娜来了。安娜是个时髦的学生，头发编成许多辫子，食指上戴着一枚很大的绿松石戒指。她教我做串珠项链，接着又加大音量播放超级流浪汉合唱团的唱片，我们举起胳膊，随着《美国早餐》的旋律在客厅里跳舞。

本上蹦下跳，哈哈大笑。还是有希望的，我想。从现在起，一切都会好起来的。

*

1983 年 11 月，我们搬到了诺丁山，哈洛德百货公司在我们搬家的前一天刚遭到爱尔兰共和军的炸弹袭击。这是个不幸的巧合，母亲想推迟搬家计划，以此表示对遇难者的尊重，但父亲说这个建议太荒唐了，别人的生命终止了，我们的生活却不能停下脚步。

于是我们搬家了。

位于牛津花园的新家是座古色古香的老屋，和哈默尔史密斯的公寓相比，它空旷得像个山洞。我们的家具在宽敞的房间里突然显得小了许多，厨房和客厅里尤其如此。从客厅能看见一座僻静的花园，里面有一棵高大的梨树，还有一丛丛玫瑰。卧室一共有四间，散发着新鲜的涂料味。卧室的天花板很高，窗户上装着熟铁栏杆。有些卧室，像这座房子里的许多地方一样，已经破旧失修，需要翻新。“我们一定能适应的，”母亲说，“至少我们已经走出了这一步。”她补充道，“发生过的事情我们永远不会忘记，但我们可以重新开始，”她的声音里充满了自信，“和沃尔特一起。”她最后加了一句。

沃尔特在切尔西还有一间公寓，但他说没了露西，公寓就显得空荡荡的。因此他越来越频繁地在我们家过夜，尤其是和父亲喝多了酒以后。“我还是别冒险开车为好，”他说，“安全起见，我还是待在这儿吧。”

他在这里留宿过许多次，我很高兴，我喜欢他的陪伴。

沃尔特睡在阁楼里。那是个安静的房间，有倾斜的天花板和一张双人床，床柱上雕着狮子。房间里有个蓝色的小盥洗池，是前任房主留下的，已经不能使用了；还有个樱桃木抽屉柜，曾经属于我的祖父。房间里有股淡淡的稻草味，或者说是一种乡土气息，母亲开玩笑说之前住在这儿的可能是个农民。父亲提醒她，前任房主是位艺术家，几乎不可能务农。她大笑起来，我却不明白哪里好笑，但至少他们笑了。

因为父母口中的“那次事故”，父亲落下了腰椎间盘突出的毛病，但圣诞节过后两天他又能重新站直了，母亲说这是个好兆头。一月，她开始学瑜伽，还进了开放大学[1]。“我要当治疗师，”她对我们宣布，“我想拿个博士学位，自己开诊所，给别人提供帮助。这要比从前我

---

1 开放大学：英国国家高等教育机构，对学生的年龄、学历等无严格限制，只要年满18岁便可申请入学。——译者注

们帮助自己好得多。”她微笑着补充。本没法帮助自己——我们似乎也没办法帮助他。我们只得粉饰太平，因为没人知道该怎么解决这个问题。然而我依然将挽救本的希望寄托在母亲身上：她一定能救他。为人父母都会这么做的，不是吗？

在此期间，我的外祖父弗雷德里克去世了。

母亲一个人乘飞机去奥斯陆参加葬礼。她不肯让父亲陪她去。回来的时候，她显得很难过，这是我没有料到的。

“我应该与他和好的，”她的声音听起来很脆弱，“可我怎么办得到？他背叛了我母亲，和另一个女人来往，生下了奥拉夫。你们知道吗？奥拉夫也去参加葬礼了，他是个漂亮的孩子，今年一岁了。我弟弟也去了，带着他的新太太。她人很好。他们说下次来伦敦时一定会拜访我们。他们有个和你一样大的儿子，本。”

我感兴趣的不是舅舅，而是奥拉夫，她之前从未提过他的名字。我们谈论了这个孩子，还有外祖父的“另一个女人”。“头脑简单的姑娘，根本不懂自己惹上了什么。但她现在懂了，”母亲补充了一句，“现在她真的懂了。”

母亲继续说，外祖母希尔德想帮忙。她已经原谅了丈夫所做的一切，包括他的情妇和私生子。她一直深爱着弗雷德里克。

我觉得这种想法十分古怪，难以接受。就我对外祖父的了解，他身上没有什么值得被爱或被原谅的地方。他模样苍老，总是一副闷闷不乐的神情。但除了在几年前的挪威之行中，我们几乎没怎么见过他。也许他有着完全不同的另一面，更和蔼、更温柔的一面。一定是有的，不然的话，为什么会有这样一个年轻漂亮的女人爱上他呢？

因此我发现自己也在哀悼他。我并非在哀悼我认识的外祖父，而是在哀悼我不认识的他。我哀悼生命中错失的那些机会，也哀悼这样一个事实：如果我愿意努力，或者如果母亲愿意与他和好，也许我会爱我的外祖父。

如果我能有更多时间与露西相处，或许我也会爱她。

*

无论何时，只要提到海边那命中注定的一天（随着时间一年年过去，这个话题已经很少被提及了），本都会把那天的痛苦再度经历一回。从他的表情、他渐渐激烈的语气，我都能看出这一点。仿佛他再一次躲在露西身后做鬼脸、比手势。仿佛他再一次回到了海上，正在波涛中挣扎。

“我希望你变回从前那个快乐又烦人的孩子，”有一次我对他说，“我希望我弟弟回来，我很想你。”

哪怕这些话真的令他有所触动，他也没有表现出来。那时除了愤怒，他很少有什么感情流露。

另一方面，我父母的感情则流露得过多，这也不是我想见到的。无论何时旧事重提，他们都会趁着酒劲争执个没完。谁该为露西溺水身亡负责成了最常被提起的话题，结果就是重复沃尔特来吃晚饭那天我所目睹的争执。但此时本和我都学会了离开餐桌，任由他俩吵个痛快。在楼梯上，我们依然能听见他们醉酒后口齿不清的争执声。

本和我渐渐长大，父母也不再频繁吵架，但一旦矛盾爆发，结果总是一样的。很快我就发现，无论过去多少年，无论我们接受了多少心理治疗，至少对父母和本来说，“谁该为露西之死负责”一事永远不会有定论。

我与他们的想法不同。我将过错归于大海，至今依然如此。这是个意外，我们需要学会接受它。不管我们逃得多远，露西的无私以及她毫不犹豫潜水救人的恩情将永远铭刻在我们心中。她在世间留下了一些无形的痕迹，尽管这些痕迹会被时光冲淡，但她的一部分将永世长存。我对此确信不疑。

我在广播里听到了关于精神创伤的节目，还提到了精神创伤对家庭的伤害。接受访谈的是一位在知名大学执教的心理学家，他谈了“心理创伤对家庭的后续影响”。在访谈过程中，他提到了“机能失调”这个词，并对此释义，说中了我的心事。难道我们也成了一个这样的家庭？就像他说的那样，对种种迹象茫然无知？

“他们会难以分辨‘分析’与‘责难’之间的区别。”心理学家解释道。对我们来说，这两者的界限已经模糊了。彼此间的责难像一件无形的枢衣笼罩着我的家庭，理性分析已无法实现。在此之前，我一直以为家中的种种困境只是暂时的，如今听到这一段符合实际的分析，它虽然令我难受，却也减轻了我的不安，解答了一些我曾百思不得其解的问题。

我把这位心理学家的话告诉母亲，她否定了我的看法，态度过于激烈，反而进一步印证了我所听理论的正确性。“精神创伤和机能失调是两码事，”她没好气地说，“我们可算不上机能失调，我们正处于适应期。”

“不，我们并没有适应。”我反驳道。

“那是你的看法，不是我的。”她对我说，“你爱怎么想就怎么想好了。”

不知她后来有没有将此事告诉我父亲，我猜她没有。

那位著名的心理学家也谈到了这些：如何适应死亡和悲伤，以及沟通的重要性。他提到精神创伤会改变一个人的内心世界，而重新审视自己的处境则是康复的表现。

我父母并未审视自己的处境，他们还在为谁该为露西的死负责争吵不休。在解决这一争论之前，他们会一直茫然摸索，寻找我深知他们永远也无法寻回的内心世界。

4

11月一个寒冷的夜晚，父亲导演的戏剧上演了。我们早早从家中出发，还拖上了不情不愿的本。为让本出门，母亲少见地威胁了他：“这是对你父亲的职业生涯至关重要的一夜。如果你不肯打起精神跟我们去，他会把你送走的。我是说真的。所以你必须来，我就说这么多。”

“他会把我送到哪里？”本哧笑着说，“监狱吗？”

“是寄宿军校，”母亲反驳道，“在那里你从早到晚都得吃苦受罪，直到锻炼出个人样为止。”

我笑了，我发现本也露出了笑容。本被送到寄宿军校的可能性微乎其微，但这一次，他难得地没有抗拒。他耸了耸肩膀，甚至还洗了个澡——上次他洗澡还不知是什么时候的事。他走出卧室时穿着黑色牛仔裤、皱巴巴的衬衫和带有喷漆图案的运动鞋。但只要他能来就足够了，母亲也克制着，没对他的着装进行批评。

我们跳上一辆出租车，来到了剧院，发现剧院门前已经聚集了一大群人。身材高大的父亲显得鹤立鸡群，在人群中向我们挥着手。为了宣传这出戏，剧院贴出了巨幅海报——“《乡间一月》，原著：伊凡·屠格列夫，导演：利昂·卡拉里斯”。当父亲向我们走来时，一个记者挥舞着巨大的相机，让我们站在一起，他好给我们拍张全家福。

这张全家福我至今还保存着，和旧笔记以及各种老物件收在一起。

我们三人微笑着面对镜头，本站在我们身后，耷拉着脑袋，佝偻着肩。拍摄者喊道：“来呀，小伙子，把脸对着我们！”结果却是白费力气。

本还是拍了照片，这是我们四人同处一室的最后几份纪念之一。

我们被带进了一个私人休息室。一些人围在父亲身边向他道贺，其中有沃尔特，有其他亲朋好友，有熟人，还有剧院的工作人员。父亲自豪地将我们介绍给大家，他搂着本，本则尽力保持着平时阴郁的模样。几年来的第一次，我听见本在与人进行简单交谈，交谈对象是南希与一个我不认识的男人。然后我们便按要求走进剧院大厅，坐了下来。

一个男人走上舞台，对屠格列夫、演员、剧院和我父亲进行了简短的介绍。然后他走下舞台，灯光暗了下来，演出开始了。

这出剧与我父亲此前导演的极简主义先锋派剧作截然不同。演员们身穿奢华的戏服，布景和表演完全能与我见过的最精良的大作相媲美。我看着娜塔利娅与阿列克谢坠入爱河，不禁想起自己与阿伦的恋情，以及如果我与其他男人约会，将会发生什么。

上周，我们赤裸地躺在床上，阿伦漫不经心地用手指拈起了我的一缕头发。“你的头发像墨玉一样黑，和印度女孩一样，”他说，“真美。”他顿了顿，温柔地看着我，“我能剪一缕带回家吗？”

“行啊。”我点点头。

他站起身，从夹克口袋里拿出一把小剪刀。“我专门带来的。”他红着脸说。

他小心翼翼地剪下了我的一缕头发，收进了衣袋里。“我早就想问你这事儿了。”他承认着，躺回了我身边。

他是否在以自己的方式告诉我，我们的恋情已快走到尽头？我想。

我们的关系已经发生了改变。两年来，我们都长大了，相互之间虽然还有爱意，却已不如最初相恋的那几个月里炽烈。如今我们对彼此已十分了解。我们有过争执，甚至大吵过，结果常常是他挂断我的电话，任由我一个人怒火中烧。阿伦性情固执，在涉及政治时尤其如此。他认为印度总理拉吉夫·甘地软弱无能。他憎恨大英帝国，同时也憎恨帝国为印度带来的一切。“你们是为我们建了铁路，但你们毁了我们的人民。”他常常气愤地指责，仿佛印度的种种弊病是我个人的责任。“马克思主义是唯一的出路，”他继续说，“要让我们的人民摆脱大规模贫困、剥削和社会分化，这是唯一的解决方法。”

我看着他，嗤笑了一声：“所以你这是在说，你会以马克思主义者的身份在印度过上幸福的生活？”

“当然会。”他反击道。

“那剑桥呢？”他不仅进了剑桥，还得到了一笔奖学金，“你在梅费尔区[1]的公寓呢？你那口口声声要让你当乡绅、给你安排好亲事的父母呢？你觉得马克思主义者是过着舒适生活、成天嚷着要与豪门联姻的人吗？”

“我可不一样，”阿伦自信地回答，“我是个开明的人。”

“说实话，我觉得你算不上开明。”我说。

这句话惹火了他，他冲我大吼起来。我走开了，他一路追赶着我，求我原谅。我敷衍地原谅了他，但他在某些方面已经变了。阿伦变得更坚定，更自信。他的谦逊所剩无几，时不时便显露出傲慢自大的态度。也许我毕竟成熟了，他不再适合我。

身边传来一个声音，打断了我的思绪。“哇。”

是本。他定定地注视着舞台，张着嘴巴，使劲向前探着身子，想将整个舞台都看个清楚。我想握住他的手，却放弃了这个念头：我不想打破“魔咒”。

剧终时，观众全体起立，热烈鼓掌。演员们和我父亲快步走上舞台，在雷鸣般的掌声中向观众鞠躬致意。我心中洋溢着骄傲之情，和母亲、沃尔特一起高喊：“利昂！太棒啦！利昂！”我们的呼声伴随着被压抑住的泪水和情感。

然后我转身看着本。“你有什么想法？”我问他。

1　梅费尔区：伦敦上流阶层聚居地，房价昂贵。——译者注

“还不坏。”他渐渐放缓了热烈鼓掌的动作。

“表演呢？”

他点点头。“是的，表演不错！我想学表演，我想装扮成另一个人，”他回避着我的目光，“这就是我想做的。”

那一刻，我明白弟弟找到了他的使命。他会追随露西的脚步，走上她当初放弃的演员生涯。

*

这是6月一个阳光灿烂的周六下午，我和阿伦已经分手两周了。

我正在卧室里准备高级程度考试[1]，努力集中精神复习历史。父亲去巴黎了，本在朋友家。母亲提出带我去购物散心，但我拒绝了。不管分手令我多么伤心，我都必须学习。每隔一会儿我就会因为想起阿伦而泪流满面，将手伸向桌上的纸巾盒。父母一直在安慰我，给我支持。前一天早上，母亲给我们炖了羊羔肉，吃完饭我们一起去看了电影。连本也陪我们去了，虽说他之后告诉我，他只是想看电影而已，并不是想安慰我。“我可不想让你自作多情，”他郑重其事地说，“我不喜欢那个家伙，他是个矫情的怪胎。我觉得你俩分手了反而是件大好事。”

1　英国中学生如果想进大学，必须在17岁或18岁时参加高级程度考试。——译者注

“闭嘴，本。”我没好气地说。

我尽力不去理会本对阿伦的评价，因为他喜欢的人实在是寥寥无几，而且他跟阿伦几乎没有交流过。

但他的话仍然刺痛了我。

又过了几周，学期即将结束，我将要迎来充满无限可能的暑假。父母在法国的卢瓦尔河谷租了一座房子，我们要去那里住一阵子。接着我要和几个朋友见面，一起去西班牙旅行。我收到了牛津的录取通知，对大学生活充满期待。崭新的生活即将展开。我需要离开伦敦，以此来忘记阿伦。这座城市中的一切都令我想起他：一起走过的街道，路过的商店、餐厅、校门，还有我们初吻时坐过的公园长凳。

“多想想那些令你真心难受的事，”父亲对我说，“这样分手就更容易承受一些。”

我照做了，很有效，但接着就会有什么东西让我想起阿伦——一句话、一首歌、一丝印度口音——我的怒气便全部化为乌有，取而代之的是对他强烈的思念。

但我没有屈服，就像父亲叮嘱我的那样，我没给阿伦打电话，也没有写信。这是我倔强的一面，就像阿伦一样。我也知道一旦离开伦敦，一切就会变得更加轻松。我靠给人辅导功课存了些钱，父母给我买了火车票，沃尔特瞒着他们给我塞了两张散发着新鲜油墨气味的 50 英镑钞票。“拿去应急用吧，自己收好。”他对我说。

沃尔特依然会来造访，只是来得不如以前勤了。他卖掉了布里德波特的古董店，在新国王路开了新店。母亲帮助他打理安排。她减少了自己病人的数量，一周工作三天，空闲时都在帮沃尔特搜罗古董。我看得出她乐在其中，她也希望沃尔特能做好生意，再次快乐起来。她经常这样对我们说："他需要找到幸福，也许新的伴侣能给他幸福。"他以前和父亲喝多了酒，常常在阁楼的卧室里睡大觉，但现在他已经不在我家过夜了。他自己在切尔西的史密斯街买了一间小公寓。公寓是母亲为沃尔特找的，他对此十分感激。这份感激之情过于强烈，以至有几次我怀疑他偷偷爱慕着她。每当她开口说话，或者靠近他身旁时，他似乎都对她极其关注，甚至到了只要她不动，他也绝不挪窝的地步，似乎有看不见的丝线将他牵在了她身上。但这当然是不可能的，沃尔特就像我们的家人，而且母亲爱的是父亲，不是他。

因此我将这些念头逐出脑海，把注意力放到要紧事上：阿伦、学业、朋友。现在，一切都与从前不同了。

毕业临近，秋天我就要去牛津读书。沃尔特重操旧业，我父母也在辛勤工作。

然而本的状况却越来越糟。他已经15岁了，也长高了几英寸[1]，很快就要和我父亲一样高了。但他与父亲的相似仅限于体格。两人几

1　1英寸等于2.54厘米。——编者注

乎不和对方说话。父亲戏剧的开演之夜，本对他的崇拜之情犹如泉涌，如今这崇拜却似乎蒸发殆尽。我明白这是为什么：本快要毕业了，却没有高级班愿意接收他。本把这件事当成了自由散漫的正当理由，后果可想而知。父母对他实施宵禁，母亲每天早上亲自送他上学，父亲每周也有几天会接他回家。

但即使如此，本也钻过几次空子。

晚上，他在我们的洗手间开着窗户抽烟，用最大音量播放重金属摇滚乐。我父母对他怒吼，对彼此怒吼。

家里的气氛越来越接近失控的边缘。上周，本离家出走，父亲打电话报了警。第二天，本回到家里，面容憔悴，脸色苍白如纸。父亲狠狠给了他一耳光，打得本一个踉跄摔倒在地板上。鲜血从他鼻子里涌了出来，不知是被打的还是撞到了什么东西。母亲紧紧捂住了嘴，我向父亲尖叫起来："你什么意思？你疯了吗？你不能和他好好说话，非得骂他揍他吗？这样怎么能让他学好呢？"

父亲对我怒目而视。"不准插手，汉娜，"他用嘶哑的声音说，"不准多管闲事。再说我没有揍他，我只是打了他一个耳光。"

本缓缓爬了起来，浑身发抖，用手背擦着鼻血。我跑到他身边抱住了他。"对不起，本，对不起。"我几乎要哭出来了。

本却一把将我推开。"滚开，"他说，"你们全他妈的给我滚。"

那天晚上我无法入睡，我打算下楼去看看本。走到他卧室门边时，我听见他正无法自控地呜咽着。我很多年都没听他哭过，他的哭声令我的心都碎了。“本，”我轻声说，“让我进去，本。”

“别烦我。”他在抽泣的间隙说。

“不，你必须让我进去。”

他沉默了片刻，我听见他起身的声音。他打开了门，我看见高挑瘦削的弟弟站在那里，满脸泪痕。“我想一个人待着。”他又说了一次，推开了我的拥抱。

“我爱你。”我对他说。

“我也是。”他回答，听起来像个小男孩。

*

楼下的门铃响了。我听见母亲开了门，又听见一个男人的声音——我甚至没有察觉到她已经回家了。

我打了个哈欠，伸展着胳膊。我放下笔，站起身来。我望向窗对面弗洛拉·多布斯曾经的住处。我常想起她的房子、她和我的那次聊天，还有那些放在洗手间架子上的瓷娃娃。她还健在吗？她去了哪里？她是个多么神秘的人啊。在英格兰居住多年后，她是否又回到了法国？我回想着她说“我们暂时不能再见面了”时的神情和语气，想着当时我捧着柠檬蛋糕站在那里的心情。我想着父亲和沃尔特背地里的那些猜测。他们的猜测是正确的，还是无稽之谈？

沃尔特，他就是楼下的那个男人，我能听见他在和母亲说话。我很奇怪，为什么他会在下午的这个时候过来。不知何故，我总是把他和夜晚联系在一起。但我接着又想，可能他是来商量古董店的事——店里总是有各种各样的状况。我走下楼梯，快要走到一楼时，我猛然站住了。我已经听不到他们的说话声，一种不祥的气氛令房中的静寂变得沉重起来。我听到了摩擦声，伴着一声喘息。发生了什么事？

我僵在原地，动弹不得，心跳得怦怦作响。

但我必须找出真相。

刚走到最后一级台阶，我就看到了他们。

我母亲和沃尔特倒在客厅中间的地板上，热烈地拥抱着。沃尔特的手伸进了母亲的裙子，紧压着她的身体，疯狂地吻着她。他们显然忘了我还在家。

我尖叫起来。我无法控制自己，我叫得那么响，甚至听见了自己叫声的回声，仿佛身处隧道之中。我不知道自己叫了多久。我紧紧靠在楼梯栏杆上无法移动，眼看着他们一脸惊恐地跳了起来，沃尔特的裤子是解开的，母亲的衬衫也敞着，头发蓬乱。他们跑到我面前，说着些我无法理解的话，也可能他们没说。我那天的记忆是混乱的，失衡的，仿佛脚下的地面坍塌了几块。

沃尔特消失了，母亲开始哭泣。

后来她向我坦白了一切。沃尔特和她早已彼此相爱。“我们忍了三年，才向对方屈服，”她说，仿佛这样可以减轻我遭受的打击，“现在我们已经到了这个地步，我也不能再隐瞒了。”

“隐瞒什么？有什么是你不能隐瞒的？”我质问着，声音发抖，心里已经知道了答案。

“我已经不爱你父亲了，”她用颤抖的声音回答，“我要离开他，汉娜。”她又说了一句，看我的眼神仿佛我是一个朋友，而不是她的亲生女儿。

“我不想知道这些！”我喊道，“我不想知道这一切！你不能这样对待我们！你不能拆散我们的家！”

“我们的家很久以前就支离破碎了，”她声音嘶哑地回答，“很久很久了。真是对不起，亲爱的。”她伸手想握我的手，但我拼命甩开了她。“我爱沃尔特，”她继续说着，几近耳语，“我想和他在一起。我不想再欺骗你们，尤其是你和本。”

我冲上楼，抓起我的夹克、书包和钥匙，又冲了下来。

“你要去哪儿？”母亲的声音慌乱起来，“汉娜，求求你，告诉我你要去哪儿？”

她站起来想拦住我，但我推开了她，拉开前门，又将门在身后狠狠关上。

弗洛拉

现在是 1946 年 8 月，我回到了空荡荡的巴黎。街道上十分冷寂，商店都关着门。我离开后发生了许多事，现在我对巴黎的了解已所剩无几。维希政府倒台了，取而代之的是一个临时政府。夏尔·德·戴高乐将军已暂时退休。维希政府犯下了战争罪，对自己的同胞也是罪行累累。一位新总理当选了，但我对他几乎一无所知。通货膨胀席卷了欧洲。苏联和美国崛起为新的世界强国。“由于法国遭受创伤，”戴高乐将军说，“世界的平衡被打破了。”

“平衡”这个词令我感触颇多。我们被打倒了，就像保龄球瓶。

巴黎人缺少食物，仿佛是为了要弥补这一缺陷，他们开始大生小孩。到处都是新生儿，街上挤满了婴儿手推车。然而面包依然是定量配给品，咖啡、糖和大米也是如此。地铁站重新开放，音乐厅也一样。

人们都在谈论“疯狂牧羊女”[1]，但我不感兴趣。我去画室上班。很多男人蓄起了醒目的胡须，我说不清是否喜欢。

我又当起了绘画模特，同时在加里尼涅书店打工，每周工作两次。这是一家位于丽弗里街的英文书店，我喜欢在这里工作，因为可以见到一些顺道买书的作家，也可以在空闲时看书，此外，文学也给了我慰藉。我已打消了写书的念头，却增添了阅读的渴望。我如饥似渴地读书，尤其是英文书，同时也记笔记。我想继续当教师，也在练习英语。我打算一旦将这门语言娴熟掌握，便立即出发前往伦敦。心中怀有目标，我在巴黎便过得轻松了一些。刚从巴勒斯坦归来时，我被突如其来的打击折磨得身心麻木。每天早晨我都哭着醒来，仿佛在思念埃兹拉，但我绝不是在思念他——我觉得他彻底背叛了我。然后我发现自己极其怀念耶路撒冷。我回想着黑暗降临前在那里度过的一年。那时还没有焦黑的碎片、白色的粉尘、尖叫的人群和散落在滚烫瓦砾上的尸体。我闭上双眼就能感受到耶路撒冷的热风，看见古老的石墙，闻到茉莉花的香气，想起遇到的人们、阿塔拉餐厅的食物、洛塔家的聚会，还有大家轻松随意的交谈方式。我此前从未去过这样的地方，今后可能也不会再找到相似的乐土。

我给艾达和莫迪凯写了信。莫迪凯告诉我，埃兹拉在狱中自尽了。

1　疯狂牧羊女：巴黎著名音乐厅的名字。——译者注

他宁死也不愿认罪，这令我对他恨得更深，他怎能做出如此懦弱的举动？后来我转变了心意，承认自己的憎恨中也暗含着悲伤。毕竟，我是爱过他的。但他是个双手沾满鲜血的杀人犯，于是我再次恨起他来，尤其是当克莱尔·贝茨的模样频频浮现在我的脑海中时。她常在我毫无防备时像海市蜃楼般出现，和我父母一样，区别只是我父母死了，而她还活着（至少就我所知她还在人世），我不明白他们的幻象为何会以如此相似的方式出现。

我将自己的经历告诉了卡特琳。此前我从未将它告诉除莫迪凯以外的任何人，但我觉得卡特琳会理解我。

她还住在以前的公寓里。罗热去世后，她一度住到了奥弗涅的妹妹家，因为她想离开这一切。现在她回来了。她苍老了许多，棕色的卷发变成了灰白色。她的独生女儿从没来看望过她，即使是在生了孩子之后，也没带外孙来。“她一直是个性格复杂的孩子。”她说。我们聊起了她的女儿，又聊了一会儿我的母亲。能和人说说母亲我非常欣慰，我想一直聊下去。突然间，母亲仿佛又重回人世，说着，笑着，像从前一样拥抱我。我想哭，却又忍住了泪水，特别是现在卡特琳已经把话题转向了巴勒斯坦和我在那里的生活。

我们坐在她的餐桌旁，前一年我们还在同一张餐桌上喝过汤。罗热的椅子还在，靠在一边。“没了他简直一团糟，”卡特琳向我承认，“但至少他走前我已经做了最坏的打算。我知道他病得很重，我已经做好了准备，但还是很难熬。”

她的话令我一震。我没有面对父母之死的准备，也没有时间为他们哀悼。一切都发生得那么突然，那么艰难。我至今仍未完全消化这个打击。

“你的情况不一样，我知道，”卡特琳看着我说，“我想念你父母。你的丧亲之痛我只能想象，一定很难承受。”

我点点头：“一团糟，无论你有没有准备。”

卡特琳对我微笑了。“你一直是个睿智的姑娘，弗洛尔——”

“弗洛拉。感谢罗热，现在我是弗洛拉了。”

“是的，当然。弗洛拉，这个名字好听得多。”

卡特琳正打算去巴勒斯坦看望弟弟。“我在巴黎已经了无牵挂。”她轻声说。

我们又聊到了耶路撒冷，聊到了我在那里度过的时光。我解释了回到法国的原因。奇怪的是，她对克莱尔·贝茨和“伊尔根战士”埃兹拉的故事似乎都没有什么触动，她甚至对埃兹拉流露出同情，这出乎我的意料。

“你也不能怪他，是不是？”她问，我对埃兹拉的怨恨似乎令她很惊讶，“他毕竟是大屠杀幸存者，你应该宽恕他的。”

“可他杀了人啊！杀的都是无辜平民！”我大声说。

“他毕竟是大屠杀幸存者，”她又说了一遍，“他渴望拥有自己的国家，我不怪他。”她顿了顿，耸了耸肩，“我年纪大了，已经厌倦了战火，厌倦了争斗。我厌倦了一切，你的埃兹拉一定也是如此。”

我站起来，告诉卡特琳我要走了。此前我从未听过任何人为埃兹拉开脱。我希望能将她的话从脑海中抹除，因为在听她为埃兹拉辩护时，有那么一瞬间我动摇了，有那么一瞬间我再次对他燃起了狂烈的爱火，但我不能这样做，因为我恨他，而且他现在已经死了。

我绝不会，也绝不能宽恕他。

*

我住在巴黎第二区的一间小公寓里，公寓属于博内太太的妹妹。这间屋子采光很好，配有小厨房和盥洗池，还能看到孚日广场。有时我会邀请朋友过来，不是从前索邦大学的朋友，而是在画室的新相识。有一次，我和三个朋友一起挤在餐桌旁，就着香肠和奶酪吃面包，喝了一瓶又一瓶红酒。外面非常冷，很快就下起雪来，大家一起注视着雪花在空中飘舞。有个男人向我示好，但我根本不想结交新的伴侣。我逃离爱情，我躲避男人，我得离开巴黎去伦敦。这里的一切都裹着背叛与谎言的糖衣。政府没有保护我们，正相反，他们将我们售卖给敌人。他们不仅坐视犹太人被驱逐，还加入了迫害者的行列。他们会用余生粉饰自己的罪行。巴黎在我眼中已变成了一个陌生的城市。我自己也已蜕变成了一个陌生人。我曾经了解的世界已经消失了，我的根也一样，归于虚无。

我觉得自己失去了遮蔽。一切都无法挽回，我就在这无望的阴影中飘浮。我总担心自己是透明的，我不想让任何人看穿我。

“你不怎么笑，是吗？”有一天，一个美术生对我说。

“我当模特时不笑，别的时候还是笑的。”我回答。

这位学生是个俏丽的美国姑娘，名叫波莉特。听了我的话，她大笑起来。

“好吧，希望我的话没让你觉得，呃，不舒服。”

“没有。”我说。

“来和我喝咖啡吧。”她建议。

我跟她去了，我们来到圣米歇尔大道上的一间咖啡厅，在露台上坐下，点了咖啡和蛋糕，聊了一下午。她没问什么问题，但我不介意，反正我也更喜欢倾听。波莉特学的是油画，画得不太好，不过她好像也不太在乎。“我来这里不是为了提升自己，而是为了学习，也是为了玩个痛快！”她大笑着说。

波莉特牙齿雪白，长发金黄，非常受异性欢迎。她说等自己完成学业后就会安顿下来，找个有钱人嫁了。钱对她来说很重要，她从小就过着锦衣玉食的生活。我听她谈论自己的背景，就像在听异国他乡的故事，根本无从理解。但我还是听了下去，我觉得她很有意思。

几周后，她带我去了丽兹酒店的酒吧。许多有钱男人都去那里，她说。我从未涉足如此奢华的地方，在这里，甚至人们的耳语都如同银器一般精致光滑。墙壁上有木质嵌板，座椅都是皮革的。灯光很暗，我仿佛身处电影场景之中。女人都穿着短礼裙，男人都西装革履。我则显得很寒酸，只穿着灰色连衣裙和朴素的平底鞋。波莉特说我不必在意，我们可是坐在丽兹酒店里，这才是最重要的。她说，纳粹撤退时，是欧内斯特·海明威解放了丽兹酒店，还请所有人喝香槟。她希望她当时能在场，能与欧内斯特·海明威见面。我告诉她，海明威有一天曾来过加里尼涅书店，但我没能跟他说上话。她瞪大了双眼："哦，天啊，你没开玩笑吧？"

她想找一个欧内斯特这样的丈夫，他有钱，强大，但也非常有趣。她在纽约长大，父亲在当地颇有权势——既有权势又严厉，她说，仿佛这两种特质有什么本质上的联系。我不再听她讲话，我不喜欢听人谈起父亲。我们坐在吧台边，点了马天尼酒，又抽起了烟。

我此前从未喝过马天尼。我们大笑着，她又给我俩点了酒。一个男人来到吧台旁，开始跟我们交谈。他说自己是西班牙人。我觉得他很帅气，波莉特却没有动心。她让他别打扰我们，一副屈尊纡贵的口吻，但我什么都没说。波莉特又开始谈论她父亲，我说我要回家了。

我和波莉特又见了一次面。她打算和一群朋友去夜总会听法国明星伊夫·蒙当唱歌。我不喜欢成群结队地活动，对她的朋友也抱着提防之心，但我想听那位大歌星唱歌，便接受了她的邀请。她的朋友都是爱显摆的美国有钱人和画室学生，他们对我很客气，但也说不上特别友好。只有一个年轻人例外，他叫帕特里克，有一双温柔的眼睛。他认出我是画室的裸体模特，便夸赞了几句我的身材，又匆忙止住话头，说希望没让我难堪。他身上有些地方很讨人喜欢，我们那晚便边聊天边喝鸡尾酒，直到伊夫・蒙当登台。演唱非常精彩。帕特里克把手放在了我的膝盖上，笨手笨脚地试图亲吻我。我轻轻推开了他，他似乎非常沮丧。音乐会结束后，波莉特要我陪她去后台，我去了，心脏怦怦乱跳。蒙当待波莉特非常殷勤体贴，还与她调情。我想和他说话，他却粗暴地将我推到一旁。我喝了太多鸡尾酒，此时酒劲未消，便对他厉声斥责起来。直到今天，我依然想不起自己对伊夫・蒙当说了什么。我只记得波莉特惊骇地瞪着我，说了句“走开，弗洛拉”——于是我走开了。我发现自己独自一人站在街上，头上戴着呢绒贝雷帽。我向一个路人要了支烟，使劲抽着，一动不动地站在原地，在寒风中浑身哆嗦。风越刮越猛，我扣上了薄外套的扣子。我记不清自己在街上站了多久。突然传来一阵欢笑，我转身望去，原来是伊夫・蒙当陪着波莉特和她的两个朋友走出了夜总会。波莉特的秀发在风中飘扬，当他们走过我身边时，她看了我一眼。不知她是否认出了戴着贝雷帽的我——或者，就算认出了我，她也装出了素不相识的模样。夜色中波莉特高跟鞋的脆响和朋友们的笑声久久不散，直至街道最终恢复沉寂。

*

我又在巴黎漂泊了两年。通过卡特琳的介绍，我找到了一份图书管理员的工作。这份差事不错，我也需要钱。

但这些年我过得很孤单。我不想在此多费笔墨，因为没什么可写的。我独自居住，极少外出。我世界的中心已经变了。我迷失了，毫无疑问，但同时我也足够清醒，知道离开巴黎之前我需要恢复力量。我不能在如此脆弱的状态下前往英国。我必须重新振作，或者说必须将自己重新包裹起来——不知这个说法恰不恰当。不是振作，而是包裹：一点一点，一步一步。

我花了许多时间练习读写英语。我读《简明牛津词典》，练习发音，像压碎坚果一般将辅音一个个压碎在我的上颚，让这些新的声音渗透到我体内，成为我的一部分。我想将词汇紧黏在自己的皮肤上——千克、数字、原子、要求。我看电影，偶尔也看话剧。有一次，我差点儿和一个男人上了床，他叫路易，是图书馆的主管。他颇有魅力，也很风趣，还会背诵许多诗歌，特别是热拉尔·德·奈瓦尔的作品，这位诗人我也非常喜欢。我吻了路易，但他的体味很难闻，我想他会不会从不洗澡？我觉得他恶心，也为自己的这份恶心而难堪。我想说服他不和我做情人而做朋友，但他拒绝了。“我想要的是你的身体，而不是你的友情。”他说。对此我说不清该感到屈辱还是荣幸。

后来有一天，在1950年的秋季，我收到了一封信。那时我依然住在孚日广场附近的小公寓里。除了偶尔寄来的杂志外，我很少收到邮件，因为我与战前的所有熟人都断了联系，也没再与什么老相识碰面。因此当我打开邮箱，看到一封写着我名字的信时，不禁吃了一惊。

信封上盖着希伯来文的邮戳，信则是洛塔从耶路撒冷寄来的。通过莫迪凯，她找到了我的地址。她知道我可能并不是“特别盼望”听到她的消息，但她还是觉得必须给我写这封信。

好奇之下，我读了下去，边读边浑身发抖。并非因为写信人是她，而是她的信使我与那片曾经深爱又最终逃离的土地重新有了联系，令我胸中猛然涌现出了欢欣之情。埃兹拉的面容突然从信纸上浮现出来，我站在那里，凝视着他摄人心魄的蓝眼睛，倾听他低沉自信的声音，感受他用手指触摸我的皮肤——有那么一小会儿，我忘记了他犯下的所有可怕罪行，忘记了他是怎么死的，而与他在一起时那种美妙得难以言喻的幸福是我能感受到的全部。

我闭上双眼，想辨认他面容的每一处细节，但它们已经模糊了。因此我睁开眼睛，继续读信。

洛塔写到了戴维·本–古里安[1]，写到了她的国家新近获得的独立

1 戴维·本-古里安：以色列政治家，在英国委任统治结束后，他宣读了独立宣言，宣告以色列建国。——译者注

（“这些你可能已经听说了。”是的，我怎么可能不知道？），写到了她在耶路撒冷的生活，以及还在与她来往的熟人（“都是埃兹拉的朋友，你一定记得他们”）。“我当然还记得他们！”我对着信纸嚷道。然后她写了一长串埃兹拉朋友们的近况，都是些鸡毛蒜皮的琐事，我对此没什么兴趣。真奇怪，她为什么要告诉我这些？

我继续读着信，终于明白了她的目的。

埃兹拉，她写道，对我们两人都十分重要（我讨厌她这种口气，竟然将她和我并列在同一个句子里）。她年纪比他大，足足大了 8 岁，但她依然对埃兹拉怀有强烈的爱慕之情。她一直将爱慕藏在心底，因为不想破坏我们的感情。“埃兹拉爱你，”洛塔写道，“他喜欢我，也非常享受我的陪伴，但他并不像爱你那般爱我。这一点我知道，你也知道。我尊重你们两人，因此一直克制着自己的情感。”

她说得倒好听。

然而，大卫王酒店爆炸事件的两周前，他们发生了关系。那天下午我正在上班。洛塔强调说，他们只越轨了这一次，埃兹拉对此愧疚万分。在他被逮捕后不久，洛塔发现自己怀孕了，但她选择对他隐瞒。

孩子出生于 1947 年，洛塔为他取名为埃兹拉 · 伯恩海姆。“让他姓拉多克是不可能的，风险太大了，因此我让他姓了我出嫁前的姓。他现在 3 岁了，长相和他父亲一模一样，”洛塔在这一段的最后写道，“埃兹拉的生命之火还在继续燃烧。”

我没读完剩下的内容。如刀似剑的字句猛烈地刺穿了我的心脏，我扑在沙发上号啕大哭，凄厉的哭喊声在我的每个毛孔中回响。我不知道自己在沙发上躺了多久，可能是几分钟，也可能更长一些，哀痛使人无法察觉时间的流逝。

最后我摇摇晃晃地站了起来，往脸上泼了些冷水。我必须安定心神，坚强起来。坚强是我的使命。母亲有一次这样对我说："你必须坚强，弗洛尔。你的使命就是让她看见你有多么坚强。"

"我的使命？可是要怎么做呢？"

"别理睬她，别回应，与她擦肩而过时，要对她视而不见。这会让你觉得自己很强大，也会让她觉得自己很渺小。"

这是我的母亲在说话，她端着咖啡和我一起坐在餐桌旁——此刻她再次出现了。她将头发梳成髻，脸上带着笑容。那年我10岁，一个女同学对我非常刻薄。每天早晨我都害怕得肚子疼，甚至不想去上学。我不知道该怎样保护自己，母亲便给了我这样的建议。我听从了。现在我依然听从她的建议。我用它来对抗生活，对抗化身为那个女同学的悲伤——悲伤总会化身为一个女人的模样。每天我都与她擦肩而过，佯装看不见她。我必须奋力向前，永远向前，我不能停下脚步，也不能因为害怕坠落深渊而原路折返。

但此刻我正在坠落，需要母亲来接住我、安慰我。现在我该怎么办？我想问她。我想听她对我说一切都会好的，哪怕我觉得自己渺小，也该做出强大的模样。我想变成孩子，我想让时光倒流，以孩子的身份重新开始，假装战争从未发生。

然而战争确已发生，这是无可更改的事实，时光也无法倒流。我已长大成人，我还活在人世，父母却不在了，埃兹拉也不在了。埃兹拉，他本该成为我孩子的父亲，如今却和洛塔生下了孩子。但他不知道，我唯一的慰藉就是他不知道。

还有一件事需要我做：毁灭置我于如此可恨境地的证据。

我点燃火柴，冲信唾了一口唾沫，将它丢进了我的小壁炉里。我看着火焰吞没洛塔灼烫的文字，看着它们化为灰烬，慢慢冷却。我听着自己的心跳逐渐放缓，呼吸也平稳下来。

两天后，我收拾好行李，向我的小公寓最后一次道别，便给自己订了晚上前往英国多佛港的渡船票。

10

我发现自己置身于一间家具齐全的公寓。这里只有一间卧室，屋里有单人床、破旧的米黄色地毯和塑料贴面的书桌。除了书，我还有几件财产：一些衣物，以及父亲留下的瓷娃娃，它们是我从巴黎带来的。我把瓷娃娃放在餐桌上方的一个架子上。有时候，尤其在夜里，我会和它们说话，给它们梳头。我清楚这样做很幼稚，但这给了我出乎意料的慰藉，我无法放弃它们。将来我会放弃的，我想。

带我看公寓的房产经纪人说，这栋公寓位于“海德公园北面”。我喜欢咀嚼这几个词。它们听起来亲切又神秘，就像我蜕变而成的这个崭新的女人。弗洛拉·博姆，用带着德国口音的英语发音应该是“鲍姆”。弗洛拉·博姆，一个留着黑色长发、住在海德公园北面的女人。我很快适应了这片新土地，初来时的一切陌生感如今都化为了新事物带来的兴奋。这里的一切都新鲜爽快，如同落叶一般在我脚下沙沙作响，我的名字也一样。我终于开始掌握英语了。尽管之前就全力学习过英语，但到英国之后我发现自己还需要学习很多。我在索邦大学自学过英语，也和许多朋友练习过，但我们毕竟都是外国人。在英国本土则不一样。我认识的外国人不多，遇到的人语速都很快，用的是我从未听过的词语，要跟上他们十分吃力。因此我报了一个语言班，进展迅速。我不得不学快些：这里没人和我说法语，英语是我唯一的交流途径。它成了我用来描绘当下的语言，驱散了往日的迷雾。当我不认识一个单词时，便在脑海中猜测它的意思，有时说出口来却言不达意。Faux amis，法语这样称呼它们，意思是“虚假的朋友”，指看起来一模一样、含义却大相径庭的单词。人们有时会看着我，对我礼貌地笑笑，我便知道自己说错了。按照计划，我会在这里待上很久，我势必能摆脱这些“虚假的朋友”。我的过去将消隐无踪，无人知晓我的来处。

夜里失眠的时候，我就思考自己的人生，思考命运，思考区区一个决定给命运造成的巨大转折，思考我的家人做出的选择，思考如果表妹萨拉那天没生病会发生什么。

假如母亲没带萨拉去看医生。

假如母亲没有碰巧在那个时候经过博马舍大道，没有遇到碰巧同样经过那里的法国警察。

假如她能等待几分钟再出门。

假如她没忘记在萨拉的衣服上缝黄星。

假如我父母得救了，我还会不会去巴勒斯坦？

假如我没遇到埃兹拉，现在会不会依然在巴勒斯坦生活？

假如他没有选择复仇之路，我会不会和他生下孩子？

我公寓的厨房里有一张松木桌和两把椅子，还有一个小炉子和一个餐柜。我吃得不多，餐柜平时几乎是空的。从客厅能看到公园，我觉得很神奇。我常常在公园散步很久。我坐在咖啡馆里看书听音乐。最近我买了一台留声机，音乐似乎填补了文字无法填补的空虚。但最重要的还是我找到了工作，一周能挣 15 先令。我必须穿黑色制服，上班时间也很长，但我不介意。我在塞尔福里奇百货商场卖香水，卖封存在彩色玻璃瓶里的各种气味，卡朗的，迪奥的，还有娇兰的——“午夜飞行”“雨后阳光”“一千零一夜”。我喷洒着这些香水，于是到处都能闻见母亲的气息。

周六，我在斯莱德美术学院做模特。我曾以为自己会结束模特生涯，但有些东西又催促着我重拾旧业：松节油的味道、肌肤在油画笔或铅笔的涂抹下渐获生机。我的灵魂是保守的，身体却不是。它尽情展现着自己，我喜欢这种感觉。我可以一连几小时一动不动，摆姿势时，我便任由思绪漂流到一个遥远的地方。有时我会忘记自己身在何处，我不在意。我有时盘腿而坐，有时站着，有时斜躺。我是肢体与肌肉、脊柱与皮肤。我是个无名之人，不会敞开灵魂，不会自述经历。我只是无声无息地保持静止。我喜欢这样，因为静止就像死亡的堂兄弟，仿佛我的身躯变成了石头，而石头正覆盖着我父母长眠的土地。

我在学校交到了朋友，他们是我离开巴黎以来交到的第一批真正的朋友，都是艺术家和作家。其中有个叫薇薇安的姑娘，正在学版画。她脸上长着雀斑，头发火红，模样总是清清爽爽的。她喜欢穿降落伞绸做的裙子和无缝长筒袜，总是戴着手套。“不戴手套我绝不出门。”薇薇安说。与她相反，她的男友德克兰衣衫破旧，而且不喜欢洗头。薇薇安对他很是着迷。德克兰参与了波普艺术运动，正在寻找一种新的途径来诠释战后艺术。“波普艺术的理念，”他告诉我们，“就是摈弃熟悉的领域，在陌生事物中寻找灵感。”德克兰喜欢谈论学校和消费品，也喜欢谈论抽象表现主义和现实主义。薇薇安和我跟着德克兰和他的朋友们流连于苏豪区与切尔西区的各个酒吧。我们在那里吸着烟，听爵士乐。德克兰的一个朋友爱上了我，他叫扎克，是个画家。他的身体苍白得近乎透明，我们做过一次爱。我发现他是犹太人。他说他是1938年通过儿童撤离行动[1]从柏林到这里来的。他还说他父亲遇难了，但母亲活了下来。他问我法国的事，还想了解我过去的经历。我对此犹豫不决，有些想向他坦陈一切，但最后还是决定缄口不言。如果要接纳一个男人进入我的生命，这个人绝不是扎克。我觉得很难和他交流。他拥有渊博的绘画知识，对自己的艺术造诣自信到令人厌烦的地步（“我的画技堪比康定斯基！”）。除了这些，他就没什么话题好聊了。我能谈的倒是很多。我的英语已经相当流利了。“你才来一年，英语就说得这么好，简直像当地人一样！”很多人这样对我说，“这在法国人里挺难得吧？”

“不知道，”我说，“我已经不知道寻常法国人是什么模样了。我现在是英国居民。”

人们总问我巴黎的事。为什么我会来伦敦，不留在巴黎？为什么我不去教法语？

---

1 儿童撤离行动：1938年，德国爆发了大规模迫害犹太人的“水晶之夜”事件后，英国政府在英国犹太人的呼吁下接收了大批德国犹太儿童。——译者注

我向他们解释，我想教法语，但没人雇我。我在塞尔福里奇挣的钱也够花了。再说，我其实并不在乎做什么工作，因为我在伦敦生活得很快乐。过一阵子，我会试着再找找教师的工作。

可巴黎不是处处都比伦敦美吗?

不，对我来说不是。我不能告诉朋友们真相，他们可能会被吓着的。此外，我也依然能感觉到犹太人身上耻辱的烙印。我还记得那时我们坐在地铁的最后一节车厢里，像是什么危险物种。因此他人只能得到我模糊的回答，对我的身世也只有含糊的了解。我发现比起大费口舌解释自己的过去，重新编造事实要容易得多。我将真相严实地掩盖在皮肤之下，保护它不受外界的窥视。

我的父母死于车祸，我这样告诉人们。

“太可怕了！”这是听者通常的反应。

“是的，太可怕了。”我说，自己也差点儿相信了。

我的父母死于车祸。

他们没有被扒光衣服赶进毒气室，也没和几百具渐渐腐烂的尸体一同被扔进深坑。

我的父母死于车祸，死在他们周日开车去乡下吃午餐的路上。当时我母亲穿着黑色针织连衣裙，戴着珍珠项链。我父亲穿着浅棕色西装和相配的平底便鞋。

他们开车行驶在乡间，不慎打错了方向。

我的父母死于车祸。

*

我衣着精致，谈吐优雅。我用良好的修养将自己层层包裹。我父母是做小生意的，他们生前并不是多么高雅的人物，但他们对我抱有很高的期望。如果看见现在的我，他们会为我骄傲的。

朋友们对我说，我在塞尔福里奇工作太屈才了。我应该找个更好的行当。我可以去教书，或者进入出版行业。也许我确实有这个能力，但我没有辞职的打算。

商场提拔了我，给了我一个管理职位，我接受了——我可以做其他工作，但我还是接受了。我在香水柜台认识了一个男人，他是物理教师，想给母亲买一份礼物。最好是有香甜气味的东西，他说。他性情和善，常逗得我哈哈大笑。他邀请我吃饭，我接受了。接着他邀请我去他家，我拒绝了。次日他向我求婚，但我不能嫁给他。我几乎不认识他，我也不爱他。

不知我此生能否再次找到真爱，朋友们很为我操心。你该找个男人，他们说。“这个老姑娘。”他们多半会这样想。但我不能向他们提起埃兹拉，也不能提起巴勒斯坦。他们不会理解的。他们又为什么要理解呢？

毕竟我身上的许多东西，连我自己都难以理解。

*

薇薇安说她认识一个人，名叫弗莱彻·舒曼，是她姐姐以前的同事。薇薇安觉得他很有魅力，认为我可能也会欣赏他。薇薇安说，要不是婚期将近，连她自己都会考虑弗莱彻。此时她已经和德克兰分了手，她父母反感艺术家，当初也反对女儿学艺术。“他们说艺术没有发展前途，说我应该看清楚些，我想我也的确看清了。”她告诉我，声音里带着一丝伤感。薇薇安要嫁的人是一位医生，我觉得此人十分无趣，但我绝不会这样对她说。

薇薇安告诉我，弗莱彻比我年长10岁，在银行工作，喜欢读侦探小说。他还喜欢古典音乐，是作曲家罗伯特·舒曼的后人。她把我介绍给了他。弗莱彻是个中等身材的男人，五官线条硬朗，有一双绿眼睛。他的一颗门牙上有缺口。他厚实的下唇看起来很柔软，好像粉红色的靠垫。他问了我许多生活上的问题，说他觉得我很美。“希望能进一步了解你。”他说。

弗莱彻令我着了迷，我渐渐对他无法自拔。这场迷恋来得浓烈而持久。他是罗伯特·舒曼的玄孙，和他相恋让我与浪漫主义时期最非凡的作曲家之一有了关联。我将再度享受爱情，就像我与埃兹拉在一起时一样。我将再度享受欢乐、美、音乐与希望。

可埃兹拉是个杀人凶手。

弗莱彻询问我的年纪，我骗他说我 30 岁——35 岁听上去太老了。他很惊讶我居然还没有结婚。

*

我被一个有妇之夫冲昏了头脑。弗莱彻已经娶妻生子，薇薇安对此并不知情。弗莱彻有两个十几岁的儿子, 他不肯对我多说孩子的事, 我也不问。他来我的小公寓接我，带我去酒店，去昂贵的餐厅。和弗莱彻在一起时，我在希腊街的蜗牛餐厅里第一次吃到了龙虾。餐桌的台布上装饰着雪花图案，侍者给我们端来两杯香槟，说“餐厅请客”。他仿佛与弗莱彻十分熟稔，我的爱人（多可爱的字眼）则坚持说他并非这里的常客。

他对我讲了罗伯特 · 舒曼的事。他父亲保存着一些舒曼的曲谱原稿, 包括《A 大调钢琴协奏曲》《克莱斯勒偶记》和《C 大调幻想曲》。我简直难以置信。我的旧相识里从来无人有幸与这样一位伟人血脉相连。舒曼的音乐渗入了后裔的血液，令弗莱彻与众不同。他说，他的整个家族都是与众不同的。弗莱彻在乡间长大，他的父母拥有一座庄园，财大气粗。弗莱彻物质丰裕，精神也富足充实，他的一切都光彩照人。

弗莱彻令我感受到了自己身为女性柔婉的一面，柔婉而大胆。与当初那个和埃兹拉相恋的少女相比，现在的我已成了另一种女人，更加放纵堕落。

弗莱彻在床上对我耳语，吐出下流的字眼。他永远饥渴难耐，而且比起床来更喜欢餐厅的地板与楼道。他说我是他的法兰西小婊子，一开始我感到不快，他就立马抚慰我说这只是打情骂俏的花样。他爱我，他说。他会离开他妻子，他已经不爱她了。他爱的是我，不是罗莎琳德。我很美，他渴望的对象是我，只是我，不再是她。我夜夜辗转反侧，希望他能陪伴在我身边。我希望他只属于我一人。

“我爱你。”我用英语对他说。这话带着虚假的气息，但我分不清它究竟是真是假，因为这句话我从前只用法语说过，又或许我想说服自己相信它。然而我必须相信，因为每一次想起弗莱彻，红晕便飞上了我的双颊。大家说我变得有生气了。我常常嘴角含笑，幻想着弗莱彻。我等待他的电话，通常是从他的办公室打来的。我问他在哪儿工作，他回答得很含糊。他说自己在梅费尔区上班，他报了一家银行的名字，我没听说过。不过话说回来，我对银行所知甚少。我想看看他的工作地点，他拒绝了。到处都有被人发现的危险，他说，办公室是，在家也是。他不能在家给我打电话，罗莎琳德会发现的，发现了就糟了。现在还不行。但他会向她坦白我的事，他一定会。我必须给他时间。他一定会坦白的。

*

1955 年 10 月，我发现自己已经怀孕两个月了。我们疏忽了。恭喜你，医生说。医生问起孩子的父亲，我说他出差了。医生的神情有些不安，又问了我一些问题。我看得出，他想收回那句恭喜。我离开了他的办公室，他没有说再见。当我将此事告诉弗莱彻时，他软垫般的下唇颤抖起来，面孔扭曲成一张古怪的苦脸。我惊呆了，他看起来就像变了个人。然后他说我必须打掉孩子，我不能把孩子生下来，他不会承认的。现在不是时候。我看着他，说我不明白。他早就打算离开妻子了，他对我保证过。“不是时候”是什么意思？弗莱彻放缓了语气，将我搂进怀里。他说他会离婚，但我不能留着孩子，他不想再要孩子了。现在不行，或许以后可以，但现在不行。还有，别人会怎么说？我有没有想过，未婚先孕在这个国家意味着什么？未婚女子不能独自生下孩子，这在公众眼里非常可耻。所以他会帮我找个医生，处理起来非常简单，我什么都不必操心。

我不在乎别人说什么，我要留下孩子，我不会接受手术。弗莱彻说这样一来他就不能再与我见面，还说他已经不爱我了。

没有他我活不下去。我失魂落魄。我失去了生命中的一切，不能再失去他。我为他哭泣，为父母哭泣，为巴黎哭泣，为曾经的我与如今的我哭泣。我开始晨吐。我是个 35 岁的未婚女人，却开始晨吐。香水味令我恶心，尤其是“一千零一夜”，一闻到它我就要往厕所冲。我的上司起了疑心，她把我拉到一边问话，我坦白了。她非常生气，提到了“私生子”之类的字眼，质问我怎么能这么做。我怎么做了这种事？那个男人又是谁？想想别人会怎么看？想想孩子会有什么感受？

她将我解雇了。

*

弗莱彻回到了我身边。我已经怀孕 4 个月了，但外表几乎看不出来。我们在床上抽烟，他赤裸着身体喝威士忌。我们听舒曼的作品。弗莱彻想说服我将孩子送人。孩子出生前，我必须离开公寓，搬到别的地方去住。谁也不能知道这件事，谁也不能。有个好地方——一所母婴疗养院。他们会好好照顾我，他也会来看我。孩子一出生，他就会与罗莎琳德离婚。

但我不想把孩子送人，我想抚养他。我想向弗莱彻坦陈自己的身世，告诉他我不是法国天主教徒，我的父母已经死了，我是犹太人；告诉他我曾在巴勒斯坦生活，那里的空气中弥漫着松脂的香味；告诉他我在那里曾有一个爱人；告诉他我并不是他想象中的那个女人，我想要这个孩子，但我也想要弗莱彻。

他说我必须选择，要么选他，要么选孩子。他会给我钱，帮助我。公寓空置期间的房租由他来付，但我必须选择，只要我放弃孩子，他就离开妻子。

牧师说我有罪，剥夺孩子在父母身边成长的权利是“难以容忍的”。说到“难以容忍”这几个字时，他提高了嗓音。他的鼻子上有几道红痕，手上戴着图章戒指。我坦言自己是犹太人，不相信什么罪孽。牧师注视着我，没有再说什么。

*

我对朋友们说自己要回法国，帮叔叔处理一些事务，会离开几个月。我没有细讲，他们也没有多问。

哈克尼的一家英格兰圣公会疗养院接收了我，在那里工作的女人都是修女。一位女主管和我谈话，我撒谎说自己是新教徒，她没有索要证据。“我们对病人向来精心照料，在这项崇高的事业中没有任何禁忌，”这显然是她谈论“崇高事业”时专用的口吻，“耶稣之手将疗伤之力带给了每一个人。”

我第一次去疗养院时，里面所有的孕妇都在抽烟闲聊。疗养院里的孕妇大约有 20 个，有些人在为孩子织毛衣。后来我发现织毛衣是一种赎罪的方式。我们都犯下了一桩可怕的罪行，因此通过给未出生的孩子织毛衣，我们可以给社会些许回报，似乎没人对此表示异议。大多数女人都比我年轻。这里有一位牧师，而且我们都得参加主日崇拜。白天我们做些杂活，比如打扫楼道或者擦拭楼梯栏杆，下午可以出门，或者在疗养院里喝茶。只有薇薇安知道我在这里，她周末会来看望我。她发誓绝不将此事告诉任何人，我相信她。她让我宽心，说来疗养院是对的。如果我留着孩子，社会不会接受我，我会活得十分艰难。

社会的态度对我没什么意义，“疗伤之力”也是如此，但薇薇安和弗莱彻却把它们看得很重。弗莱彻来过两次，看起来很不自在。他话不多，只是说我做了正确的选择。有一次他握住我的手，手掌十分温暖。他谈起了他的办公室和工作，还说儿子们在学校表现不好。我说我不想听他谈儿子的事，他便站起身来。“我下次再来。”他说，仿佛我冒犯了他。我向他道歉，却说不清自己为何要道歉。接着一个姑娘尖叫起来，我们知道她开始宫缩了。混乱之中，弗莱彻没有道别便匆匆离去了。

我必须和另外 8 个女人住在一间房里。我们睡双人床，彼此都成了朋友，但我依然空虚难耐。我想念弗莱彻，想念我的书本。这里没人读书，除了西尔维娅嬷嬷，她是个和蔼的女人。我破水时，她把我带到了哈克尼医院。她安慰我，说我会好起来的，然后她就走了。从那时起，我的经历远远谈不上“好起来”。产房里的其他女人在尖叫，我们之间只隔着一层薄帘。助产士对我冷酷无情，她知道我来这里的原因。“你的孩子会被一对体面的合法夫妻收养。”她说。我对她说了我的年龄。“我不是小姑娘了。”我记得自己这样回答，似乎这是什么至关重要的事，似乎年龄和体面之间有着某种联系。她无动于衷。

宫缩痛得难以忍受，我惨叫起来，哀求她给我打止痛剂，但她假装没听见我的哀号。我想我可能对她讲了父母的事，讲了他们是怎么死的，以前我从未对任何人说过这些。我不记得她回答了什么，我对那天的事记得不是十分清楚。我只知道她想让我痛苦，但接着他出生了，莫里斯出生了，他有乌黑的头发，小小的脸，哭声非常响亮。别人让我在一份文件上签字，签在一条由小圆点组成的虚线上。小圆点一般的莫里斯，寄托着梦想的小圆点。我不想签字，我失声痛哭，但护士说我必须签，我签了。1956 年 5 月 18 日。

莫里斯 · 博姆 · 舒曼。

11

莫里斯的领养程序是私下里走完的，经手人就是那位戴着图章戒指的牧师。他提醒我，我今后不会也不能见到自己的孩子了，我必须继续自己的生活，那些与我处境相同的姑娘都是这么做的，继续过自己的生活。他还说在那对夫妻来接莫里斯之前，我可以先养他 6 周。

“根本不是接，”我喊道，“你们是把他从我身边夺走！”牧师什么都没说，也许他没听见，也许他不想听。他对我多半没什么好感。我带着莫里斯离开医院，回到了母婴疗养院。我把他搂在怀里，喂他吃奶。他穿着浅蓝色的睡衣，那是母婴疗养院中一个女人送给我的珍贵礼物。还有一套朴素的白睡衣，是医院给我的。它们带着我儿子的气味，我的儿子从来不肯睡觉，仿佛知道自己很快就要离开。那里还有许多带着新生儿的母亲，我对她们已经没什么印象了，我只记得莫里斯，只记得自己夜不能寐，躺在床上注视着他，抱着他裹在浅蓝色睡衣里的小小身体。我想让弗莱彻看看他，但弗莱彻一次都没来过。我托薇薇安带了个信，希望能联系上弗莱彻，却也无济于事。就这样，6 周过去了，一个修女告诉我，那对夫妻要来接莫里斯了，我不得不与他告别。我最后一次将莫里斯搂在怀里，他微笑起来，那是他的第一个微笑。他用那双深色的眼睛定定地看着我，露出了微笑。我崩溃了，我办不到，我无法和他分开，但已经太晚了，修女说我别无选择。我已经透过窗户看见了那对夫妇。修女说他们在等着，我能看见他们的影子。

她们把莫里斯从我怀中夺走，交给了影子。

*

我将随身物品装进了一个小包裹，离开了疗养院。我带上了莫里斯的睡衣，没和任何人道别。这是个晴朗的日子，空气清新，天空蔚蓝，阳光温暖。美好的一天，莫里斯走了。一想到这里，阳光和清新的空气便令我作呕。我失去了自身的一部分，能让女人变得圆满的那一部分。没有它，我便残缺了，不再是一个完整的女人。但我还有弗莱彻，他在我的公寓里等我，他会抚慰我的伤痛。现在我们可以在一起了，他已经离开了他的妻子。我们自由了，可以抛开束缚开始新的生活。

*

我走进公寓。我把包扔在地上，喊着弗莱彻的名字，但他不在这里。他没有留言，公寓的模样过于整洁，似乎好几周都无人居住。可弗莱彻说过他会在这里等我。“你回来时，我会在这里等着你。”他这么说过。

也许他正在上班。对，一定是这样。他过一会儿就会回来。

我走进卧室，躺在床上，心中的痛楚已快要承受不住，我需要弗莱彻来拯救我。

我睡着了，醒来时天色已暗，弗莱彻依然没有回来，连个人影也没有。

于是我明白了，弗莱彻再也不会出现。他没有离开他妻子，也绝不会离开。我无法找到他，我不知道他在哪儿居住，在哪儿上班。他告诉我的那家银行是假的，他所有的一切都是谎言。我其实对他一无所知，此刻的我对一切都一无所知。一个可怕的念头突然压垮了我：我看不清我自己了。我什么都看不清了，外界的现实从我的内心崩裂开来，像一根断成两截的电线。

*

我被关进了一间精神病房。有人带我来的。是弗莱彻吗？是他发现了我躺在地上？我记得有一双手，手指细长，指甲很干净，这是我唯一的记忆。细长的手指，然后是指甲，然后是病房。我被诊断为精神失常。日子模模糊糊地过去，像是一扇又一扇门——打开，关上，打开，关上。我一周接受两次电休克治疗，嘴里被塞进一个橡胶物体，太阳穴上贴着电极，我尖叫起来。医生说他理解我的感受，他保证这样一定能治好我。我太虚弱了，无法反抗，也无法告诉他我能感觉到第一束电流噼啪作响，击穿我的大脑。治疗过后我头痛欲裂，像个老妇人一样流着口水。我看着窗外树上迅速长大的浆果，不知那是什么树，但浆果看起来很漂亮。

我几乎不吃东西。我出现了幻觉，还听见了人声，其实身边空无一人。卧室里有一块斑斓的地毯，我在上面辨别出了某种形状，像是翅膀。我想象着飞出窗外会是什么感觉，但如果飞出去，我可能就会死。我不能死，因为我还有一个儿子，莫里斯，他头顶的气味闻起来就像花朵般芬芳。

我花朵般的儿子。

我有没有对谁说起过他？或许我告诉过那个医生？那个系着领带、做着笔记、给我开白色小药片的男人。我就着塑料杯里的水把小药片吞下去，所有的病人都这么做。我们似乎一直在吃这样那样的药。我的病房里还有一个女人，因为治疗，她的面庞已经歪斜。我们聊过。她的情况比我还差，夜里会自己哈哈大笑。她已经踏入了疯狂的走廊，而我还站在门槛上，瑟瑟发抖。

8月的一个雨天，我被放出了医院。我记得离开病房后，在镜子前看见了自己的模样。无论是心态还是外表，我都仿佛变成了另一个人，有几缕头发已经白了。我失去了孕期增加的体重，看起来瘦骨伶仃。我的皮肤上布满了小小的斑点，要花上好几年的时间才会褪去。即使斑点消失了，伤疤也仍然存在，又细又长，像一丝丝藏红花的花蕊。从那天起，我一直显得比实际年龄苍老许多。

*

离开医院后，时间一天天一月月地过去，毫无变化，凝滞，模糊。我继续服用大量药物，维持精神正常。斯莱德美术学院的朋友们想和我联系，我告诉他们自己在法国生了病，正在休养。他们似乎很关心，我对他们说身体好些后会立刻与他们联系。不知他们是否相信我的话——信不信我也不在乎。我只在乎怎样躲藏。但薇薇安，忠诚的薇薇安，并不赞同我的做法。“我们都很想念你，”她说，“没必要一个人待在家里，你需要走出来，和我们在一起。你要重新振作。”

薇薇安将我视作最亲密的朋友，这点我毫不怀疑。但她的关心很大程度上也是出于内疚。我出院后，是她来接我回家的，我永远忘不了她第一眼见到我时的那种神情。她想补偿我。她觉得是她把我介绍给了弗莱彻，因此我如今的状况她也要负责。这话她从未说出口，但我看得出来。

她逼迫我出门还是有一定效果的。我的确与一些朋友重新见了面。他们非常小心，没问我得了什么病，不过有个画家朋友问过我脸上的斑点是否与生病有关。我说确实如此，她的好奇心似乎得到了满足。出乎意料的是，我也同样从中得到了满足。只要能谈起这件事，哪怕是以如此含糊的口吻，也能令我的心情发生变化。长久以来，我第一次觉得心中渐渐生出了些许释然。

我不再服用医生开的药片。我觉得自己已经不需要服药了，而且服药令我的体重增加了许多，变得不像我。

开始我还留着一点钱，但很快就花完了。很显然，我必须找一份工作。我不能再回塞尔福里奇商场，于是考虑到另一家百货商店求职。后来我决定去找一份与以前截然不同的工作。我需要挑战自己，多做点动脑子的活儿。也许我可以像在巴黎时一样去书店工作，或者去学校。也许我要找一份与文字有关的职业。

一个周六的早晨，路过圣彼得堡广场的一座犹太教堂时，我听见了熟悉的旋律，猛地停下了脚步。那是一首东欧赞美诗，唱诗的是一个低沉的男中音，也许是唱诗班的领唱。我听过这首诗。在哪里？我记起来了。那是 1941 年，我和父母在石板街一家犹太教堂做圣洁日[1]

1 圣洁日：犹太宗教节日。——译者注

礼拜。我很不情愿地陪他们去了教堂。路上我们发生了争执，我争辩说自己并不信教，也无法从上帝身上找到慰藉，更不用说现在还在打仗。“这关系到的不是上帝或战争，而是责任，”父亲简短地说，“责任重于一切。”

于是我陪他们去了，但礼拜过程中我一直很不舒服，觉得自己与这里格格不入。然后，礼拜快要结束时，拉比[1]开始唱赞美诗，另外三个男人也一起歌唱。歌声宛如天籁，我听得入了迷。

几周之后，德国人的炸弹摧毁了这座犹太教堂。每次我从废墟旁经过，都会回想起那一天，以及那首赞美诗。

此刻，它又在我耳边响起。我依然不知道赞美诗的名字，也不想知道。我站在那里倾听着。外面天气很冷，冬日的太阳发出微弱的黄色光芒。我可以走进温暖的教堂里避避风寒，但我不想进去，如果进去了，我就会与早已抛弃的某些东西重新建立纽带。站在街上听听就够了。旋律听起来和 1941 年时同样优美，音符如同雨滴洒落，发出绵绵回响。它们在我体内拔高，激荡，爆裂，回过神时我已泣不成声。我躲在附近一座大楼的门廊里继续哭泣，希望没人发现我。我停不下来。我陷入了一个小小的空间，在那里，情感正从心脏中渗漏出来。

1 拉比：指犹太教中接受过正规宗教教育，担任精神领袖或导师的人。——译者注我感觉渗漏的东西从身体的每一个微粒中流出，就像温暖的液体。

但这不是我的想象，确实有温暖的液体流了出来。我失禁了，尿了自己一身。我是个尿了自己一身的 37 岁的女人。我羞愧难当，立刻止住了哭泣。尿液流出内裤，流进了裤子里。我能闻见气味，一种臊臭的味道，就像氨水。经过我身边的人肯定也能闻到，他们多半觉得我是个街头流民。

我冲回了家。我不敢坐出租，所以我拼命奔跑，湿漉漉的布料紧贴着皮肤。一回到公寓，我就扯掉衣服丢进盆里，死命将它们搓洗干净。我把衣服晾了出去，手指颤抖着点了一支烟。最后我终于平静下来，穿着内衣坐在沙发上，边抽烟边望着窗外的树冠。我站起身，放了一首歌——应该是美国歌手法兰克·辛纳屈的歌吧。缓缓地，我跟着哼了起来，接着和歌手一起放声歌唱。羞愧感消失了，令我吃惊的是，一种释然、甚至可以说是欢欣的感觉取代了它，似乎我终于洗净了某种像疾病一般会传染的东西。是什么疾病？我不想知道，也不愿知道。我深深相信，生活中有些事是不值得细究的，这便是其中之一。

那天晚上，我跳上出租车，独自来到一家酒吧，这是此前我从未做过的。我知道这家酒吧，它是苏豪区的法式酒屋，薇薇安和斯莱德美术学院的朋友们曾与我一起来过。弗莱彻始终不喜欢这里，他说这家酒吧的风格太做作了，常客都是艺术家和文人。而正因为此，我才更要到这里来。

我下身穿着呢绒裙，上身穿着一件很漂亮的衬衫，脚踩黑色帆布鞋，稍稍喷了些“一千零一夜”香水。我用粉底遮住了脸上的伤疤，这个习惯我后来保持了许多年。我在吧台边坐下，点了一杯汤姆·柯林斯鸡尾酒，喝完后又点了一杯。一个男人询问是否能和我共饮，我答应了。他穿着深色西装，戴着昂贵的手表。他的英语带着浓重的口音，后来我发现他是法国人。他长得不算英俊，面容却显得自信而硬朗。我喜欢硬朗的容貌。我谎称自己是英国人，他相信了。我说我的父母是波兰人，但我是在这里长大的。他问我父母来自波兰哪里，我说是克拉科夫。他说他来自法国鲁昂，在高露洁公司当经理。谈话中，他说他很惊讶我竟然不想了解法国。“大部分女士都对法国很感兴趣。”他向我透露。我说我去过那里几次，但从未去过鲁昂，这是实话。然后我向他打听他的家乡，他对此似乎很满意。我提到了以《包法利夫人》赋予鲁昂不朽声望的福楼拜，差点暴露了我的出身。“你怎么知道福楼拜是鲁昂人？”他一脸吃惊地问。

“我喜欢看书，”我面不改色地回答，“而且我也喜欢福楼拜。”

我们喝酒聊天，直到酒吧快要打烊。然后他送我回家，我和他过了夜。他是个很好的情人。上一个和我做爱的男人是弗莱彻，那还是三年前的事。但弗莱彻不是个好情人，他只是自诩多情罢了。

早上，法国人正要离开，突然停住了脚步。他看见了我书架上的书。“你会法语吗？”他用我们的母语说。

“不，”我用英语回答，“这些书不是我的，是我室友的，她是法国人。”

那人离开了，后来有几次他想联系我，我谢绝了他再次见面的邀请。

*

出于奇妙的巧合，斯莱德美术学院的一位教师来信说，她知道有一份法语教师的工作需要招人。那所学校的校长安德鲁·伯尔是她的堂兄，他们正缺教师。她问我感不感兴趣。

因此我前去与伯尔先生见了面，他聘用了我。

那是一所平庸的学校，位于布鲁姆伯利，专教外国学生，教师薪水不高，但聊胜于无。我从未在这样的学校教过书，因此我教得很呆板，仿佛教室是空的，而我在自言自语。我记不起学生们的模样，也不记得他们说过什么。我只知道一个月后伯尔先生将我叫进办公室，说我不适合这份工作。“学生说你教得没问题，但你上课时不看他们，也不和他们交谈，”他告诉我，“仿佛你在自言自语似的，我从未听说过这样的事。”他挠着下巴说，“总之，博姆女士，在我们学校，有些标准还是要坚持的。我们相信师生之间要保持和睦友善，”他将这几个字咬得很重，“或者诸如此类的东西。你一定也理解的吧？”

“是的，当然。”

安德鲁·伯尔长着一张大脸，当他微笑时，额头上珍珠般的小汗滴便更加显眼。他性情粗犷，但人很和善。“但因为你是我堂妹的朋友，我会帮你找份新工作。”他从碟子里抓起一块薄荷糖丢进嘴巴里，“我的同事正在找一位研究员，”他边吸吮着糖果边往下说，“她在写一本关于法国作家的书，我记不得是哪位作家了，不过挺有名的，你感兴趣吗？这样你就可以尽情做白日梦了，因为在那里没人会盯着你瞧。”他乐呵呵地说。

我就这样找到了宁静。我帮伯尔先生的同事做研究，研究对象原来是法国诗人保罗·瓦莱里。伯尔的那位同事是一个妆容过重的美国女人，她付给我丰厚的薪水，并称赞我的工作“完美无缺”。直到今天，她也不知道我对她有多么感激。我任自己徜徉在另一个地点、另一个时空，由此寻回了一些曾经丢失的东西：一点点尊严，一点点自信。我恢复了阅读的习惯，并开始听音乐，听得最多的是19世纪的作品。薇薇安把我介绍给亨利时，我不敢说自己已经痊愈，但也离此不远了。我差点就没去听他的演奏会，因为我当时很累，但薇薇安坚持让我去。

“亨利·多布斯是位伟大的钢琴家，”她说，“再说你什么时候不累了？”

因此我打起精神跟薇薇安去了威格摩尔音乐厅，在第三排坐了下来。我看了看节目单，第一首曲子是肖邦的《幻想即兴曲》。我对它十分熟悉，这是我常听的曲子。

亨利·多布斯顶着一头浓密蓬松的白发出现在舞台上。他缓缓走向钢琴，坐了下来。然后他开始弹奏，双手像小鸟一般在钢琴上飞舞。我听得入了神。

旋律曲折盘旋，弹奏者手法娴熟而轻灵，流泻出来的音符如同水晶般清澈。乐曲中段，旋律节奏放缓，弥漫开来，如同海浪般涌到了一个至美之地，拍打在岸上，又冲开一切障碍再次升腾，冲击着我曾经习以为常的一切。

我闭上双眼，哭了起来。

他的手指在唱歌。

之后我们来到后台，薇薇安为我们做了介绍。我们仿佛早已相识，这就是我初见亨利时的感觉——我没有对他说过，也不需要说。他后来承认，他对我也是同样的感觉：他心中确定无疑，我就是那个人，他一生等待的就是我。

你的好运降临了，薇薇安说。

12

亨利和我在一个春日成婚，在切尔西市政厅举办了简单的婚礼。我穿着白色长裙，头发上装饰着花朵，亨利穿着西装。除了证婚人与亨利的兄弟姐妹，我们每人邀请了 4 位好友。婚礼结束后，我们去克莱里奇酒店吃饭，并在那里度过了新婚之夜。我们整夜贪欢，一宿未眠。

次日早餐之后，我们回到了切尔西的新家，亨利去练习下周即将演奏的门德尔松钢琴三重奏。

练到中途他站起身来找我，当时我正在写这本笔记。他站在门口，温存地注视着我。

“我想告诉你，我从来没像今天这么快乐过，”他说，“能遇见你真是此生之幸。”

*

此生之幸。亨利带给了我极大的幸运。我过上了与他相遇前做梦都想不到的美好生活。我们周游世界，住高档宾馆，拥有地位崇高的朋友。我从未错过他的任何一场演出，只有以色列和中国的演出例外。去中国之后，他就退休了，宣称不再公开演出。他已年近七十，疲惫不堪，我们搬进了诺丁山的房子。有些爱操心的朋友表示反对：为什么要离开切尔西？为什么要去别的地方生活？“我太太就喜欢去‘别的地方’，”亨利笑呵呵地说，“而我就喜欢妇唱夫随。”

我们在那座房子里过得很快乐。开始时亨利可能不如我快乐，但这只是因为“我以前从不去熟悉的居住区以外的地方”，他抢先对我承认。

诺丁山处处出人意料，令他措手不及。我怀疑他很难适应，但哪怕真的如此，他也没有显露出来，虽说他抱怨过“这些西印度来的强盗”[1]。他常对我说，他的第一要务就是照顾好我。“我从未想过会有女人愿意嫁给我，”有一次他对我坦陈，“何况是像你这样的女人。”

他对我向来不吝惜礼物与赞美。他操心我的身体，操心我的精神状态。他是个极其细心、极其敏感的男子，为此我敬重他。

我爱他不如他爱我这般炽烈，但我用鼓励与赞扬给了他补偿。我欣赏亨利的才华，也为成为多布斯太太而骄傲。除了过去的经历，我对他无所保留。我从未告诉他莫里斯的事，我做不到。我儿子的存在是一个隐秘世界的一部分，那个世界除我之外无人可以进入。我也害怕告诉亨利真相后，他会鄙视我。我不能冒这个险，也从不觉得这个险非冒不可。但我还是对他坦述了自己的童年、我父母的事，以及我

1　诺丁山地区有很多西印度群岛的移民，多为黑人，曾发生种族暴力事件。——编者注

在巴勒斯坦的经历。他似乎觉得这段往事非常可怕，用他的话说，“太惨烈了”，因此我们很少谈论这些，但他常提起埃兹拉。“你爱过他吗？”他想知道。我诚实地回答了他，也看得出他很受伤，所以我们达成共识，最好还是避开这个话题。

然而几年之后，亨利又开始问我问题。他想再多了解我父母与他们的往事。

“难以想象他们经历了什么，”他说，“你的痛苦有多深，我也只能猜想而已。”我们谈论这些，但谈得不深。那时候，我成了那个不愿开口的人。已经过去了许多年，虽然伤痛没有减轻，但谈论往事的欲望已经变淡了。因此，不久之后，亨利就再也不问我了。他是个善良的人，而我感激他的理解，虽然我知道他可能并没有停止猜测。换一个人也许会继续追问，但亨利不会。不管有什么想法，他都藏在心里。他从未失去耐心，也没有发过脾气——至少在我面前是如此。只有一次例外。

那时我们正在前往纽约的途中，他要在卡内基音乐厅演出。没记错的话，演出曲目里有莫扎特、贝尔格和肖斯塔科维奇的作品。晚场票被销售一空。我为他开心激动，但他很紧张。他演出前总会紧张，尤其是在演奏肖斯塔科维奇的作品之前，坐飞机前他也很紧张。

飞机从希思罗机场出发。亨利想给我们的朋友沃勒姆夫妇买一瓶上等苏格兰威士忌，他们是亨利的赞助人，住在派克大街的一套大公寓里。我已去过免税店，便告诉亨利我在头等舱候机室等他。以亨利世界著名钢琴家的身份，他向来是非头等舱不坐的。我也非常享受待在头等舱里的每一分钟。薇薇安有一次问我会不会为此难堪，因为遇到亨利后，我曾为之奋斗的一切都被抛在了一旁，我成了一个“被包养的女人”。

我直白地说，她的话令我完全摸不着头脑。“我曾为之奋斗的一切”是什么？“抛在了一边”又是什么意思？我为什么要为此难堪？亨利辛勤工作，是我认识的所有人中最勤奋的。他是位优秀非凡的钢琴家，人们会花很多钱来听他演奏。总之我很自豪，深深地为他自豪。“你说出这话也令我吃惊，”我补充了一句，“如果我是被包养的女人，他就是被包养的男人。我们包下了彼此的幸福快乐。”薇薇安看起来很沮丧：“你曾经是个嬉皮士，你给画家当过模特儿，是个坦率的法国酷女孩。”

“那是你把我介绍给弗莱彻之前的事了，”我气冲冲地说，“我没有失去自己的坦率，倒是失去了一些别的东西。”

“你不能把你和弗莱彻之间发生的事怪在我头上。”她难过地说。

“好吧，那就别责备我不再坦率，”我冷冷地回答，“让我享受当下的生活吧。”

“好的，”她轻声说，“好的，当然。”

“而且你嫁了个医生，”我接着说，“你没什么资格来评判我。”

之后薇薇安就再也没和我联系过。

亨利空着手从免税店回来，看起来心情很差。他平整的裤子和光亮的皮鞋上似乎沾了什么东西。他走近时，我不仅看清了那是什么，还闻到了气味——是呕吐物。

在我们共处的许多年里，我从未见过他如此恼怒。他语气激烈地诉说了事情的经过。他说他正在收银台前排队，等着付威士忌的钱。排在他前面的是个带着小女孩的女人。女人看起来很匆忙，而且心情不好。小女孩大概三四岁，长得非常漂亮，与母亲形成了鲜明的对比。女人一直在叫女儿的名字："站着别动，唐娜！对这位女士笑笑，唐娜！"唐娜有一头金色卷发，戴着耳环，亨利觉得这对耳环破坏了她的美。她穿着粉红色的衣服，紧抓着一个毛绒玩具。她看着亨利，脸色突然变得煞白。"我肚肚疼！"她哭着嚷道。

亨利反应过来的时候，唐娜已经吐得满地都是了，他的裤子和鞋上也沾了不少呕吐物。几个女店员拿着纸巾冲了过来，连声问亨利是不是还好。

"我他妈的一点儿都不好！"他吼道。唐娜的母亲站在那里看着他，什么也没说，连一句"对不起"也没有，她毫无反应。"粗俗无礼的女人。"亨利说，声音发抖。

唐娜哭了，再次呕吐起来，亨利落荒而逃。

此刻他正在洗手间里清洗，我在外面等他出来。他出来时裤子已经湿透，鞋子倒是恢复了先前的光洁。登机途中，亨利依然不停咒骂着那个女人和她的女儿。“这不能说是孩子的错呀，”落座时我小心地说，“别对她这么苛刻嘛。”

“你说得对，”他承认，“她是个可爱的小姑娘。但你了解我，我向来不怎么喜欢孩子。感谢老天我们没有孩子——我觉得我可受不了，真受不了。她吐得真恶心，弗洛拉，真是太恶心了……”

现在我的声音也颤抖起来：“大人有时也会呕吐的，亨利。你不能怪孩子，这不能说是她的错，”我重复了一遍，“不管怎样，我觉得孩子很可爱。我原本也希望能有个自己的孩子。”

他定定地注视着我的眼睛，而我避开了他的目光。

“我们还有彼此呢，”他抓住了我的手，紧紧地握住，“我们还有彼此，我已经别无所求了。”

*

为庆祝 1968 年的到来，我们去英国皇家歌剧院听了施特劳斯的歌剧《埃莱克特拉》。亨利和我坐在前排，这个区域的票价十分昂贵。我身穿黑色连衣裙，戴着珍珠项链。幕间休息时，我们去酒吧喝葡萄酒。酒吧里人满为患，四处都是衣物的窸窣声和甜香气。我身边的一个女人浑身散发着紫罗兰和烟草的味道，另一个身上则是晚香玉味——弗莱卡丝香水的味道。我立即认了出来，还有迪奥，我在塞尔福里奇练出了灵敏的嗅觉。

一个男人高声喊着侍者，我能看到他的背影。侍者将一杯酒放在男人面前，男人头发灰白，脖颈肥胖松弛，像一块没烤熟的牛肉。他在衣袋里摸索着零钱，然后转过头来，我看见了他的脸。弗莱彻·舒曼。他已是一个头发灰白、眼神疲惫的肥胖男子，我曾经熟悉爱恋的那个人如今只剩些许模糊的痕迹，像是废墟中残留的几处喷泉。他一看见我，便脸色煞白。这个废墟般的男人面如死灰，我觉得他快要昏倒了。我想伤害他，想狠掐他臃肿的脖子，直到他停止呼吸。我想看着他死。我此前从未对任何人产生如此强烈的憎恨，甚至对埃兹拉也没有。但对弗莱彻，我真是恨之入骨。我正要开口，就有人叫了他的名字。我看到了她，一个穿着粉色连衣裙、涂着同色唇膏的女人，一定是他的妻子罗莎琳德。然后亨利出现了。“你在这里啊，亲爱的。”他说着递给了我一杯白葡萄酒。

亨利和酒令我分心了片刻，当我再次扭头时，弗莱彻已经不见了，消失了。他就在我分心的那区区几秒钟里逃走了。我浑身发抖，死死握着酒杯，捏碎了它。几个旁观者目瞪口呆地看着我，我木然地站着，手里握着玻璃的碎片。一个女人大叫起来，指着我的手。我低头看去，发现手上全是血，血滴落在了深色的地毯上。

13

伯特·莫泽的房子里新搬来了一家人。那是1983年11月18日，一天前，爱尔兰共和军在哈罗德百货公司外炸伤了91个人。全国为此震惊，我也很惊讶竟会有人选择在这个当口搬家。不过话说回来，他们可能已经计划了好几周，大多数人搬家都是这样。我几乎能听见亨利的责备声："好啦，弗洛拉，不要评判别人，你太苛刻了。"

他认为我"苛刻"，我倒是乐在其中。我绝不会用"苛刻"这个词来描述自己。不过我对自己的看法客观吗？又有谁能客观地评价自己？

亨利，他于1981年去世，死于重度脑中风。他练习莫扎特的一首奏鸣曲时，我突然听到了重物倒地的巨响，接着就发现他躺在地板上不省人事，他在被送往医院的途中停止了呼吸。

我在停尸房里与他道别，在那里，我终于向他坦陈真相，说出了弗莱彻和莫里斯的事。我站在他身边，握住他僵硬的手，用低沉的声音将一切和盘托出。我边说边流泪，泪水顺着脸庞淌下，落在了棺木上。我跪下来，向他俯下身去，亲吻着他。"原谅我，亨利，"我轻声说，"原谅我。谢谢你带给了我美好的生活。"

几百人参加了亨利的葬礼，毕竟他是一位著名的钢琴家。我对葬礼当天的情形没什么记忆，只觉得思绪支离破碎，像是喝醉了酒。人们诵读了诗歌与悼词，亨利最亲密的老友卡洛在朗诵奥登的作品时情绪失控了。我一句话也说不出来，有什么尖锐的东西像箭头一般刺入了我体内。

现在我依然能时不时感觉到它。

*

搬进伯特房子的那家人看上去很体面，包括父母和两个孩子。那个妻子很美，金发，苗条，模样像个斯堪的纳维亚的模特。丈夫个头很高，蓄着胡须，脸长得很有趣，和他的孩子们一样。为了写书，我早晨会去大英图书馆研究资料，几乎每次都会遇见那两个孩子。

我喜欢那个女孩，她瘦削，一头黑发，眼神灵动。她有着地中海人的长相，很像她父亲，令我想起年轻时的自己，一样的头发，一样的眼睛。她总会和我打招呼。她弟弟就不一样了，总是沉着脸，一副怒容。我从未听他开过口，但他和姐姐的感情很深。那位父亲也总是和我打招呼，他很友好，他妻子也尽力摆出友好的姿态，但我还没摸清她的性情。

一个男人是这户新邻居家的常客。他衣冠楚楚，极有风度。他很幽默也很大方，但我看得出他不是个爱读书的人。我了解这种类型的人，亨利有几个类似的朋友，他们常用快活风趣的外表隐藏忧伤的心灵。但这个男人也许并不忧伤，也许我又犯了随意评判别人的老毛病。

有一次我听见那家的女儿叫他的名字：“沃尔特！”

沃尔特。

住在德布罗克丛林路的报刊代理商帕特尔先生告诉了我这家人的情况。男主人叫利昂·卡拉里斯，是位戏剧导演，相当有名。帕特尔先生对卡拉里斯太太不太了解，他儿子觉得她是个美人，他自己却不以为然。“我不喜欢金发女郎。”他说。他还说那家的女儿名叫汉娜。

卡拉里斯家很喜欢招待客人，各路男女往来不绝，都是和他们一样的时尚人士。沃尔特似乎是来得最勤的。他和卡拉里斯一家住在一起吗？我见过他出现在伯特·莫泽从前的工作室里，从我家洗手间就能看到那间房子，那是间带着蓝色盥洗池的阁楼小屋。不知那个盥洗池还在不在？伯特是我的朋友，而这些人不是。

晚上我能听见争吵声，卡拉里斯一家常常吵架，尤其是那个儿子。“我恨死你们了！”隔得老远我都能听见他的吼声。

还好亨利看不见这一切，他不喜欢吵闹，练琴时也讨厌受到任何形式的打扰。青少年大声喧哗会吵得他十分难受。

我怀念亨利，更怀念他的琴声。现在房里总是静悄悄的，我留下了钢琴，作为对他的纪念，也为了打破沉寂。闭上双眼时，我偶尔还能听见他在弹琴，手指从琴键上轻盈地滑过。此时他再度出现，向琴键俯着头，边弹贝多芬的奏鸣曲边轻声哼唱。我看见他蓬乱的白发、微笑的双眼，听见他爽朗的大笑声，感受到他的爱意、他的触摸，我们紧紧相拥，手指交缠。

*

有一天，我刚与一位熟人见过面，正沿着皮卡迪利大路往回走。这位熟人是一家出版公司的编辑，我和她谈了给罗伯特·舒曼写传记的打算，她对此十分热心。与她道别时，我心情很好。

这是一个美丽的春日，街上熙熙攘攘，几个法国孩子牵着手在我身边走过。路过福南梅森百货时，我听到一个意大利人在和他妻子说话。我转过身，看见他正将小女儿扛在肩上。女孩大笑着，当我与她目光相遇时，她用意大利语对我说了些什么。真希望我能听懂她的话，意大利语是我很乐意学习的语言。亨利会说几句意大利语，但他的发音非常糟糕。我没取笑过他，因为亨利不喜欢被取笑。他是个爱较真的人，他在音乐界的许多朋友都是如此。“我们为音乐而生，世界对我们而言只是过客。”他曾这样说过。

如果亨利知道我和那位编辑会谈顺利，他一定会高兴的。他一直鼓励我追求写作的梦想，也赞同我的其他志向。他对我有信心。他并非全然了解我的人生，但那不重要——我们大多数人心中都埋藏着某件秘密的往事。不过亨利爽直的性情注定他无法向人隐瞒什么。就我所知，他从未向我隐瞒任何事情。或许也未必？或许他身上有什么东西逃脱了我的眼睛？与一对情侣擦肩而过时，我脑子里正想着这个问题。那个女人很漂亮，男人的胳膊紧紧搂着她的腰。他们对彼此了解多少？也许几近于无。他们才刚开始认识对方，每一个新发现都会加深他们对彼此的迷恋。他们身上带着青春的放纵，那对我来说已经是许久以前的事了。我已不再年轻，“放纵”也成了一个肮脏的词语。情侣身后是一位年长的妇人，远远看上去有些面熟。她应该与我年纪相仿，大约七十来岁，头发灰白，身材矮小肥胖。她拎着一个包，四处张望着，仿佛不清楚自己身在何处。当她走近时，我猛然停下脚步，定定地立在了人行道上。“喂，当心点！”一个男人说，他差点撞在了我身上。我一动不动，也无法行动，因为我看见的人是她。我几乎可以确定，这个妇人就是克莱尔·贝茨。她的面容还带着年轻时的痕迹，从她苍老面颊的皱纹里，我将这些痕迹辨认了出来。她的眼睛没有变，还是当初那一双，40 年前，我在灼热的浓烟里第一次看到那双眼睛，此后再也无法忘怀。她正要从我身边走过时，我大喊了一声，抓住了她的胳膊。我始终不明白自己为何要这样做——没叫她的名字，也没有用其他更温和的方法接近她，而是抓住了她的胳膊——但我就这样做了。这莽撞的举动吓得她立即推开了我，仿佛遇见了一个疯子。“不要碰我！”她尖叫道，模样十分害怕。我想说些什么，想解释自己的行为，但是已经晚了。她慌慌张张地冲上了一辆出租车，消失了。我站在人行道上，从头到脚都在颤抖。“你没事吧？”有人问。我没有回答。我缓缓冷静下来，叫了一辆出租。司机想和我聊天，但我满怀心事，没有理会。到家时我依然抖个不停，就好像我深藏于心的克莱尔·贝茨的形象被玷污了，我们共有的往事被抹除了。又或许变了的人是我，毕竟她根本没认出我来。对克莱尔来说，我只是个在大街上抓住她胳膊的疯婆子，而不是目睹她与丈夫最后吻别的法国姑娘。

心情平复后，为自己的神志着想，我决定把此事抛到脑后，彻底遗忘。因为就我所知，我犯了一个错误。那女人可能只是和克莱尔·贝茨长得很像，却不是她。又或者她就是克莱尔，但我着实把她吓坏了。不管真相如何，我都不想知道。我只想带着回忆中1946年克莱尔·贝茨的形象继续生活。我想记住多年来给我安慰的克莱尔，而不是那个被我吓跑的女人。

随着时间流逝，当时的情景已渐渐淡去，她的尖叫却清晰如昔。我还能听见它在我脑海中不断回放：“不要碰我！”每回放一次，我都会打个寒战。

*

三年过去了，那家人依然住在伯特·莫泽的房子里。孩子们长大了。男孩的个头已快要赶上他父亲，仿佛成年男子的身体上长了张孩子的脸，女孩则出落得十分漂亮。早晨我常看见姐弟俩一起步行去地铁站，他们脚步很稳，步调一致。这场面令人看了很舒服。

这天早上，女孩独自出了门，不知她弟弟是不是病了。后来我去波特贝罗路买蔬菜时，看见她弟弟正和两个嬉皮士模样的男人在弗农广场无所事事地游荡。今天不是休息日，他不该出现在这里。他不但没生病，还在吸食大麻。由于在斯莱德美术学院待过，我十分熟悉大麻的气味。那两个嬉皮士看起来像无业游民，其中一个大笑起来，声音活像加速运转的发动机。汉娜的弟弟冲我的方向看了一眼，但我觉得他没认出我。他正吸大麻吸得天昏地暗呢。我为那家人难过，不知那对夫妇知不知道儿子在干什么勾当。他看起来最多十三四岁，太小了，不该如此颓丧。

一周之后，我和汉娜·卡拉里斯见了面，还一起喝了茶。她是个可爱聪慧的女孩。她在刺骨的寒气中敲响了我的屋门，进屋时似乎带来了一阵暖风，那是青春、希望与好奇心。她的模样与说话的语气再次唤醒了我的记忆，令我想起1936年前后，少女时代的我走在巴黎街道上的模样，那时生活还燃烧着期待与希望。

汉娜和我谈了一些她自己的事。她说她 16 岁，想成为作家。她谈了她的父母，以及她在哪里上学。她想激起我对她父母的兴趣，但没有效果。我不能实话实说，告诉她我对她父母不感兴趣，我感兴趣的是她。她提到了一些法国书，当我告诉她我来自巴黎时，她顿时露出了喜色。她说她读过玛格丽特·杜拉斯的《情人》，这令我很惊讶。她似乎还没到读这种书的年纪，不过也许是我太守旧了。她提到了什么事故，我听得出那是一件痛苦的往事。她对此没有多说，但我能看得出来，此事会塑造她今后的人格，我几乎能感觉到这一塑造过程。

汉娜说她喜欢维多利亚时代的文学家，特别是乔治·艾略特。正待细聊时，她父亲来接她了。我喜欢她表达自我的方式，也喜欢她吸取知识的模样。她说起话来滔滔不绝，但同时也有些腼腆。我想再请她来做客。和她在一起，我有了类似幸福的感觉。我本可以有个像她这样的女儿。我曾想和亨利要个孩子，但没有成功。汉娜也问了这方面的事——孩子，又或许她没问，只是我以为她问了。她看着我的书架，问我是不是作家。我告诉她，我在写一本关于罗伯特·舒曼的书。不知她是否了解舒曼的身份，我也没有追问。我没告诉她，我发现了一些不为人知的资料，是关于舒曼和他妻子克拉拉的。我也没说我正在写这些文字，想留给我儿子莫里斯。也许某一天他想追溯往事——他的父母是谁？为什么母亲离开了他？这些东西是写给他看的，让他知道自己继承的血脉是多么伟大辉煌。舒曼音乐的力量将永生不朽。弗莱彻则不会为后世留下任何东西，除了他自己的儿子。如果舒曼还活着，一定会憎恶他后人的所作所为。

父亲是个肮脏混账，这并不是莫里斯的错，被母亲抛弃也不是莫里斯的错，但我对弗莱彻吐出的每个肮脏字眼都信以为真，这是我的错。

为此，我永远不会原谅自己。

每天早晨我的生活以想念莫里斯开始，每天夜里我的生活以想念莫里斯结束。

每天我都盼着能收到他的信。每晚我入睡前，都想着明天也许就会有信来。

*

我看见沃尔特出现在伯特·莫泽的房间里，当时我正在梳头。他站在窗前，有人和他在一起。是她，是那位母亲。她穿着一件白色女式衬衫。她走向他，长发垂肩，白衣飘飘。沃尔特转过身去亲吻她，他们火热地拥抱在一起。我都看见了，她脱下衬衫露出乳房，他用双手将它们拢住。他们双双消失在床上。他们不是第一次做这种事，这是明摆着的。这不是他们的第一次，也不是最后一次。

我不能再与汉娜见面，也不能和她交谈。或许有人会说这个决定做得太急，但我就是一个性急的女人，我也知道了太多汉娜不知道的事。我无法忍受这个念头，这太痛苦了。最好还是立即切断与她的联系。因为我知道接下来会发生什么，利昂最终一定会发现真相。可能不会很快，但总有一天他会发现。那两人总有疏忽的时候，利昂会发现的。令罪人原形毕露的总是疏忽，而不是诚实。

利昂会收拾行李，离开这座房子。我不想看见这种场面。我不想看着他把属于自己的物品塞进大大小小的纸箱，也不想看见那个女孩的悲痛。

我不擅长安慰别人。

我也不擅长面对痛苦。

*

她敲了我的门，这是阳光明媚的一天。她敲了我的门，捧着她母亲烤的蛋糕站在我面前。她笑容灿烂，洋溢着青春与温情，这副模样太令人揪心，我几乎为她哭了出来。她那样善良，手里捧着蛋糕，同时也捧着期待、友谊与一切我本该给她却已给不起的东西。

我想她将我的悲伤错当成了无礼，我不想对她无礼，完全相反，我想好好接待她。我想开口，想告诉她，她的母亲背着她父亲与人偷情，她的家庭很快就会爆发战争，这是不可避免的。她父亲会发现真相，只是时间问题。我也喜欢她父亲，我知道他想把我请进家里做客，就像把老鼠引进鼠笼。我知道他开着窗用最大音量播放亨利的专辑，用亨利弹奏的舒伯特即兴曲向我示好。对此我不禁微笑，却没有循声而入，主要是因为汉娜的母亲。我对她向来没有好感，现在我明白了原因。她是个自恋的女人，我在几里之外就能闻出自恋者的气味。她希望周围的一切都围着她旋转，这是她的本性，哪怕丑事暴露后也无法改变。生活教会了我一些秘密，人心正是其中之一。

因此我站在门边，想挤出一些恰当的言辞，但话一出口没有一句是恰当的，字字皆错，因为我不能将事情挑明——当然不能。汉娜流露出深深的委屈与困惑：她的面容、她涨红的脸颊，都向我陈述着她的心情；我只能控制自己不去拥抱她。但我没有让步，而是尽可能温和地向她解释，原因在我而不在她。

我想她没有理解。我凭什么希望她能理解呢？

我将她关在门外，用发抖的手抓着蛋糕。不知我是否刚刚犯下了一个可怕的错误？

我的喉咙开始发紧，就像多年前在巴黎时一样，仿佛吞下了碎玻璃片。但这一次不是出于悲伤，而是羞愧。羞愧凝成了尖锐的碎片，如同手术刀一般锋利。

14

我卖掉了牛津花园的房子。“我走之后，你别留在这里，”亨利曾经说过，仿佛知道他会先我而去，“回切尔西去吧。”

正巧有套公寓正在出租，房主是卡洛的朋友。卡洛说“她在寻找靠谱的房客”。我接受了。我无法忍受继续在诺丁山生活，特别是发生那些事情之后，于是我搬了家。我特意选择了一个下雨的周日，此时正值期中假[1]，我知道街上没什么人。前一天我看见卡拉里斯一家拎着几个箱子出了门，我搬家时他们多半不会碰巧回来。

我离开了房子，没有道别。我关上身后的门，爬上了一辆出租车。我没有回头，我做不到。如果回了头，我不知道会发生什么。

*

新公寓位于泰德沃斯广场的一处住宅区内。这里的邻居与诺丁山的大不相同，他们更有钱，肤色也晒得更深。隔壁的女人养了条杰克罗素犬，狗动不动便汪汪大叫，我本该上门提意见的，但我没有。我

1　中假：英国中小学学期中间的假期。——译者注

靠读书打发时间，偶尔也写点东西。朋友们常来看我，尤其是卡洛。他妻子在20世纪80年代死于癌症，他说他现在依然每天思念着她。

我想念那个名叫汉娜的女孩，也想念我们未能继续的交谈。我想念从洗手间看见她的日子。我恨自己的懦弱，我本该更勇敢些，但我没有。我缺乏勇气。这是个必须接受的事实，我的确缺乏勇气。如今只有一件事可以弥补我的过错：我将把这本笔记交给汉娜，也会留给她几本书。因为从她闯入我人生的那一刻起，我就知道她身上有些特殊的东西，她年轻的心里似乎住了一个成熟的灵魂。

当时我没想到余生竟再也无法与她相会，而我很遗憾没能找到机会告诉她原因。我做出了错误的决定，大错特错，我希望当初自己能选一条不同的路。有时我们的行为，连我们自己也难以做出解释。

现在我找到了机会解释离开的理由，同时也得以诉说我的整个人生，因为当汉娜读到这本笔记时，我已经不在人世。

离她初次出现在我面前已过去了19年，汉娜已经是成年人了。也许她已经结了婚，也许她已经有了孩子。她依然与众不同，就像我与她初见时一样，我对此确信不疑。

一个熟人告诉我，她母亲还住在那条街上。这位熟人向我保证，找到她女儿的住所并非难事。

有一次，在搬家前不久，我曾瞥到过汉娜一眼。她在卧室里学习，就像我在她这个年纪时一样。我能看见她的黑色长发，她的头发从中间分开，自肩膀流泻而下。我向她挥了挥手，拉起了窗帘。

别了，汉娜。

别了。

*

一位认识的女士曾经问我，我这一生是否幸福。我诚实地回答她，这是充实的一生。我完成了想完成的一切。我爱过人，也被人所爱。我的财产超出了我的需求。我写的罗伯特·舒曼传记由一家小出版社出版，并获得了好评。我对这位作曲家的人生了如指掌，却看不透自己的人生。虽说我后半生过得平安顺遂，但我一直觉得自己缺失了一块——莫里斯留下的空洞从未得到填补。我已经 83 岁了，但我依然盼望我的儿子有一天会出现在我面前。

如果他能来，我便能重获圆满，含笑瞑目。

第 2 部分

汉娜

1

2005 年 4 月

如今我住在北伦敦了。我在绿廊大街旁买了座临河的小房子。能买到这座房子纯属撞大运，当时我去附近拜访老朋友希拉，她带我去当地的一家店里囤蔬菜。

“这地方有个诨名，叫‘小塞浦路斯’。”她说。

我从未来过伦敦的这片区域，因此对它很是好奇。沿街前行时，两旁的商店招牌在不知不觉间变成了希腊文和土耳其文。一间间缤纷鲜艳的果蔬店挤在餐厅和珠宝店之间，透过窗子，我看见卖家和买家正为一条粗大闪亮的项链激烈地讨价还价。餐厅里，戴着发网的女人们往锅上摊着传统土耳其烤馅饼。面包房里满满当当地堆放着蛋糕和果仁蜜饼。沿街有许多理发店，一位年轻的新娘身穿闪闪发亮的婚纱，正在其中一家店里做发型。

我简直像是来到了伊斯坦布尔一处不那么富裕的郊区，阿兹和我曾在那里待过几天，我很喜欢那里。我有种奇怪的感觉，这里就是我一直在寻找的地方：离我所需的一切够近，离熟人又够远——熟人特指我母亲。不管我怎样努力，不管过去了多少年，我们的关系依然剪不断理还乱，仿佛一团麻线。至少对我来说是这样。我不清楚母亲有何想法。我们假装问题不存在，但我心里清楚，这些年来，我对母亲的态度就是如此。我对她的爱没有消减，对她的信任却已不复从前。与她同住诺丁山，距离如此接近，更是令我心烦意乱。

在这里，在伦敦的北四区，离西伦敦有数公里之远，一切便都不一样了。我站在绿廊大街上，看着一对地中海人长相的老夫妻在商店门前争执。店名是外文“Yaser Halim”。（不知道是土耳其文还是库尔德文？）女人鲜亮的黄头巾衬着金门牙，她丈夫则抽着一支没有过滤嘴的香烟，有一张饱受风吹日晒的脸，活像达达尼尔海峡的渔民。他发觉我在注视着他，便对我微微一笑，我也回以微笑。他站在那里和妻子说话的模样令我想拥抱他。我对希拉说想再了解一下这一带的环境，可能下次来时还要看几处房子。“别等下次了。”希拉说。她把我扯到她熟悉的一家房产中介，一小时后，卡文迪什路上这座带三间卧室的爱德华七世风格老屋便出现在了我的面前。它需要整修，花园简直是一片由黑莓灌木和常春藤构成的密林。对面有一所出租公寓，中介向我保证它“很快就会不再对外出租”。“不过这里的邻居都很好相处，这一带的房子升值也很快。”中介补充道，仿佛想让我安心。但没有必要，因为这栋房子正合我胃口。它安宁僻静，采光良好，比我见过的那些同等价位的狭小公寓宽敞得多。最重要的是它临河——伦敦新河，透过我未来卧室的窗户、客厅的窗户和书房的窗户，我能看到下午的阳光在水面上闪烁。

我提了个价钱，第二天早上，房子便属于我了。

几个月后，阿兹和我搬了进来。我们给木地板上了清漆，将门刷成了深赤褐色。我们在屋里摆放了各式各样的家具和小地毯，布里德波特的房子卖掉后，这些东西一度被母亲束之高阁。我们的邻居，一个希腊裔的塞浦路斯女人和她丈夫，常带着自制蛋糕和自家结的无花果过来串门。再远一些住着另一个邻居波，她是个有些神经兮兮的女人，戴着巨大的近视眼镜，喜欢吹嘘自己身为服装设计师的辉煌过往。她动辄就跑过来敲门，似乎仅仅是为了打个招呼。

我们很快明白，对她的这种行为不能再加以纵容，有时干脆不应门。波对此十分不满，她把装着枯萎花朵的小花盆放在我们门前。我们去找她理论，她就摆出自我辩解的架势。“我怎么会做这种事？”她说，从巨大的眼镜框后投来躲闪的目光。

某天一大早，我们被她的踹门声惊醒，她的力气大得出人意料。“我知道你们在家！”她喊着，这时我真想报警。阿兹劝阻了我。“她疯了，就这么回事，完全疯了。她很快就会自己停手的。”

阿兹想隔着窗子和她理论，但毫无效果。波依然尖声大叫，踹着我们的屋门。“我要报警了！”我喊道。

“行啊，你报啊！”波也高喊道。

但阿兹不喜欢警察，我很快便发觉了这一点。在他的家乡，警察往往意味着麻烦。我必须接受这一点，毕竟我不曾经历过他那样的童年。我不了解奥兰[1]，不了解阿尔及利亚民族解放战争[2]，不了解“黑脚丫”[3]、民族解放阵线和美洲国家组织，后者是当时的右翼秘密武装组织。在阿兹对我讲述的童年往事中，我渐渐熟悉了这些名词。他父亲在他很小的时候便去世了，母亲因此移居法国。他们最终在巴黎郊外欧贝维利耶的贫民区安顿了下来，阿兹在那里度过了人生的头 15 年。

因此我们没有报警，但波的吵嚷声越来越大，有人便替我们代劳了。两个警官过来带走了波。后来我们只见过她一次，她站在一个年

1 奥兰：又称瓦赫兰，阿尔及利亚第二大城市。——译者注

2 阿尔及利亚于 19 世纪沦为法国殖民地，“二战”期间，法国许诺只要阿尔及利亚帮助法国获胜，便允许其独立。然而“二战”结束后法国并未履行承诺，于是阿尔及利亚爱国者于 1954 年发动民族解放战争，最终获得国家独立。——译者注

3 黑脚丫：阿尔及利亚人对法国移民的称呼，一种说法是早期法国移民多为采煤工人，鞋子被煤染黑，故有此绰号。——译者注

轻人身边，看着搬家工人把她的物品搬上卡车。在那之后，我们开始带着近乎忧伤的情绪回忆这件事，仿佛我们真的很在乎那个曾令我们头疼过一阵的女人。

阿兹的女儿斯蒂芬妮周末会过来和我们一起住。她的英语说得不是十分流利，刚来时在我面前怯生生的。她 11 岁，有着红褐色的头发和略带忧虑的灰色大眼睛。我立刻喜欢上了她，以前我从没有这么想亲近哪个孩子。她一副需要被呵护的模样，而我想呵护她。但培养感情可花了我不少工夫，她显然对我心存戒备。直到一天晚上，阿兹出门了，我俩一起看电影。碟片是她带来的，因为她很喜欢。电影名叫《放牛班的春天》，讲述了 20 世纪 50 年代法国一所问题少年学校里的故事。我看得又哭又笑，她也一样。阿兹回家时，我俩正坐在沙发上吃手工冰激凌，斯蒂芬妮在取笑我结结巴巴的法语。那天之后，我们之间便再无隔阂了。不过她母亲阿涅丝似乎对我和我们的住所都没什么好感。有一次我听见阿涅丝和阿兹在屋外的街上争吵。

阿兹为我翻译了阿涅丝的话。“你就不能不住得这么远吗？非要住在这种垃圾堆里？你觉得我会让她独自从学校坐地铁到这里来吗？”

“我可以送她上地铁，我可以送她去学校。”我说。

“学校在南肯辛顿呢。”

"无所谓。"

阿兹亲了亲我。"你是个好女人，你不需要这样付出。你是个好女人，就像我妈妈，难怪她这么喜欢你。她受不了阿涅丝，却一下就喜欢上了你。"

"我也很喜欢她。"我告诉他。

"我父亲如果还活着，也会喜欢你的，"他说，"我几乎没和他相处过，但我能确定。我们阿尔及利亚人看得出别人的好。"

"并不只有阿尔及利亚人才能看出别人的好，阿兹。"我微笑着说。

几周前，努丽娅来看望我们。她身材瘦小，有一双深陷的棕色眼睛，皮肤皱得像上了年头的胡桃壳，笑容开朗灿烂。阿兹的母亲不会说英语，我便用勉强过得去的法语和她交流。她单纯，慈爱，睿智。虽有文化的屏障，我却立刻了解了她的为人。她一定也对我有了些了解——她知道我的生活中需要有一个像她这样的角色，一个简单的人。在我家里，我们无法简简单单地做事，简简单单地思考。连我父亲都有一肚子复杂的想法。但遇见阿兹和努丽娅后，我心中某块一向无人耕种的荒芜土地突然鲜花盛放。

*

本从洛杉矶回来探亲，先在母亲家逗留了几天，又过来与我们同住。那天晚上下着雨，他带着自己的行李箱和一个中等大小、相当沉重的纸箱。进门时他把纸箱递给了我。“给你的，”他说着亲了亲我的双颊，“今天早上这个箱子被送到了妈妈那儿。”

“是什么？”

“你自己看吧，”本说，把外套挂在衣钩上，“我还是不说了。”

本将行李箱拖进屋的当口，我把纸箱搬到厨房，放在橱柜上。纸箱被淋湿了，箱盖上用深蓝色签字笔写着我的姓名和地址。纸箱侧面裂开了一个口子，透过它我能看见一本书的书脊。

我拿起菜刀，割开了纸箱。揉皱的报纸出现在眼前，我瞄了其中一页，日期是 2004 年 12 月 12 日，4 个月前。这是什么？是谁送来了这个纸箱？

本看着我。“是弗洛拉·多布斯送的，”他说，“还记得她吗？牛津花园的那个老太太，她去世了，遗嘱里说要把这个留给你。别问我原因，我也摸不着头脑。昨天有个男人来到妈妈家，想确认你是不是还住在那儿，还说今天早上会把这个送来——他真的送来了。妈要我把它带给你。”

“什么？”我抽了一口气，“可为什么要给我？”

本耸了耸肩。“不知道。妈说弗洛拉大概 19 年前就搬走了。所以，没错，确实挺怪的。这究竟是怎么回事？”

“就是啊。”

我在纸箱里翻找起来，想找到字条或者信，找到她本人给我的留言，但一无所获。

里面只有书，准确来说有 8 本。我小心地取出书，一本本打量着。有索尔·贝娄、穆丽尔·斯帕克和伊丽莎白·简·霍华德的作品，也有维多利亚时期的小说，作者是特罗洛普、狄更斯、夏洛蒂·勃朗特、乔治·艾略特和托马斯·哈代，都是旧书，可能还是稀有的精装版——来自弗洛拉·多布斯的私人收藏。一定是的。一些书有绿色或红色的布质封面，还有烫金的书脊。《织工马南》看起来从未被打开过，夏洛蒂·勃朗特和狄更斯的书则是 20 世纪 60 年代牛津大学出版社的精装版——从发皱变色的书页看，它们都被人读了又读。

那么她肯定还记得我们那次短短的谈话。她当然记得。她想把她的书留给我，作为我们短暂共度时光的纪念。但她同时也一定怀着某种歉疚。毕竟，她像突兀地让我进门一样，又突兀地将我赶出了她的生命。这是她表达歉意的方式吗？

果真如此的话，我会接受道歉。当时她显然心事重重，才会做出那样的举动。而且我铭记在心的并不是她的消失，而是一种亲切感：虽然我们只相处了片刻，但这个女人洞悉了我的内心，或许比当时我父母看得还要清楚。

“她可以做我的法国女伴。”我曾对父亲这样说过。

那个落雨的寒冷下午又浮现在我的脑海。她打开房门递给我的那条毛巾，那架小型三角钢琴，她洗手间门上的莫奈海报，娃娃们的穿着打扮以及它们端坐的姿态，她边啜饮茶水边听我说话的模样，我捧着母亲做的柠檬蛋糕站在她家门口——弗洛拉则在我身后永远关上了门。

如今她已经不在了。

“喂，”本说，“我能看看吗？”

“只有书而已。”

本的电话响了，他立即接了起来。“妈想跟你说话。”他说着将手机递给了我。

“嗨，妈，”我一把拿过手机，“我这儿有个弗洛拉·多布斯的箱子。”

“是啊，我知道，”她立刻回答，“我应该提前跟你说一声的。一个男人，大概是她的律师吧，昨天到我这里来过。我本来想打电话给你，后来又忘了。这几天真是一团乱。”

“好吧。那个男人怎么说？”

“他说她去世了，上周下葬的。我记得他说她享年 83 岁。她在遗嘱里特别提到这个纸箱里的东西是留给你的。是书吧，我想，或者是笔记本？”

“是书。”

“这有点让人哭笑不得，不是吗，”她轻声说，“你父亲念叨了弗洛拉·多布斯那么久，结果她突然就送了书给你作为临别礼物。”

“是啊。”我承认道，想起父亲琢磨她真实身份时绞尽脑汁的模样。我俩都笑了，母亲的笑声却沾染着悲伤。

任何能令我们回想起父亲的事物都沾染着悲伤。

2002 年，父亲心脏病发作了。当时阳光普照，他正在去往剧院的路上。前一晚我给他做了饭。他一直不太舒服，心脏有问题，却轻描淡写地说只是小毛病。但我心里清楚，心脏方面的问题都不是小毛病，他只是不想让我担心。当我追问细节时，他回答得非常含糊，最后我只得作罢。“需要服点药，就这么点事。”不管我怎么坚持，他都不肯再多说。他从来不是什么模范病人，那时已经 66 岁，更是固执依旧。

那天晚上，是他的爱尔兰女友艾莉斯打来电话告诉了我噩耗，“他走了，”她一遍又一遍地说着，声音颤抖，“他走了。”我去太平间看他，却几乎认不出他，仿佛他身体里的东西都被抽干了。他面容苍白凝滞，如同蜡像。他的双手紧紧交叉握在一起，不知他临终时是否就摆出了这个姿势。我强壮有力的父亲啊，如今只剩下一具王者的躯壳。

我们将他安葬在海格特公墓。他被埋在六尺之下，长眠在冰冷泥土和被遗忘的骸骨之间。

“真希望现在我能在你俩身边。”母亲的声音打断了我的思绪，她的语气里有些东西，令我喉咙发紧。

我能想象她的模样：坐在餐桌旁，向窗外凝望。她依然很美，但她的面容已不复从前，仿佛她所有的幸福都萎谢了，只留下无尽空虚。

她饱受折磨，这份折磨也显现在了她的脸上。她毁了自己的婚姻，永远无法原谅自己。她没有明说，但我心里知道。我必须对她更温和，更宽容。现在我有了阿兹，是该翻过这一页了。我已给了她足够的惩罚，我弟弟也以自己的方式惩罚了她：多年来他时不时就会没入黑暗的角落，那里充斥着社会边缘人，这些人和他一样，错将鲁莽妄为当成个性张扬。

“你们永远不会理解。”本说，仿佛我们才是该受责备的人。

他说得不错：我们不理解他。事实是，由于缺乏预见力，我们谁也没能看出他的所作所为其实是一种呼救，那时他也只有 17 岁。

后来他向我们坦白，我们才知道他陷得有多深。他偷过父亲的钱，也偷过母亲的钱。在他认识的那个可恶毒贩被逮捕前，他一直都把万圣路[1]当作第二个家。他贿赂长毛玛丽，从她那里弄酒喝，最后被她

1　万圣路：20 世纪八九十年代伦敦毒品交易者的聚集地。——译者注

的皮条客揍了一顿。他在上学的路上就开始喝酒，把小瓶伏特加藏在书包里，回家时正好喝完。如此一来，他的酒瘾越来越大，也越来越难以满足。

“比海洛因安全。”他说过这样一句俏皮话，仿佛做的坏事没那么过分就值得被嘉奖一样。

最终他进了一家康复中心。他一出来就报名进入了表演学习班。“我注定要干这行。”他告诉我们。

很快他的天赋便显现出来，两年后，他就能在皇家宫廷剧院登台演出了。这突如其来的进步令我们都大吃一惊。“伏特加和毒品被米勒和品特[1]取代了。”父亲如此评价本的转变，连欣喜都显得小心翼翼，但我们都为本高兴。一位美国经纪人恰巧赶上了停演前夜的演出，演出结束后，他来到后台，向本做了自我介绍。他告诉本，一部电视连续剧正需要演员，那个角色很重要。

本前去试镜，成功拿到了角色。接下来的一年里，他在伦敦和洛杉矶之间飞来飞去，成了那部电视剧的主演之一。电视剧的反响不温不火，但他却由此坚定了留在洛杉矶发展的决心。

父母看在眼里，忧在心中。他出门在外一定撑不住吧？他怎么能养活自己？加利福尼亚的物价很高，环境也很复杂。他可能会故态重

1 这里指美国剧作家阿瑟·米勒和英国剧作家哈罗德·品特的戏剧。——译者注

萌，又跟那些不三不四的人厮混。但事实证明他们的担忧是多余的。

如今，本虽然还不是什么明星，却已经适应了加利福尼亚的生活。演员生涯的种种辉煌尚未实现，但他没有放弃希望。“我会成功的，”他对我说，“我找了个兼职，做泳装模特。将来的事谁说得准呢？而且我有个好经纪人，你就看着吧。”

现在我依然看着本，满腹忧虑。对声名的渴望不会慈悲对待破碎之心。

“那么，是什么书？”母亲的声音从电话那头传来。

“是维多利亚时期的小说，很精美的版本。也有年代比较近的，但主要是维多利亚小说，看起来很珍贵。”我补充了一句，同时揭开了最后一本书上包着的报纸：眼前闪亮的烫金书名是“无名的裘德”。

“她给你留什么字条了吗？”母亲问。

“我没看见。也许她的书本身就是留言吧。”

“各人有各人的想法，”母亲评论道，“换了我就会留言。正常人都会这样做的。”

“我知道，”我赞同道，“但我不清楚她正常到了什么程度。”

我们挂了电话。我心里暗暗决定次日去看望母亲。阿兹催促着我，我们要去肯萨莱斯区和他的朋友吃饭，本同我们一起去。路上很难走，我们得赶紧换衣服出门。“那是什么？”阿兹指着纸箱问。

“到车上再告诉你，”我说，“说来话长。”

我将纸箱搬到楼上的书房里，放在我的书桌上，最后看了它一眼，便去卧室做准备了。

2

2003 年，我在伊斯林顿区的一场宴会上认识了阿兹。当时我在为著名建筑师瓦莱丽掌勺，是南希把我介绍给她的。瓦莱丽有一头黑色短发，喜欢穿喇叭裤和白衬衫。她这人没什么幽默感，我的教母南希管瓦莱丽的丈夫叫“哈巴狗”，因为他对瓦莱丽言听计从。“他被瓦莱丽吓怕了，我也是。但麻烦你帮我这个忙，因为她和‘哈巴狗’收藏了我的画，我希望他们能再多收几幅。让他们陶醉在你的巧克力熔岩蛋糕里吧。”

“行啊。”我一口答应。

我来到了瓦莱丽现代风格的玻璃房，见识到了她的辛辣脾气与略有些纡尊降贵的态度，便立即明白她这种人是不会为任何事物陶醉的。但我不介意，因为我也怀着隐秘的目的。这场宴会是为欢迎摄影家阿齐兹[1]·拉斯卡尔而举办的，我成为他的粉丝已经有一阵子了。我在胭

1　阿兹是阿齐兹的昵称。——译者注

脂画廊看了他的摄影展，也读过他的精彩访谈录，他在访谈录中回顾了自己在巴黎郊外贫民区度过的童年，以及他摄影灵感的来源："我痴迷于无形之物。我不喜欢普通的摄影，我喜欢捕捉事物瞬间的姿态，捕捉朝露般的美——水，树叶，云彩。我追求的是影绰朦胧，而非秋毫毕现。"

那天晚些时候，我又在第四电台听到了他的访谈。他嗓音低沉沙哑，带着柔和的法国口音。他说话时，缤纷的色彩与质感仿佛从唇间流泻而出，令我想亲吻他。他集庄严与肉欲于一身。我很想知道他的外表是否与他的言辞匹配。

此刻我在厨房里，给羊奶酪脆皮茄子添加最后的调料，而那个自带色彩与质感的男人即将现身。我听见门铃的声音，宾客们已纷纷到来。我心情忐忑，仿佛自己也是即将被瓦莱丽引见给主宾的朋友，而不是手指上沾满了蒜泥与羊奶酪的帮工。因为这是无可辩驳的事实：为他人下厨的我的确成了帮工。在此之前，我从未意识到这一点。牛津毕业后，我放弃了进入学术界的打算，而是选择学习烹饪。这是个艰难的决定，但我还是做出了选择。我辞去了英语教师的职业，手头一本关于维多利亚时期小说家乔治·莫尔的书刚写了个开头便放弃了，我也退还了预付的稿酬。我从未后悔自己的决定。像母亲一样，我在美食的世界里得到了纯粹的快乐。但在这个特别的夜晚，我却感到了一丝难为情（或者沮丧），因为我真的很想与阿齐兹·拉斯卡尔交流，哪怕只有几分钟，能与他见一面，聊上几句就行。也许我还能告诉他，我对他的作品一直非常喜爱。

熔岩蛋糕剩下的馅料洒在了地板上，将我的白围裙弄得一塌糊涂。还是算了吧，我嘟囔了一句。

就在此时，瓦莱丽一脸倦容地走进了厨房。因为主宾迟到了很久，客人都饿了，她问我能否迅速做出什么餐前小菜给苦等的客人们填填肚子——“你肯定有办法的吧”。她丢下这句话便匆匆离去，留下我在原地低声咒骂：我哪有什么办法？这时门铃再次响起，人们纷纷发出“哦”“啊”的惊呼，我便知道来者一定是他了。

*

自从把维多利亚小说换成了红烩牛膝，我就忙得不可开交。我在考文特花园的一家餐厅里当了三个月助理厨师，以此为契机在其他餐厅找到了更多的活计。后来，一位朋友请我在她的订婚宴上掌厨，结果大获成功。大家口口相传，将我推上了做私人厨师的道路。我也由此结束了在各家餐厅之间奔波的日子，专心做起了私厨。我创作出了独家菜谱，给陌生人做菜获取报酬，不仅有了一小群粉丝，粉丝人数还在迅速增加。他们令我见识到了各种不可思议、激动人心的场合。

我在大型邮轮上待过一阵子，也去过各种富豪人家。我给一位娶了好几个妻子的非洲导演做过家宴。我成了一位好莱坞电影导演眼中的红人，他带我去过拍摄现场，还与我有过短暂的恋情。我的食客里有漂亮辣妈和她们的丈夫，有意大利贵族和他们懒惰的孩子，我还曾在敬老院和法国别墅里为素食主义者和伊斯兰教徒做菜。我脑子里装满了菜谱：罗马肉排，香煎扇贝配烤南瓜，双层奶酪胡瓜蛋奶酥，安康鱼肉卷配法式马铃薯千层派，巧克力熔岩蛋糕配草莓酱。我扩大了客户群，我走遍了街头小店和农贸市场，寻找新鲜蔬菜和有机食材——最柔嫩的肉，最鲜美的番茄。我在厨艺上精益求精，我沉迷于试验各种口味，感受它们带来的喜悦，心里几乎装不下别的东西。哪怕有时觉得寂寞，我也会将它推到一旁，仿佛寂寞也只是一盘菜，可以放到以后再试吃评价。

如今我已经 34 岁，还没有结婚。我生命里有过不少男人，但除了二十出头时同居的小提琴手亚历山大，我并没有遇到过什么特别钟情的对象。我有过几段短暂的感情经历，但没有真正恋爱过。我将此归咎于自己的工作性质：我从来没有时间。有了空闲，我还要看望家人和朋友，有时还要陪他们度假，最后不可避免地替他们下厨，就算偶尔会介意，我也从不宣之于口。后来，我的朋友们一个个结婚生子，我当过几回教母，可能当得次数太多了。本很少回来，母亲又徘徊在抑郁的边缘。“我真受不了本离开我们，他以前与我们寸步不离，就像一束光。”她说，好像将本童年时代发生的事忘得一干二净。

这时我父亲去世了。

弟弟回来陪我住了一阵子。我担心他会旧病复发，再次滥用药物，重拾青春期的种种恶习。我们一起流泪、欢笑，谈着父亲和童年。他们父子俩的关系一直令人忧心。“但我们和解了，我们已经重归于好，圆满无憾，”本忧伤地说，“万一我没和他和好——天啊，那我就再也没机会和他说真心话了。他一向脑子转不过弯，我想我也一样……但我们之间还有亲情的纽带，这真是太好了。”他沉默了片刻，“我们是那次一起吃早饭时开始和好的，当时刚抖出了妈和沃尔特的破事，还记得吗？”

“当然记得。”

本和我此前去过诺丁山的一家咖啡店，在那里我们多年来第一次交心地谈了话。他承认自己一直对沃尔特有所怀疑。“我只知道我不想再跟妈见面了，”15岁的本慢吞吞地说，“我也不想再见到沃尔特那个醉鬼。我一直知道他们有一腿。我小时候还没这事，他们是后来搞在一起的。有一次我看见他俩在接吻，在楼上的卧室里。妈一直说是我瞎想，但我又不傻，我知道自己看见了什么。”

他的坦白令我大感意外，我们就这事谈了很久。我不知哪一点更让我吃惊：是他早就知道母亲和沃尔特的事，还是他清晰坚决的言辞。“问题是，为什么呢？”本一直在问这句话。最后，我俩得出了共同的结论，那就是我们想不出靠谱的答案。

15 年后的今天，我又问了他同样的问题。“她为什么要这么做？我是指和沃尔特。你觉得她真心爱过他吗？还是她想报复爸？”

“不知道……我想她是觉得寂寞，只想和人上床。她最后和爸大概没什么性生活。”

“我从未想过这方面……快别说了。”

我俩都笑了。

本少年时的怒火被新生的柔情取代，根据他的说法，那是一种“善待世界”的强烈渴望。他的俏皮话有时说着说着就变得认真起来，偶尔也会叽里咕噜地吐出一段夹着美国方言的胡话，但我不介意。他已经 5 年没碰过酒精了，“要是没有戒酒匿名会[1]我可就惨了”，他承认。他的恶习只剩下抽烟，偶尔也抽大麻。哪怕演员生涯发展得不如预期，他也坚信不久就会有伯乐发现他的才华。

“我知道我是个好演员，至少我的经纪人一直在为我寻找试镜机会。一切都会好起来的。”临行前的那天早晨他对我说。此刻我们正站在希思罗机场的安检处。我们刚在一家闹哄哄的餐厅里吃过三明治，有一家人带着几个蛮横的青少年，在我们前面吵个没完，本不禁微笑起来。“想想看，我以前也是那副德行，”他说，“那些日子早就一去不复返了。真该他妈的感谢老天。”

1　戒酒匿名会：一个国际性互助戒酒组织，其成员会彼此鼓励，共同监督摆脱酒瘾。——编者注

我用力抱住了他，我高大英俊的弟弟。“妈和爸一直欣慰的就是，我们撑过来了。”我告诉他。

“我知道。”他说。他已经去看过母亲了。父亲之死对她打击很大，我那天也打算去看她。本很担心她。“你要对她耐心些，温柔些，”他说，“别跟她闹情绪，至少这阵子不行。”

“当然不会。”

“你要记住，沃尔特那事是因为她太孤单，太失落，仅此而已。原谅她吧。”

“我已经原谅了。”我几乎以为自己在说实话。

“再见啦！”他离开了。我看着他在安检处排队，之后就看不见他了。他短暂地来过，又走了。

和父亲不同，本和我还能再次相见，但片刻之前他留给我的记忆几乎与父亲一去不返的事实同样令我酸楚：我真想拥抱本刚刚站立过的那方空间，感受他留下的气息。我不想他离开。

我不想形单影只，只剩下那方空间为伴。

回家路上，我突然又想起了一件事。

1987 年，我父母曾在比利牛斯山租了一栋房子。本不想去，便胡编了一个借口，于是我们三个人去了。那里一直在下雨，我觉得很孤单。我希望弟弟能一起来，哪怕他令人难以忍受，我也乐意有他陪在身边。但他不在场，倒是我一反常态地失控了一回。

回家前的那天晚上，母亲打开了电视。“也许能有什么好节目看看，”她说，“比如法国老电影之类的。”

她换着频道：晚间新闻、动画片、肥皂广告，然后是一部电影，男女演员穿着维多利亚时期的服装。“停！”父亲说，“等等！”

“怎么啦？”母亲问。

他不需要回答，因为我们亲眼看见了。那部电影是《游民驾到》，女演员不是别人，正是露西。她身穿一袭白裙，正与英俊的男演员热烈交谈，我认出男演员就是沃尔特店里海报上的那一位。场景是夜晚，演员们站在室外，背景是一座灯火通明的城堡。露西的声音有些不一样，比我记忆中的要低沉。我的法语欠佳，不能完全听懂她的台词，但这无关紧要。重要的是她就在那里，好好地活着，在满月下开怀大笑。

我们看了一会儿电影，然后我突然就受不了了。“关掉！我不想听她的声音——求你们赶快关掉！”

父母对视了一眼，又看看我。“当然，亲爱的，”母亲柔声说，“我们理解。”

但我不想要他们的理解。我想看到露西坐在我身边的椅子上，我想把她从电视屏幕里拉出来，和她说话，感谢她救了我的弟弟。我想触摸她，拥抱她。她的面容本已被时光模糊，此时却又再度鲜活起来。这感觉太痛苦了。

“想看别的节目吗？”母亲小心地问。

“不，我想睡觉了。”

我冲进楼上的小卧室，换上睡衣，躲进冰凉的被子里，泪水夺眶而出。心中有什么东西挣脱了束缚，我说不清它是令我好受了些，还是让我更加难过，这是青春期以来，我第一次有这种感受。

*

我将每周工作的时间从6天减少到4天。而且，有生以来的第一次，我开始想要孩子。在此之前，我从未想过生儿育女。家庭经历与繁忙的工作令我断绝了做母亲的念头。但哪怕我改变主意，母亲的身份令我恐惧也是无可争辩的事实。我曾眼看着家庭分崩离析，同样的场景可能也会在我身上重现。风险太大了，我赌不起。

然而，父亲的死令我想到自己有朝一日也会撒手人寰。我希望父亲的一部分能传承到下一代，但除非我能克服自身的恐惧，否则这个愿望永远无法实现。

我不能再这样畏首畏尾，不能再惧怕染上原生家庭的病毒。我不像母亲，不像父亲，也无意以任何方式模仿他们。我就是我自己，有自己的怪癖、习惯和渴望。我必须更加勇敢。母亲毁了我们的家，不代表我也会做同样的事。恰恰相反：我会尽一切努力阻止这种事发生。

确保上一代的悲剧不再重现，这不就是正确的做法吗？

最近我读了一本书，主人公说生命中的任何际遇都是对未来发生之事的演练。不知我现在处于哪个环节，是依然在演练，还是已经进入了未来的某个阶段？如果是后者，那又是哪个阶段呢？

当阿齐兹·拉斯卡尔走进瓦莱丽家的厨房时，我确定自己依然在演练。他刚离开洗手间，结果走错了地方。“对路痴来说，这房子真是太大了，”他笑嘻嘻地说，“去餐厅要走哪条路？”我给他指了正确的方向。他打量着我，我希望他没有注意我弄脏的围裙——话说回来，他怎么可能没注意？围裙上沾满了巧克力。

他微笑着做了自我介绍。“我超爱你的作品！”我脱口而出，说完就后悔了。

“谢谢。”他又微笑了一下，“晚餐吃什么？”

他个头很矮，比我还矮。他发色很深，发丝中夹着缕缕灰白。他的眼睛里有绿色斑纹，像是苔藓的颜色。他有一张坚毅的脸，不算英俊，但充满诱惑力。他棱角分明的外貌略显粗糙质朴，令我想起了拍击在岩石上的海浪。他比我想象中年长，接着我记起他比我大 10 岁。我搜索过他的资料，他不知道我对他有多么了解。这感觉真的很尴尬。

我报出菜单。“羊奶酪千层茄子，盐焗黑鲈配红薯泥和炙茴香，甜品是巧克力熔岩蛋糕，详情请看我的围裙。”我指着围裙上的污渍说。

他笑了。“听起来很美味，围裙也是。”他补充了一句。

我们聊了起来，他说他的阿尔及利亚母亲也擅长烹饪。我问他的英语为何如此流利，他说他在15年前就搬到了伦敦，也不打算回巴黎。他在这里有个女儿，现在和她妈妈一起住在肯辛顿。他们已经分手了，他补充说，仿佛他很想让我了解这一点。

“她多大了？”

“11岁。她叫斯蒂芬妮。”

我想再多打听几句，却又不敢。他问起我的背景，问我是如何成为厨师的。我们谈论他即将举办的展览，展览主题是水滴与蝶蛹，以及一系列从窗户中往外看的人像。“这就是展览的名字，”阿齐兹说，“‘窗后’。我用了一种特殊的技术，让一切看起来都好像悬浮在空中。我很喜欢这种效果。”

他还说他拍摄人，也拍摄人留下的痕迹。“与记忆、时间、遗忘之物以及大自然的互动。”

“真的吗？”我说，“很有意思。”我忍住了向他直抒胸臆的冲动。

自从那天下午，我与母亲站在铺满卵石的岸边等待救生员搜寻露西后，我与大自然之间便产生了一种返璞归真般的联系。我流连于自然的宁静之美，也细窥它桀骜不驯的内心，在狂风与满月的橘色光芒中探寻着古老的线索。

父亲离去后，我的“返璞归真”从古老的自然风景蔓延到了神秘现象：未解之谜间的联系，以及有待破译的信息。我近乎夸张地关注着各种巧合、梦境与意外遭遇。还是孩子时，我就觉得外部世界比我的内心世界大那么多，大得令人着迷。我渴望了解它的秘密，但一道无形的障碍束缚着我的行动。露西死后，那道障碍也崩裂溃散，随之垮塌的还有它对我的庇护，痛苦改变了我原先所知的世界。从此我便明白，要往前走，我必须设定好自己人生的参数。但我不会将这番心思告诉阿齐兹·拉斯卡尔。因此我只敢对他说，我喜欢将事情的来龙去脉弄个清楚。

“喜欢不期而遇吗？”他微笑着说，“明晚来我展览的开幕式吧，”他补充了一句，“顺便一起吃饭。我们可以进一步讨论。”

“非常乐意。”我努力保持声音的平稳，“我今早在广播里听到你说话了，你在说摄影展的事，听起来很棒。”

然后我突然想起，艾莉斯，我父亲的最后一位女友，可能也是他与母亲分手后最爱的人，拥有一张阿齐兹的照片，我去看望她时还跟她聊起过这张照片。我怎么竟会把这忘了？照片上是一对夫妻，在南美某地的一家餐厅里牵着手。

我向阿齐兹提起这张照片。“我不认识艾莉斯，不过利昂·卡拉里斯是你父亲？我很喜欢他，他是位了不起的导演，真希望我能认识他。”

泪水猝不及防漫上了我的眼眶。为什么？我几乎不认识阿齐兹，也不是第一次被父亲的名字唤起思念之情，但他们之间的联系却在我心中激起涟漪，久久不散。

然后瓦莱丽闯了进来。“阿兹？哦，你在这儿啊。汉娜，一切顺利吧？”

“是的，当然，我们聊了一会儿，等可以上菜了就告诉我。”

“早就能上了。”她不客气地回答。

“你应该提前通知……”

“怪我，”阿齐兹打断了我的话，将手放在瓦莱丽肩上，“完全是我的错，我不该打扰她。我们刚才在谈她父亲。”

“他是个好导演，”瓦莱丽说，“他女儿也是个好厨子。”她冲我们两人微笑——做作地微笑。他对她笑容的回应则更加冷淡。

离开前，阿齐兹塞给我一张名片。“叫我阿兹，明天见，”他说，“请务必光临。”

开幕式上人山人海，我根本找不到他。昨晚我几乎一宿未眠，脑子里全都是我们见面时的景象。我们之间会有什么发展吗？我几乎不敢相信我们真会有什么发展。

我四下漫步，将注意力放在巨幅相框中他的摄影作品上。窗户后面模糊的脸，水下的婴儿，层层叠叠的树干，小小的蝶蛹浮现在一朵乌云前，他的作品令人惊叹。我忘记了炎热，忘记了喧哗，忘记了推挤我的人群与明亮的灯光。阿兹突然出现了，看见我时，他脸上绽开了灿烂的笑容。“谢谢你过来，”他握着我的手说，“这地方有点乱。”

“很美的展览。”我说。

“是很美，阿兹。”一个亚裔模样的女人插嘴道。她非常漂亮，穿着闪亮的白色连衣裙，她的香水味太浓了。“你好啊，莫娜。”阿兹热情地招呼她。他和她很熟，不知熟到了什么程度？他为我们做了介绍：“这位是莫娜，这位是汉娜。”接着谈话又被打断，一个应该是经销商的男人冲他兴奋地挥舞着一张纸，说着什么我听不懂的话。

“你是怎么认识阿兹的？”莫娜问，仿佛她真的在意似的。

“我和他不熟，”我回答，“我昨天才与他见面。”

我想回家，我觉得自己与这里格格不入，穿着也太过朴素。周围所有人都盛装打扮，为什么我没有？我只穿了简单的裤子和白色羊毛衫，仿佛早已决定了不参加展览后的晚宴。在人群中，我无法面对他。如果要深入了解他，那只能是在我们单独相处的时候，而不是在正式的宴会上。再说，他显然已经忘记了邀请过我，不然他会说些什么的，不是吗？比如“餐桌上见”，是啊，他应该会说的。

因此我没有道别便离开了，带着怦怦乱跳的心搭上了地铁。有那么一瞬间，我在想自己是不是做了蠢事。接着我说服自己，这样做是对的。如果他真想请我赴宴，事先一定会提起。这场盛宴应该会有许多权贵、艺术家和社会名流参加——毕竟我给这些人做过菜，我应该有自知之明的。我也知道自己不能算是他们中的一分子。不错，他见到我时很高兴，但他见到莫娜时也同样高兴——不管她是谁。这显然是忙碌的一晚，他脑子里还挂念着比前一晚刚认识的黑发女人更重要的事。

我在几乎空无一人的地铁车厢里坐了下来。一个男人无精打采地坐在我对面的座位上，看样子是喝醉了，自言自语地嘟囔着什么。我在曼诺豪斯酒店下了车，快步走回了家。我觉得很不舒服，像是做错了什么事。我是不是应该留在画廊？我是否误解了阿兹的意思？我到底为什么跑回家来？

我刚走进前门，电话就响了，是本。“我认识了一位姑娘，叫梅洛迪，是个大美人。她是个流行歌手，很有天赋。我打电话就是想告诉你这个。”正说着，我的手机响了起来，一个陌生号码出现在屏幕上。“等等。”我对本说。

我接通了电话。“汉娜，你好，我是阿兹，我费了点时间才找到了你的号码……”

“哦，阿兹——”

“听好，”他语速很快，“宴会马上就要开始了，昨晚我认识的一位女士本该坐在我右边的，可她却缺席了。”

我目瞪口呆，短短几秒钟里，我一个字也说不出来。他让我坐在他身边？我真是个蠢货，彻头彻尾的白痴蠢货。他永远不会原谅我，也不想再见到我，这是明摆着的。除非我立马就回到那里去。

“真对不起，阿兹，刚才突然有急事，”我觉得面颊滚烫，“我应该告诉你的。但那里人太多了，我没能找到你。”

我在撒谎。我看见他了，但他身边围满了人，我不敢再打扰他，毕竟我们几分钟前刚打过招呼。

“你的意思是你不来了？我必须确认一下。”

他的语气显得很急躁。我将手机紧贴在耳边。我必须迅速思考，理性思考。如果我不去，可能就再也见不到他了。我必须再见到他。霍克斯顿离这里很远，但没关系，我可以乘出租。“我刚到家，”我说，“我可以叫辆出租，半小时内到。”

“听起来是个好主意，”他似乎松了口气，“期待和你见面。”他马上挂断了电话。

“喂？”固定电话的听筒里传来了本的声音，“你还在吗？”

“抱歉，本，”我喘着气说，“我得走了，以后再打给你。”

“好吧，当然，无所谓，随时恭候。”他嘟嘟囔囔地说。

我换上黑裙子和相配的天鹅绒上衣，穿上高跟鞋。我补了些妆，喷了点香水，戴上了一条紫晶项链，决心从此以后更加注重自己的外貌。

我赶到时，宾客们刚开始落座。阿兹看见我，便露出了欣赏的微笑，示意我坐在自己的位置上。好几个人发表了讲话——“阿齐兹·拉斯卡尔，令被遗忘的银版照相法重获生机的摄影大师，再一次令我们心醉神迷”，等等——许多人过来向坐在我右边的男人敬酒，与他攀谈。其中一位是阿兹来自巴黎的朋友，说着没人听得懂的英语，不时站起来跑到一旁的阳台上抽烟。他是位电影导演，除了我似乎人人都知道他的作品。“我对厨师的印象就是，他们几乎没时间做别的事。”一个坐在我对面的美国女人说，别人叫她“草莓”。“我有个朋友，是个工作狂，她的小孩几乎没见过她，还以为她是保姆呢。”“草莓”将银灰色的头发梳成了髻，还戴着钻石鼻钉。别人都笑了，我没有笑。我不知该如何理解她的评价。这是她与我沟通的方式，还是她在不着痕迹地批评我对那位法国导演一无所知？她喜欢阿兹，我看得出来。坐在他身边的人应该是“草莓”，而不是我。

“我没有小孩，所以不清楚。”最终我这样说。

“棒极了，我也没有小孩。”她回了一句。

我可以再说些什么，说我读过书，受过教育，说我坐在主宾身边，说我除了切蔬菜还会做别的事，现在我有时间了，比之前空闲许多。自然，还有许多事需要我去了解，但不用劳驾“草莓”来告诉我。

阿兹想和我聊聊，但谈话不停被打断。“待会儿我们去喝一杯吧，”他靠过来对我说，“这边一结束我们就走。”

“这样好吗？”我轻声问，“他们不是希望你能一直留到最后？”

“我已经完成任务了，”他微笑着对我说，“我想我可以自行离开，他们会理解的。”

甜品上来后，乘着人群还没黏上他，我俩溜了出去。我们跳上出租，来到了肖尔迪奇区的一家酒吧。我们点了一瓶葡萄酒，聊了起来，聊得欲罢不能。聊得越多，我就越迷恋他。我们交换了对生活、艺术和世界的看法。我们谈到我的童年，谈到露西的溺亡，谈到我的工作、我的父亲。我觉得他明显对我父亲十分欣赏，但我忍住了没对他说更多。毫无疑问，父亲会喜欢阿兹。“我想告诉你，我见过这个人了，”我能想象父亲这样说，“我觉得你们会喜欢对方的。”

此刻这个人就在这里，坐在我面前，面孔棱角分明，嗓音低沉沙哑，对我讲述着他的童年，他从前的伴侣（似乎是个糟糕的女人），还有他的女儿。他每隔两周在周末与斯蒂芬妮见一次面，周三还会去学校接她。他想念她，希望能多见她几次，但她母亲性情固执，不好相处，他也不想把事情搞砸。斯蒂芬妮的母亲从事时尚工作，是个强硬的女人。“时尚不合我胃口。”他补充说。

但我就合你的胃口？酒精上头的我晕乎乎地想。

我想不起上次遇见他这样的人是在什么时候。他似乎非常清楚自己想要什么。我认识或交往过的大多数男人都容易陷入存在感的危机，也常因缺乏安全感而陷入恐慌。我看得出，阿兹和他们完全相反。他的自信几乎会被误解为自负，但那不是自负，绝不是自负。

酒吧经理说他们要打烊了，阿兹提出要送我回家。“我可能也要睡一会儿。这是漫长的一天——外加漫长的夜晚。”他微笑着又说了一句。

“当然，”我说，“我很惊讶，你竟然还站得住……”

我不想结束交谈。我希望能再聊下去，希望他触碰我，亲吻我。但我给自己定过规矩，绝不和初次约会的男人上床。我喜欢让他们等待，也喜欢平缓地发展感情。但近些日子我并没怎么约会，也许该重新考虑我的规矩了。

阿兹下了出租，告诉司机在原地等他，便送我走到了门口。“我们有一辈子的时间来互相了解。”他轻声说，在我的脸颊上印下一个吻。

然后他退开一步，对我挥挥手。“未完待续。”说完他便离开了。

我在他身后关上门，心里有些希望他能回来。未完待续。我的心已有一半坠入了情网。我留意倾听他的脚步声，以及汽车发动机启动的声音。但除了街上零星传来的谈话声，我什么也没听见。出什么事了吗？接着门外再次响起了脚步声，有人敲响了我的门。我打开门，看见他就站在那里：“不好意思，或许这样做不合礼节，但我无法回家，我无法离开你。”他说，他的法国口音比之前更加浓重。

“我这人不怎么遵循礼节。”我微笑着说。

“听你这么说我太开心了。”

他跟着我进屋，在我身后关上了门。他轻轻将我推在门框上，亲吻了我。我感觉他的舌头伸进了我的口腔，寻找着我的舌头。我能就这样吻他一整晚。

然后他退后一步，注视着我。他从我脸上撩起一缕头发，别在我耳后。他将微凉的手掌按在我的锁骨上。他缓缓解开我的衬衫纽扣，取下我的项链。我想躲避他的目光，但我做不到。他身上的某种东西彻底征服了我。

“你真美。”他说。

他褪下我的衬衫，扔在椅子上。他拉开裙子的拉链，任由它滑落在地板上。他的手指抚过我赤裸的腿，停留在我大腿内侧。但这时他停下了。他退后一步，凝视仅穿着白色蕾丝内衣的我。“你美得令我惊叹，”他轻声说，“我在瓦莱丽家第一眼见到你时就惊为天人。”

他为我脱下了胸罩和内裤。我从头到脚颤抖起来。我之前从未有过这样的感受。这颤抖来自渴望，来自步步逼近的爱情，也来自感激，感激他选择了我，这个活在影绰朦胧中的男人选择了我；感激我们成为彼此的知己，哪怕我们几乎还是陌生人；感激在这段迅速发展的恋情里，他拥我入怀的急切中依然不失柔缓。他细嗅着我皮肤和头发的气味。他爱抚我挺立的乳头，又再次将嘴唇印在我的嘴唇上，先是试探，接着便急切起来。他的手指停留在我腿间，我的呼吸便粗重起来。他的嘴唇往下滑向我的脖颈、乳房、大腿，来到我的双腿之间。我向他屈服，长久以来，我第一次以这种方式屈服于一个人。

我们一起躺倒在地毯上。他喃喃叫着我的名字，我也轻声念着他的名字。我在他身下分开双腿，将他拉向我，他进入我的体内，我感到我们的身体正在缓缓下沉，灵魂却渐渐飞升。

我们一直做爱，直到曙光初现，才沉沉睡去。醒来时已接近中午，我下了床，打开了百叶窗。

窗外艳阳高照，仿佛一枚金色的勋章。

弗洛拉

2005年2月15日

事情是昨天之前发生的，我昏迷了24小时，是卡洛发现了我。我们那天本来约好了一起喝茶，但他按门铃时我没有应门。他打了几次我的座机电话，却无人接听。拨通我的号码时，他能听见铃声在紧闭的房门后响起，于是他知道出事了。我们养成了每周日见面喝茶的习惯，这是我俩都期盼着的固定活动，往往一直会延续到夜幕降临。“太反常了。”卡洛说。

他报了警，警察破门而入，发现我倒在厨房里，身边有个破碎的茶壶，茶水流了一地。他们认为我可能在泡茶时滑倒了。别人告诉我，我摔倒时头部着地，非常不妙。我摔伤了脑袋，它就像厨房地板上的那个碎茶壶一样裂开了。能保住性命真是奇迹，真正的奇迹，卡洛说。

我什么也不记得——茶、摔倒、血、医生、卡洛、救护车和前来急救的医护人员。我只知道自己在切尔西及温斯敏斯特医院的一间病房里醒来，胳膊上插着输液管，空气里弥漫着消毒水的气味。一个男人在和护士说话，后者在记笔记。“好的，斯维里克医生。”她说。

斯维里克医生个头很高，高到脑袋几乎碰到了天花板，又或许是我太矮小了。我想问问他从哪来。巴尔干？捷克斯洛伐克？亨利认识一位与他姓氏相同的捷克笛手，也许是他的兄弟或堂兄弟，也许都不是。亨利，我突然好想亨利，真希望他能陪在我身边。泪水涌上眼眶，但现在不是哭的时候。再等等，把泪水留到以后，如果那时我还哭得出来。我能感受到头脑中思绪的变换，这是少有的事。我很少哭，我不喜欢把脸搞得湿漉漉的。我只在亨利面前哭过一次，还是出于疏忽。当时我在为莫里斯哭泣，被他抓了个现行。当然，我将原因推到了其他事上，然后他拥抱了我。现在我就能感受到他的拥抱，但他不在这里。我独自躺在一间陌生的病房里。我头疼。医生对我微笑，他的门牙之间有条缝。

“您好啊，”他愉快地说，“感觉怎么样？”接着他坐了下来，开始问我问题，仿佛我是个小孩子。“您叫什么名字？今天是几号？请伸出两根手指。”

“我是摔伤了脑袋，可还没变成傻子，你知道吧？”我反击道。

“当然啦，多布斯太太，”他微笑道，“但这是任何一位头部受伤的病人都要面对的标准流程。”

他身边的护士开始给我检查脉搏，又调整了输液器。斯维里克医生匆匆写了几句什么。他的黑发里夹着缕缕灰白，眉毛厚重，好像两团羊毛。我觉得很累，想再睡一会儿。这时我听到外面有声音，卡洛来了。医生出门时，他向医生做了自我介绍。卡洛拖来一把椅子，在我床边坐下。他握住我的手，说他昨晚在病房里陪了我大半夜，现在我醒了，他真是大大松了一口气。他的手握紧了些，说他之前极其担心——还有，我多半要在医院待上几天，出院后必须住在他家。他有一间客房，非常舒适，在里面能看见昂斯洛花园。“你没得选，我不会让你回公寓去，”他郑重地说，“为了亨利，我必须好好照顾你。当然也是为了我自己。”他含笑地看着我。

我虚弱地回以微笑。看见他来我很高兴，也很安心。我还活着，还有他在这里照看着我。

我问他，医生是否真的几天后就会放我出院？他犹豫了一下，说他不能确定，但我觉得答案对他来说是显而易见的。“我会跟医生谈谈，问清情况后再告诉你。”

卡洛站起身，掸了掸精致外套上并不存在的灰尘。“我现在要回家了，下午还会回来。需要我从你家给你带什么东西吗？”

是的，需要。我的睡袍、一些衣物、牙刷和香水。“把我洗手间里那瓶‘一千零一夜’带来，”我告诉他，“还有一本笔记，在我书桌的第三个抽屉里。请你把它装进袋子，尽快带给我。”

“我会的。”卡洛吻着我的手说。

没必要告诉卡洛那是一本十分私密的笔记，我知道自己可以毫无保留地信任他。

过了一会儿，斯维里克医生回来了，说我伤得很重，务必要在医院多住几天。他在一张纸上画出了我的头骨，提到了诸如“翼点”和“轴突”之类古怪的名词，还提到了动脉破裂。“可能需要动手术。”他说。

我告诉他，我宁死也不会让他给我的头骨动手术。我没提多年前挨过的电休克治疗。没人知道那件事，也没人能再碰我的脑袋。

斯维里克医生说他晚上再来。“到时候再谈吧。”他说。“不，我不会跟你谈。”我回答，他什么也没说。晚上他没有来。真的没来吗？我记不清了。浓重的疲惫感突然袭来，我连眼睛也睁不开。我听见病房里响起卡洛的声音，又或许只是我的臆想。我想对他说话，说谢谢你对我这么关心，却张不开口。我感觉十分虚弱。我听见了另一个声音，好像是亨利在说话，然后我就睡着了。

半夜，我被剧痛惊醒，仿佛有人用锤子敲开了我的头颅。他们瞒着我给我动了手术？不，不，一定不会。我喊着护士，她立即进来给我注射了吗啡。吗啡起效的时间长得令人难以忍受。我的思维已经一片纷乱，记不起自己身处何方，周围的一切都在飞速旋转。我紧紧抓住床两侧的护栏，想减缓旋转的速度。我呼唤卡洛的名字，可他不在。

我可能还喊了别人的名字。有人进来给我喂了一颗药，我睡着了，醒来时所有症状都消失殆尽——头痛和眩晕都不见了，真是奇迹。我坐起身来，觉得浑身是劲。我发现卡洛给我带来了笔记本、一支笔，还有“一千零一夜”的瓶子。

我叫来护士，说我想淋浴，护士说马上就有人来帮我。我还请她给我送些早餐，我饿坏了。我给卡洛打了电话，他听到我精神抖擞的声音，十分惊讶。

“你焕然一新啦！”他大声说，“真顽强！我半小时内就过去。”

卡洛说得对，我是个顽强的女人。现在我能回家了，最糟糕的阶段已经过去。我要跟医生说话，护士说他吩咐过要给我做一些测试。“他不会还想着给我的脑子开刀吧？”我没好气地说，“我没事，你看不见吗？”

她说她不清楚，她只是个护士。她还说早餐马上送来，我一定得吃些东西。因此我吃了早餐，就在刚才。马马虎虎的咖啡，索然无味的白面包。我向来不爱吃白面包，亨利却很喜欢。亨利喜欢的东西有许多我并不喜欢，反之亦然。但我们的婚姻很美好，这是一段稳固的婚姻。他非常爱我，胜过我爱他。但这无关紧要，我假装爱上了他，因为我认为这是正确的做法，也是简单的做法。他给了我幸福。他不能像埃兹拉那样充实我的灵魂，但他令我幸福。他无微不至地呵护着我。我不知道埃兹拉能否给我这样的呵护，他忙着为他的事业而战，可怕的事业。他全心爱恋着我，但他也同样爱着政治，正是这一点葬送了他。然而，我一直很清楚，他是我唯一的真爱，我一直都很清楚。他是杀人凶手，我爱上了一个杀人凶手。这个凶手背叛了我，和别人生下了孩子，可他不知道这个孩子的存在，因此这件事我可以原谅他。亨利和我去以色列时，我本可以去看看埃兹拉的儿子（我常好奇这个孩子长什么模样），但那意味着要面对洛塔——我办不到。连与她见面的念头我都无法忍受。事实是，我希望是我怀上了埃兹拉的孩子，而不是那个可恶的女人。但生活就是这么无情。

当然，还有 20 世纪 90 年代中期打来的那通电话。不知他怎么找到了我的号码，也许他解释过，我不记得了。我只记得在一个夏季的早晨，电话响了，有个带着浓重口音的男人想和我通话。这口音依稀有些耳熟，但我分辨不出。那人自我介绍说他叫埃兹拉·伯恩海姆。

“我认识你吗？”我问。

“您认识我父亲，我是埃兹拉·拉多克的儿子。”他回答。

听到这个名字，我僵住了。我说不出话来。我听见他说了几次：“喂？您在听吗？”最终我镇定下来，问他为什么要打电话。我的语气一定非常冷漠或者不友善，因为他回答时有些结巴。他解释说，他母亲对他说过许多关于我的事。他还说他是作家，和他父亲一样。他在以色列出版了几本书，最新的一本将被引进到英国，以“埃兹拉·伯恩海姆”的名字发售。能见面吗？他问。他要来伦敦待几天。我犹豫了。然后我撒了个谎，对他说我要出国，非常遗憾。他没问我要去哪儿，还说他也很遗憾。“我知道您和我父亲曾经很亲近，和您见面一定能让我明白许多。”

明白许多。他当然会明白许多。我在想什么？为什么撒谎说要出国？我不禁颤抖起来。我喃喃说了几句话，祝他好运，便挂断了电话。

挂掉电话后我几乎立刻就反应了过来，就像那时候对汉娜所做的一样，我又一次做了错误的选择。我本该和他见面，现在弥补过错还来得及。几个月后他的书出版了，评价褒贬不一。那是一本恐怖小说，名叫《房门之外》，我对它没什么胃口。我倒是想过给他的出版商写信，却又不知该如何下笔。

报上刊登了埃兹拉·伯恩海姆的照片，他是一个头发卷曲、颧骨突出、眼神忧郁的男子。在我眼中，他与他父亲截然不同，又如此相似。

但我再也没有与他联系。

这些年来，我常琢磨自己种种行为的原因。是自毁倾向吗？是恐惧吗？是不是我出了什么问题？

我想原因可能更加复杂。到头来，这些都不那么重要了。我努力过上了表面正常的生活，但我的生活本质上是一个谎言，令人舒适的谎言，但依然是谎言。重要的只有莫里斯。真相，唯一的真相，就是我刚出生的儿子被人从我怀中夺走了。他存在于另一位母亲的生命当中，而不是我的。

莫里斯留给我的唯一纪念物就是那套浅蓝色的睡衣。这些年来，我一直保存着它，将它藏在我衣橱中的针织套衫里。早些年里，我会把它取出来，只为闻闻他的气味。我会将布料紧贴在脸上，深深吸气，拼命想寻回已经不属于我的东西。最终，当气味淡去时（又或许它从未淡去），我将睡衣整整齐齐地叠好，一年只拿出来几次，看一看，摸一摸。

亨利始终不知情，始终没见过这套睡衣。他能理解吗？我不清楚。但我知道埃兹拉会理解。我一直觉得他对我的理解比我自己更深。我希望我们能在彼此更加成熟、更加睿智的时候相遇，但命运就是如此。埃兹拉与我，我们谈过很多次这个话题——命运。他常提起一位先哲的教诲："经验的魅力，在于它能激励我们突破现有知识的屏障，从而获得改变与成长。"埃兹拉盲目地追随这种魅力，他盲目地追随着一切。他不明白有些屏障自有存在的理由，有些地带最好不要涉足。我这样劝解过他，但他不肯听。"你真是个假正经，"他有一次对我说，"法国假正经。"

如今"法国假正经"已然老去，弯腰驼背，满面皱纹，疾病缠身，时日无多。我在想，那个秘密会不会正是夺走我活力的元凶？新生儿的面容，还有他的存在本身，都被我铭记于心，不为人知地私藏了 49 年。我从未提起他的名字。我在脑海中呼唤过，无声地默念过，但从未宣之于口。我用苍老的胳膊紧拥着那张新生的脸，将它制成了木乃伊。我内心的平静无法继续承受沉默的压力，我正静静地腐烂。

莫里斯如今是什么模样？我的儿子。为何我始终没有告诉亨利我有个儿子？为何我的儿子不来找我？他的养父母没告诉他他是领养的吗？莫里斯，你能听见我说话吗？你的眼睛是什么颜色？你的眼睛。你爱你的养母吗？我是你妈妈。你想过我吗？我一定要托人去找你。汉娜！是的，汉娜！为什么我没再跟她联系？我头好痛。病房里有人说话。“需要稍微洗洗吗，多布斯太太？”

一切都静止了。我不能再往下写，不能再往下沉。我的儿子。快来找我。我的头很痛，痛得要炸了。我必须——

汉娜

1

母亲打来电话，说克莱尔·普兰顿，即再婚前的克莱尔·贝茨，最近去世了。克莱尔的双眼早已逐渐失明，却不肯承认。上周一早晨，她决定自己出门购物，结果被车撞了，当天下午她便去世了。此事上了当地的报纸，报道说她躺在路中间，周围散落着购物车里的东西：苹果和葡萄、一品脱牛奶、一袋土豆、一份《每日邮报》。“本来是可以避免的，”母亲说，“她都已经成功到了商店，却没能回来。”

“彼得呢？”

“我们本来怕他接受不了，但他情况还好。可能也是因为他的生活环境已经大变样了。”

彼得和克里斯蒂娜已经离婚好几年了。克里斯蒂娜在伦敦的画展大获成功，便不愿继续待在乡下——也不愿待在彼得身边了。她承认自己早就想离他而去。“我厌倦了他政治上的那一套，”她对我父亲说，“开始还挺有意思，但现在我已经听得耳朵起茧了。我都搞不清我们生气的原因是什么，最后发现几乎事事都能让我们发火。我画廊的老板就是犹太人，很讨人喜欢，还是个帅哥。他家人在以色列，他无法相信我对他所说的那一套。你猜怎样？结果我自己也不相信。哦，还有一件事：我不想再支持工党了，从现在起我要给保守党投票。我受够了左翼，也受够了我丈夫。”

不知她是否也如此明确地向彼得讲述过这番醒悟之词，我只知道我见到彼得时，他正在失声痛哭。我从未见过男人落泪，这场面令我十分紧张。“我只有她了，”父亲试着安慰彼得时，他一遍遍地说，“没有克里斯蒂娜，我什么都不是，利昂，什么都不是。我做错了什么，竟落了个这样的结果？我爱她，我一直爱着她。还有孩子们呢，孩子们怎么办？”他像小孩一样呜咽着，“我爱她，”他又说了一次，“我对她的爱永远不会减退。我想不通啊，利昂，我想不通。”

“没必要想通，”父亲温和地说，“生命中总有些事是我们无法控制的，你不该，也不能把这事怪在自己身上。你懂的，不是吗？”

他摇了摇头：“不，我不懂，利昂。我真的不懂。”

我也不懂。我不相信父亲的话。克里斯蒂娜受够了她丈夫，就这么简单。不过后来我得知她这番发作还有一个更隐秘的动机：那个讨人喜欢的犹太画廊老板成了她的男友。彼得发现此事时，已经在接受抗抑郁治疗了，这病症将断断续续折磨他许多年。孩子们最终也疏远了他。他们还小，才十三四岁，无法接受曾经好战而狂热的父亲变成了这个伤心颓丧的男人。

那时我父母也已分开。我周围的一切都变了，熟悉的生活已然面目全非，彼得内心的纷争只得交由其他人化解——一位德国女子担起了这个重任。彼得爱上了她，搬到了鹿特丹附近的一个村庄居住，从此放弃了政治。“他在鹿特丹开了家花店，”母亲告诉我，“以前他发放反种族主义和反犹太复国主义的小册子，现在他只卖花了，鲜花取代了政界风云。”

这是个奇特的描述，我很难将它与我少年时代认识的那个彼得联系在一起。我还记得他双眼中燃烧的政治热情，还记得那个装着大卫王酒店爆炸事件资料的文件夹，还记得谈起父亲之死时他激烈的态度，以及他早年在肯特郡海岸边的狭窄公寓中与母亲一起艰难度过的时光。

如今克莱尔已经不在，也许彼得的这段过往也终于可以画上句号了。已经没有战场需要厮杀，也没有多少往事需要纪念。他面前已经铺开一了条通往新生活的道路，可以开启崭新的人生。

就像我一样。

*

去肯萨莱斯区吃饭的路上，我对阿兹讲了弗洛拉·多布斯的事，本也在后座上补充了一些他所了解的情况。到达目的地时，我们都认为缺了什么东西：弗洛拉不大可能不写留言，不提供她本人的解释。多布斯太太可能性情古怪，但她不像是粗心大意的人。然而，她送来了一个纸箱，又不附上具体说明，这显然有些粗心大意。难道是我没仔细翻看里面的东西？

“一回家我们就再找找，”阿兹说，“她肯定给你留了信，也许压在了纸箱最下面。”

这顿饭吃了很久。我渴望回家，重新检查纸箱。阿兹说得对，可能里面有封信，能向我解释一切——弗洛拉后来怎样了？她在哪里生活？为什么决定把书留给我？

本吸引了一位女演员的注意，她在演艺界崭露头角，长相十分俏丽。本少年时的秀美已转化成更具男子气概的阳刚之美：颧骨更坚毅，嘴唇更丰满，肩膀更宽阔——美得锋芒毕露，这是一位女友对他的评价。

看着那位女演员态度热切地与他说话，我心中默默期待他们两人能够擦出火花，但他只是礼貌地回应，不为所动。

加利福尼亚很适合本，与梅洛迪的新恋情也一样。之前他提到梅洛迪的朋友（一位西班牙导演）曾邀请他去为一部剧情片试镜。他现在还在为泳装公司做模特，赚了一些钱。“不是什么名牌，不过这点钱也聊胜于无，对吧？如果试镜成功，我也可以把模特的工作辞了。”

他的话里充满了期盼与决心。我想，也许，我对本的担忧更多源于我对自身的焦虑，而不是对他的焦虑。也许现在我该将它丢到一旁，一劳永逸。

甜点端上来后，我们终于得以离开。“非常抱歉，我们得走了，我明天一早就要开会。”阿兹向主人解释，他们喝得醉醺醺的，根本没放在心上。夜里气温很低，我们疾步上车，启程回家。本很疲惫，说他还在倒时差。阿兹开得很快，将手放在方向盘上。“那姑娘，那个演员，长得挺漂亮的，你觉得呢，本？”他试探地问，通过后视镜打量着本。

“她不错，不过比梅洛迪差远了。”

“是的，汉娜给我看过照片。她很美。希望哪天能见见她。”

“当然，一定会很愉快的。”

一到家，本就与我们道了晚安，上床睡觉了。

阿兹和我把纸箱搬进了客厅。我们打开纸箱，将书一本本取出来。箱底还有不少报纸，以及一件小东西——一个笔记本，蓝色，5×5 英寸，线圈式。

我没有对它多加留意。我想找的是一封信，不是笔记本，但我还是打开了它。

第一页是空白的，第二页上写着题词——“给汉娜”——以及一个签名：弗洛拉·博姆。

“哦，天啊。”我抽了一口气。

那么这就是她的原名，这就是她留给我的遗物。不是信，而是笔记本。

“就是它！”我大喊。我翻过一页，发现了一张折起来的纸，我立刻打开了它。那是一份出生证明，上面用红色墨水写着：

莫里斯·博姆·舒曼。出生日期：1956年5月18日。出生地：哈克尼医院。签字：弗洛拉·博姆，1956年5月18日。

“天啊，阿兹，看看这个。”我把出生证明递给他，心脏怦怦直跳。“莫里斯是谁？她儿子？她有儿子？”

阿兹戴上眼镜，仔细看着。“要知道答案，只有一个办法。”他指着那本笔记说。

笔记本里全都是整齐的文字——黑色墨水间没有空行，用法式草书写得满满当当。

我坐在沙发上，快速翻阅着。这似乎是本回忆录。笔记本共有95页，我估计她大约写了70页。可能是要写的都写完了，也可能是最后她已经没有时间写了。

“我能瞧瞧吗？”阿兹问，他隔着我的肩膀看笔记。

我把笔记本递给他，他聚精会神地翻看着。“这是日记吗？”

“不，我想这是她一生的故事。”

他将它交还给我。“你能从第一页开始读吗？”他问，并在我身边坐了下来。

我打开笔记本，开始朗读：

> 让是我的初恋男友。我们19岁，是索邦大学的学生。空闲时，我们会沿着塞纳河边骑车边讨论文学。我俩都想成为作家，改变世界。“我能成为第二个普鲁斯特。”他对我说。

我双手颤抖，阿兹温柔地注视着我。“继续，”他说，“我想全都听完。”

“从头到尾？”

“是的，夜还长，继续读吧，全部读完。”

2

要形容这本笔记给我的感受，“感动”这个词太轻描淡写了。它击倒了我，震撼了我。它像利刃一般撕裂了我，令我喘不过气。我不知要怎样或者从哪里开始寻找真相，真相就在那里，赤裸如同暴露的白骨：弗洛拉遭受过难以想象的苦难。她失去了至亲至爱的人，包括自己的孩子。她从名为“战争”的恶魔手中逃脱，却又一头撞入了戴着爱情假面的恶魔怀抱，先爱上了埃兹拉，又盲目地爱上了弗莱彻。悲哀的是，她对爱情的阴暗面一无所知。还有那个儿子，另一个埃兹拉。她竟然拒绝与他见面，这令我十分惊愕。怎么会？为什么？要消化的信息太多，我不知该从何开始思考。但至少她还有亨利。他是她的救星，她在他身边找到了安宁。但她真的找到安宁了吗？这本笔记，她的回忆录，是她的生活与死亡的唯一见证人。“我必须”，她咽气前写下了这几个字。她想说什么？“须”字的最后一笔向下拖去，一看见它，我就会发起抖来。

当然，还有她在巴勒斯坦与克莱尔·贝茨的偶遇。弗洛拉竟然见过克莱尔，她也是除了克莱尔以外最后一个见过詹姆斯·贝茨的人，多年来我们就住在她家对面，却对此一无所知。

我想，彼得与克里斯蒂娜来访时，很有可能遇见过她。他们可能交换过眼神或者微笑，然后她回到自己的屋里，彼得和克里斯蒂娜则走进我家。他们也许还说过话，聊过天气。不知弗洛拉发现真相后会怎样？他们会成为朋友吗？弗洛拉还会搬走吗？

我给在荷兰的彼得打了电话，想把此事告诉他。他接了电话，似乎很惊讶我会联系他。“你好吗，汉娜？”仿佛我属于一段他早已遗忘的生活。

我一秒钟也没浪费，把一切都跟他说了。“她见过你父亲，彼得。和你母亲一样，她是最后见到你父亲的人。她和你母亲互相拥抱过。她从未忘记克莱尔，我确信你母亲也没忘记她。”

彼得陷入了沉默，然后他清了清喉咙：“下次我来伦敦时，你能把笔记本给我看看吗？我非常想看看它。”

“我可以把相关的几页寄给你。”我主动提议。

“好的，拜托了。”他回答。他声音嘶哑，我知道哪怕他现在没有哭，也处在流泪的边缘了。“你知道吗？我妈对我提起过那位女士？她很年轻，跟我妈当时差不多大，很漂亮。我爸断气之前，她帮助了我妈，就像你说的，她抱着克莱尔，对她说了许多话，安慰过她。对，妈妈也从未忘记她。”他加了一句。

“现在我妈去世了，我再也无法告诉她，我找到了那位带着法国口音的女士。我妈就是这么称呼她的，忘了对方的名字，就叫她‘带着法国口音的女士’。要是我妈知道你找到了她，一定会很高兴的。除了我妈以外，她是最后一个在我父亲生前见过他的人。”

“你之前从未提过她，”我说，“你的那个文件夹里收藏了许多信息，但你从没向我们提过这位带着法国口音的女士……”

“可能确实没提过，”他回答，“当时这个细节似乎不如其他事情重要。”

“但确实很重要……”

“对你来说也许是这样，但对我不是。”他突兀地说。

我们挂断了电话。他太伤心了，没法继续交谈。说实话，我也一样。所有一切都令人难以置信，包括这样一个事实：弗洛拉卖掉房子不为别的，就是为了我。她搬走是因为她发现了我尚未发现的秘密，对此她无法忍受。她理解我，当时我甚至还不理解我自己。她说痛苦会塑造我今后的人格，她害怕目睹我遭受伤害。她宁愿选择将我驱逐出她的人生，也不忍看着我的家庭支离破碎。但为什么？她就不能对我隐瞒真相吗？不能以朋友的身份继续与我来往吗？不能找一个中间立场吗？不能，当然不能。弗洛拉不会找什么中间立场。Vinci tomnia veritas——真理征服一切。对弗洛拉·博姆来说，世上没有善意的谎言。她太纯粹，太高尚，也太刚烈。她纵情爱恨，绝不妥协。我无法责怪她，她害怕遭遇抛弃、遭遇背叛，怕到了骨子里。于是她选择逃避，而不是面对我。我理解她。我更希望当初她能信任我，但我理解她。我当然理解，我可以原谅她的任何错误。我也必须原谅我自己，原谅我与我家人对她冒昧地揣测。当初如果我们之中有任何一个人发现了真相，都会觉得触目惊心。

如今真相大白，我要担起寻找她儿子的责任。她没有直接提出要求，但传达的信息还是很明确的。我绝对不会放弃，直到找到他为止。

*

我在牛津读书时有位朋友，也是被领养的。她帮我联系上了哈里·约维尔。哈里曾供职于一所领养中介机构，目前则在单干。“他有点像私家侦探，”朋友解释说，“因为你的事比较复杂，我强烈建议你去找他，别找常规机构。”

我的朋友曾在哈里的帮助下找到了生母。她警告我，因为被领养人与我不是亲属，我的请求几乎不可能实现。“除非绕过这个不可能，”她补充道，“这就需要哈里·约维尔大显身手了。”

哈里认同她的观点。了解情况后，他认为我还是有机会的。“只是不利因素也很多。”他承认，“不过话说回来，你有两点优势：领养是私下进行的，意味着没有留存记录，查不到历史污点——抱歉这么说，但这是实话；此外，弗洛拉在大屠杀中失去双亲也对你很有利，因为他们没法追溯她的祖籍——也没法追溯你的。”

哈里解释说，我与死者的关系需要再“调整调整”。我必须从她的邻居升级为亲属。“这样一来你与她的关系就更近了。”

只要能让我们关系更近，怎么做都可以。我催促哈里尽可能走捷径，他保证一定尽力。“但不是什么捷径都能走。”他用悦耳的嗓音补充道，接着又对数据保护和各种英国领养法案大肆抨击。“各种烦琐程序只有你想不到，没有他们做不到的，”他最后说，“不过我们以后再操这个心吧。”

哈里将莫里斯出生证明的复印件交给了登记总局。他警告我说，搜寻可能要花上一段时间，从几周到一年不等。这个消息令我犹豫不决，但他力劝我相信他，我也的确相信。

哈里三十出头，是个思维缜密、做事勤奋的男人。他梳着偏分，喜欢穿色调柔和的衣服。他对自己的背景和家庭一向含糊其词，我怀疑他也是被领养的，而且幼年时生活并不很愉快。他对自己的性取向也同样含糊，提过几次“我的朋友”。但对工作，哈里有种执着而坚定的态度，这正是我需要的：一个有勇气的人。无论如何，我绝不能令弗洛拉失望。我永远不会停下脚步，除非找到莫里斯——不管他现在叫什么。哈里说他很有可能已经改了名字。当哈里着手调查时，阿兹和我都认为我们自己也该进行调查，就从弗莱彻·舒曼开始。

“他可能已经去世了，他妻子也一样。但找到他的孩子应该不难。”我大胆地提出了我的观点。

阿兹和我在网络和电话黄页中进行了大量搜索。我们找到了几个舒曼，但都不叫弗莱彻。我联系了那几位舒曼，有些人远在苏格兰，他们都没听说过罗莎琳德和弗莱彻。最后一个人叫西蒙·舒曼，住在巴特西。我给他打了电话，但无人接听。我打了许多次，甚至记住了电话号码。我决定如果第二天还没人接电话，就直接上门。真走运，正当我要挂断电话时，一个男人的声音响了起来。

“哪位？”他语气生硬地问。我自我介绍了一番，说我在找弗莱彻和罗莎琳德·舒曼。“你不会正巧是他们的亲戚吧？”我友好地问。

我听见电话那边传来了电视的声音。“大概吧。你想问什么？”

“我的一位朋友，一位上了年纪的女士，生前认识弗莱彻，”我说，“她刚刚去世。有些事我想了解一下，能和你父母说话吗？”

西蒙又沉默了片刻。“我父亲10年前去世了，母亲在疗养院。”

“明白了，”我缓缓地说，“我想，去看望她大概不太方便，是吗？我能来拜访你吗？”

“你得先说说你想干吗，不然我没办法帮忙。”他祖上的血脉如此显赫，我还以为他说话会更文雅一些。他语气很不友好。“你是记者之类的人吗？”

“不，完全不是。”我深吸了一口气，“我想，和你母亲谈可能更妥当些。这事相当私密。”

西蒙笑了，笑声粗哑，令人不快。“我母亲可没法跟你谈什么私事，她得了阿尔茨海默病。”

我清了清喉咙。“我明白了，很抱歉。好吧，我就尽量向你解释清楚。”

应该在电话里告诉他详情吗？或者和他面谈更好？他要是挂电话了怎么办？

“这事可能会令你不高兴，”我小心翼翼地说，“也许我们找个地方见面更合适。”

“不，不用，我全天都要干活。你告诉我怎么回事，我不是轻易就会不高兴的人。”

“好吧。”我坐了下来，放缓语速，“你父亲对你说过多少有关罗伯特·舒曼的事？”

“谁？”

“罗伯特·舒曼，古典作曲家，19 世纪的。”

“哦，他啊！我对他的音乐不怎么了解，我更喜欢爵士乐。”他说，语气变得轻快起来。

“我明白了。好吧，他对你提过什么关于舒曼的事吗？”

“没怎么提过，他只说我们姓氏相同。”

“他从没说过你们有血缘关系？他父亲乡下的房子里还保存着舒曼的几份原稿？”

这一次，西蒙哈哈大笑起来：“乡下的房子？原稿？你到底想说什么呀？”

“你父亲对我的朋友的弗洛拉透露过一些事，”我解释道，“他说他是在乡下的庄园里长大的，他父亲保存着几份舒曼的原稿，舒曼和你们有血缘关系。”

“好吧，要么她听错了，要么我父亲撒了谎。他可不是爱撒谎的人。”

“对，当然不是。能说说你觉得他有什么用意吗？”

“我怎么知道？我又不是我爸。”他没好气地说，语气又冷淡下来。

“对，但你可能有所了解，我是说，他是在哪里长大的？你知道他的出身吗？”

“他是斯劳市人，父亲是保险经纪人，母亲是护士。没有什么见鬼的庄园，没有钱，就我所知家族里也没有叫罗伯特的人，我们舒曼家祖上是来自巴伐利亚的德国药剂师。”他顿了顿，“这个弗洛拉又是谁？”

我犹豫了片刻才开口回答：“是他的一位朋友。很久以前，你父亲和她有过私情。”

电话那头又是一阵沉默。“明白了，为什么要告诉我这些？”

“因为弗洛拉对你父亲关于罗伯特·舒曼的说辞深信不疑，我想确认她相信的这些是否属实。现在我知道了，这并不是真的。”

“对，”西蒙同意，“不是真的。”他顿了顿，“我父亲一生中认识几个弗洛拉这样的女人，但这不代表他就是个骗子。”

“当然。”我想再说点什么，却忍住了，“打扰了。”我只说了这一句。

“没关系。”他又停顿了一会儿。电话那头电视的声音已经消失了——他关掉了电视。

“这位弗洛拉，她对我父亲感情很深吗？”西蒙问，声音里带着些许犹豫。

“是的，”我回答，“感情很深。他伤透了她的心。”

“我很抱歉，”他的嗓音低沉了下去，“他也伤透了我母亲的心。”

他没有道别便挂断了电话。

*

在此期间，一位法国时装设计师请我承办她女儿的婚宴。这是一宗大单，我不能拒绝。婚礼在 8 月举行，因此我还有准备的时间。

然而我的心思却放在了别处。多年来第一次，其他东西占据了美食的位置，那就是弗洛拉——她的故事、她的写作方式和她说话的模样。如今我又能听见她对我说话，她嗓音低沉、略带口音的话语从紧凑的草书中悠然升起。

那齐整华丽的字体掩饰了她急切的语气。换了我，笔迹一定会显得杂乱潦草，难以分辨，但弗洛拉的笔迹却显示她是一位能游离于情感之外的女性。这位女性，尽管一生历经磨难，却深知哪怕在绝望中也要保留些许自控力，更深知沉沦绝望只能一事无成。

阿兹与我阅读回忆录的次日，本也读了它，并同样为此激动不已。“真该死，”他一遍遍地说，“她是怎么把孩子送走的——天啊，一定非常痛苦。”本来回踱步，语气激烈。“还有那个以色列作家呢？你对他有什么了解吗？”

“没有，”我回答，“但我查了他的资料，他长得非常英俊，我想应该是随了他父亲。我给他的经纪人写了信，希望能尽快得到答复。就我所知，他的作品大多是恐怖小说。我想和他见面，至少要和他谈谈。一定会很有意思。”

我给自己倒了杯白葡萄酒，又递给本一杯无糖可乐。他喝了几口，把杯子放回到橱柜上。“听着，”他严肃地说，“我想帮你找到他——我想帮你寻找莫里斯，不管他现在叫什么名字。”

“真的吗？那太好了。”

我解释了一番自己和哈里在做什么，说哈里提醒过，走官方的程序要花些时间。

“我和她没有血缘关系，所以我们要撒个谎，假装和她是亲戚。”

“当然，”本说，“没有其他办法。当需要立即采取行动时，我就是谎言的信徒。”

我笑了：“但我是个实诚人，喜欢按规矩办事。”

他顿了顿，坏笑起来：“如果想得到答案，你可得破例一回了。”

*

哈里带来了好消息。“事情进展很快，”他交叉着手指[1]说，“因此我才打电话请你来。”

“真的吗？有多快？”

“我找到他了，”他缓缓地说，“我找到了弗洛拉的儿子，还和他谈了话。但有几件事我想先和你商量。”

“真是太棒啦！”我大声说，“他在哪儿？叫什么名字？”

“现在还不能透露给你。我只能告诉你，他的名字不是莫里斯。我们得慢慢来，”他提醒我，“离成功还有一道阻碍，之后我就能让你和他联系了。”

“阻碍？”

“呃，其实也不算阻碍，”他改口说，“我交涉的那个机构想和你面谈。”他的语气有些紧张。

“什么样的机构？”我很担心。

“一个政府注册的领养机构，这是程序的一部分。正如我寄给你的文件所说，你必须签一份声明，证明你的确和弗洛拉有亲属关系。”

我抽了口气：“什么文件？你从没寄给我任何东西！我要怎么证

1 在西方国家，交叉手指意味着祈求好运。——译者注明一个谎言？”

哈里语速很慢：“我给所有客户都寄过这份文件，它叫《中介业务流程详解》。如果你没读过，我很抱歉。”

“我也很抱歉。”我嘟囔道。

“这份文件，”哈里继续说，“解释了寻亲业务所包含的步骤。现在——请一定仔细听我说——”他郑重地加了一句。

“我正在听。”

“你成了弗洛拉的远亲，是她父亲莫里斯那边的亲戚，和她差着三辈。”

“是吗？”

“是的。莫里斯弟弟的儿子戴维有个女儿名叫安娜，后来嫁给了你祖父。”

我摸不着头脑。“是的，安娜是我祖母。你怎么知道？你是怎么发现的？”

“我做了一些调查。因此，安娜暂且成了犹太人，你也一样。”

“行。”

“此外，你父系的祖辈同样难以查考，”他继续说，“因此你相当走运。但你还是要签那份文件。”他加了一句。

我在椅子里局促不安地动了动：“我是个守法公民，哈里，我不能在政府官员面前撒谎，不是吗？”

“还不至于牵扯到政府官员，你会没事的，”他向我保证，“我理解你为何不安，但这也不完全是谎言，不要再把它当谎言看。”他顿了顿，“你是真心想与他见面，对吗？”

“是的，当然！”

“好，那你就按游戏规则来。无论如何，”他继续说，“弗洛拉在回忆录里提过，她本可以有个像你这样的女儿，对吗？在某种意义上，既然你从她那里继承了遗产，说你俩是亲属关系也没那么离谱。”

“我想是吧，”我回答，“但如果他们让我出示——比方说，出示我父亲的出生证明呢？我都不知道有没有这种东西！”

哈里的语气很平静。“他们不会要你父亲的出生证明，这对他们来说其实无关紧要，重要的是你和弗洛拉，他们希望得到你们关系的书面证明，但这是不可能的。我们有的就是这张出生证明，这是一大优势。这说明你与弗洛拉之间有一份亲情，不然她怎么会把出生证明交给你？”

“不错。回忆录呢？”

他犹豫了一下。“如果是我，我会把它留作最后的王牌。面谈时你把它带着，等觉得非用不可了再拿出来。”

我收到了埃兹拉·伯恩海姆的答复，他感谢我和他联系。我的电子邮件令他大吃一惊，因为几乎没人知道他父亲的真实身份。从小他母亲就一直坚称他父亲生前是军人，死在了战场上，是一位她深爱的英雄。埃兹拉年满18岁时，她终于说出了真相。不错，他们彼此深爱，但对某些人来说，他父亲是个叛徒——虽然对洛塔和其他人来说，他父亲永远是位英雄。“这让人挺难接受的，”他承认，“现在我依然在努力接受这个事实。”

他还告诉我，他母亲已于20世纪80年代移居柏林。她再婚了——对象是一位著名的德国记者，她很少回来看望他。“她心头的包袱太重了吧，我猜。”但埃兹拉留在了以色列。他直面内心阴影的方式之一就是写书，另一个方式则是尽可能了解他父亲的真正为人。“因此我对你的来信很感兴趣。我想和所有认识我父亲的人谈谈，除了他的伊尔根死党，那些人我已经接触过了。你对弗洛拉和埃兹拉了解多少？你见过弗洛拉吗？”

我解释了一番。我没有多提细节，只说弗洛拉在诺丁山居住时和我见过面，向我讲述过巴勒斯坦的生活以及她与埃兹拉的恋情。我没告诉他回忆录的事，因为这东西似乎太私密了。毕竟他从未见过弗洛拉，何必告诉他多余的信息呢？

埃兹拉的来信变得更加热切，他坦言当初弗洛拉拒绝与他见面令他十分沮丧。“我知道她在说谎，”他写道，“她根本没有出国的打算。她显然不想和我或者我父亲扯上任何关系。他是个恐怖分子，我理解弗洛拉的顾虑，但依然感觉很难受。据我母亲所说，他们是相爱过的。”

我向他解释说，他父亲确实是弗洛拉一生中唯一的真爱，虽然她给他贴上了杀人凶手的标签，但我认为她对他的爱从未熄灭。然而，发现他有儿子令她十分失落，“我想她也许希望自己能与他生个孩子。”我写道。发送后我立即后悔了，但已经来不及了，埃兹拉让我给他打电话，我打了。

我们谈了很久。他的英语略带以色列口音，但说得非常好。他反复询问我为何对弗洛拉如此了解，我极想告诉他真相，却无法开口。弗洛拉托我找的是她的儿子，不是老埃兹拉的。我必须保护她的隐私，也确实这样做了。我告诉埃兹拉，我已多年没有弗洛拉的音信，只是最近才听说她去世了。

“听着，我不明白，”他语速很快，“为什么过去了这么多年，你才突然联系我？为什么之前不联系我？一定有某些原因。我是个作家，我了解这类事情。”他补充了一句。

“我在报上看到了你的书，”我随口编造，“我看到了你的名字和书名，知道一定是你，就想和你联系。我是出于好奇。”

“你买过我的书吗？”

“买过，”我说，“但我还没读。”

“行，好吧，但你听好，”埃兹拉说，“我和我父亲不是同一个姓，你怎么知道那是我？”

我深吸了一口气。是啊，我怎么知道？“因为弗洛拉和我说过你的事，是她告诉我的。你母亲给她写过信。听过你的名字后，我就再也没有忘记。”我补充了一句，防止他追问。

“什么？”埃兹拉大声问道，“我母亲给弗洛拉写过信？她从来没告诉过我！”他沉默了片刻，我听见他在点烟。“你还知道什么？”他问。我听见他对着话筒喷了口烟。

“没什么了，”我简单地回答，“我只知道你父亲和弗洛拉相爱过，她乘船回法国时整个人都崩溃了。”

“是的，我能想象，毕竟发生了那么可怕的事。”

“我很遗憾没能和弗洛拉保持联系，”我继续说，“她是个很有魅力的人。”

“是的，”埃兹拉轻声说，“我母亲说她很了不起，还说她们之间的关系非常复杂，这也不奇怪。”

我僵住了：“为什么？”

“弗洛拉出现前，我母亲和埃兹拉已经在一起了。她从来没和你说过？”

“没有……”

“有意思。好吧，为了弗洛拉，我父亲离开了洛塔。我母亲心都碎了，这事对她打击很大。”

“我不记得弗洛拉提过这件事。”我被这个消息惊呆了。

是真的吗？我的直觉告诉我不是。洛塔的信里说得清清楚楚，他俩只有过一次越轨。那么，她一定是编造了这个谎言来保护她的儿子，让他相信父亲像母亲一样期盼着自己的降生。没人愿意发现自己只是一夜情的产物。洛塔篡改了这个故事，说自己与埃兹拉本是彼此相爱的情侣，后来弗洛拉出现，破坏了他们的关系。但这是不可能的。这种恋爱关系绝不可能完全保密，弗洛拉一定会发现，也一定会把它写进回忆录。因此我并不相信洛塔对儿子的说辞，她对弗洛拉说的才是真相，残酷的真相。但话说回来，洛塔一直嫉妒弗洛拉，这一点也是明摆着的，她想趁埃兹拉与弗洛拉的故事结束之前再多捅一刀。

当然，我也没有资格对她儿子相信的版本指手画脚。

我晕头转向。我需要了解更多，我要和洛塔谈谈，只有她才能向我揭开弗洛拉年轻时代的真相。不管她当初多么嫉妒，现在距离 1946 年已经过去了漫长的岁月。但怎样向埃兹拉提出要求才能免遭质疑？我没有与洛塔交谈的理由，除非我知道什么埃兹拉不知道的事。

接着我又迟疑了。这重要吗？我怎会对一位已故女性的人生如此纠缠不清？我不是应该将全部精力集中在莫里斯一人身上吗？

我立即想到了答案。弗洛拉·博姆的一切都是重要的。她的过去，她的现在，她的将来。

她的一切。

我鼓起全部勇气，问埃兹拉能否提供他母亲的电子邮箱地址。我解释说，我想对弗洛拉和她在巴勒斯坦的生活多了解一些。

“可以。但你和弗洛拉又不是亲戚，为什么对她这么感兴趣？”

“我一直都对她很感兴趣。”我表明了态度。

“可你又为什么想和我母亲联系呢？”他锲而不舍地问，“你要问她什么，我不能代她回答吗？”

“她认识弗洛拉，你不认识。”

埃兹拉顿了顿：“对，说得不错。但听好，我不认识你，对你一无所知，你的说辞也有讲不通的地方。我认为你对我隐瞒了某些信息。可能我的想法错了吧，但我觉得可能性不大。”

“你想错了，”我郑重地回答，“就像我所说的，我只是对整个故事感兴趣，想了解有关巴勒斯坦和弗洛拉的事情罢了。”

“我不相信你，”埃兹拉态度坚决地说，“我再重复一遍，我认为你对我隐瞒了某些信息。”

“我没有，”我又说了一次，但语气已不如之前坚定，“如果你情愿到此为止，我们就不必再谈了。打扰了。”

“是的，”他说，“到此为止吧。”他顿了顿，“你该看看我的书，相信你一定会觉得很有意思。”

没等我再说什么，他就挂断了电话。

*

领养机构一位身材瘦长的女人来和我谈话。她有着挑染过的头发和薄薄的嘴唇。她没流露出多少同情，但也没有刻意刁难。很难看出她的年纪——可能是三十八九，也可能四十出头——但一眼就能看出她是个高效干练的人。她嗓音悦耳，提出的问题却一针见血，还挑出了我的一些回答细细盘问，说明她擅长揣测他人的言语，这让我觉得很不自在。

“那么，为什么是现在？”这是保利娜的第一个问题，“是什么让你决定现在来寻找自己的远亲？”

我的犹豫被她看在了眼里。“我从弗洛拉那儿继承了一箱书，其中一本书里夹着她儿子的出生证明。我从父亲那儿听说过许多她儿子的事，但从未为她做过什么。这件事促使我想多出点力。”

“我知道了。之前你都没想过要了解他的情况？”

“不，我当然想过！但我对他所知不多。现在弗洛拉去世了，寻找她的儿子更是成了当务之急。其实我那时也不知如何着手，”我补充说，“我不知道该联系谁，直到看到了这张出生证明……”

保利娜直视着我的眼睛。“再说说你对那次领养的了解吧。弗洛拉是在什么情况下将婴儿交给他人的？你认识她的家庭成员吗？”

我将我所知的一切都告诉了她，她听得十分仔细。“我父亲这边的亲戚都不在了，”我最后说，“唯一在世的就是弗洛拉的儿子。所以我想要寻找答案。”

保利娜缓缓颔首：“是的，这点我能理解。但你看，汉娜，刚刚你才提到，你父亲对你说过许多弗洛拉和她儿子的事，然后你又说你对他所知不多。我被搞糊涂了，来给我解释一下吧。”她拨弄着手指间的铅笔，等待我的回答。我浑身发热，嘴巴发干。我该带点水来的，但现在我不能开口要水，否则就会暴露我已经渗入骨髓的紧张。

“好吧，”我注视着她，努力保持嗓音平稳，“我这就给您答案。”

我打开包，取出了笔记本。我将它放在她面前，开始解释：“弗洛拉留给了我一些书，也留给了我她手写的回忆录。它叙述了她在战争时代的悲惨遭遇，她在集中营里失去了家人，又不得不将莫里斯——不管他现在叫什么名字——交给了别人。”我顿了顿，“这一切实在太过悲惨，读完后我立刻就想为她做些什么。我想，弗洛拉的儿子可能也希望知道自己生母的身世，希望见见自己的远亲。”

“是的，”保利娜说，“是的，这说得通。但你为什么之前不提这本回忆录呢？”

“这是一份十分私密的资料，”我回答，“里面记录的也是非常私密的往事。”

“但这就是我们的工作。”保利娜说着，向我侧过身来，“我们的工作就是了解私密的往事。有什么能比领养更私密？你应该早点说出回忆录的事。”

“是，是，现在我明白了。”我又紧张起来，但很快就发现没有必要。保利娜将回忆录迅速翻看了一遍，接着就打印了一份声明。我工工整整地签了字，好不容易才控制住了颤抖的手。“祝你认亲顺利，”她微笑着说，“你带来的这种战争故事在我们这儿还挺罕见的。”

*

那天晚上，我给阿兹和斯蒂芬妮做了晚餐——焖牛肉配烤土豆，我母亲的拿手菜。我还做了薄荷胡瓜丁，给斯蒂芬妮做了个翻转苹果派。我们喝了许多酒，也许喝得太多了。我们和斯蒂芬妮玩拼字游戏，大家又笑又叫。阿兹给我俩拍了许多照片——我喝葡萄酒的照片，斯蒂芬妮躺在沙发上的照片，我俩一起大笑的照片。

只要斯蒂芬妮来陪我们，阿兹就很开心。我们俩相处融洽也令他喜出望外。斯蒂芬妮渐渐向我敞开了心扉，我也去学校接过她几次。我从未和任何孩子建立过如此亲密而和谐的关系，我能感受到它给我带来的新鲜感与兴奋感，像舌尖上作料的辛香。

“你真好。”有一天放学后，在去地铁站的路上，斯蒂芬妮对我说。

听到她这句话，我险些哭了出来。我险些就会对她说我爱她，但现在说这句话似乎为时尚早。我们走进了哈林顿路上的一间法式面包房，我买了两份大号巧克力闪电泡芙，我俩坐在店外的铸铁小桌旁，吃得手指上全都是黏糊糊的奶油。

我已经准备好了接受孩子，接受婚姻，接受一切。斯蒂芬妮上床睡觉后，我对阿兹说了这些。

一开始我们聊的是对将来的打算：生个孩子，办一场婚礼。我们之前也讨论过这些，但现在的计划更加具体。在夏天或秋天举行婚礼，地点在海边还是在伦敦？也许那时我已怀孕了。我们已经在备孕，再过一周我就能知道结果。如果没怀上，我们就继续尝试。阿兹说，如果实在生不出孩子，我们就领养一个。“阿尔及利亚小孩。”我们异口同声地说，然后哈哈大笑。

接着话题转向了弗洛拉和莫里斯。我对阿兹说了保利娜的事，还告诉他我成功规避了一大套繁文缛节。阿兹的反应令我大吃一惊。“你不必去找弗洛拉的儿子的，但你却选择了这样做。”他谨慎地说，“本来你可以完全不碰这套繁文缛节的。”

“可我当然要找他！”我大声说，“拜托，阿兹，你忘了吗！你当时和我一样震撼！你与本和我一样，为弗洛拉的故事感伤过啊！”

“不错，的确如此，”他承认，“但我认为你没必要自寻烦恼，去找她的儿子。还有埃兹拉的儿子，你为什么要与他联系？弗洛拉和埃兹拉的过去与她和莫里斯的故事毫无关系。”

“我不这么认为，”我回答，“事事都是相通的。”

他握住我的手。“好吧，也许吧，但她已经死了，亲爱的。你不欠她任何东西，你不需要调查她儿子的去向。有句俗语说得好，没必要捅马蜂窝，就随它去吧。”

“肯定不行。为了她和她的记忆，我不能放弃。”

“你可以这么想，”他说，“但她并没有选择这样做。”

“你什么意思？”我将手抽了回来。

“我是说，弗洛拉并没有来找你。她搬走后本可以说些什么，给你写封短信解释自己的行为，但她选择将秘密埋藏在心里整整 19 年，哪怕经受良心的折磨，她也没有采取任何行动。”

“好吧，但她最后还是有所表示的，对吗？她把回忆录留给了我。她是等了 19 年，但至少她做了。另外，你是说我应该对她心怀怨恨？是这个意思吗？”

“不，”他平静地说，“但那时你年纪还小，很脆弱。这件事暴露了她的某种性格缺陷。她一句话都没对你说就离开了，我知道她为此很难过，也知道她此举纯粹出于好意。但她没做出任何补救的举动。”

“对，但我们谈论的并不是一位普通的女性，”我有些震惊，“你也读过她的遭遇。经历过这一切，她没发疯就已经是奇迹了。她一生都在不断失去珍爱的人。她那时是想保护我，因为她深知我也即将经历失去至爱的痛苦。她甚至承认了自己的错误。你也读到了，她说一切都不那么重要了。所以我原谅她的全部，我爱她，她是个好人，是一位非凡的女性。”

“对，”阿兹赞同道，“但她本该更明理些。”

“我完全无法同意，我认为这件事和明不明理没有丝毫关系，它的重点是一段苦苦挣扎的人生。”

“好的，好的。你不高兴了。”

“对，”我说，“我是不高兴了。”

他将我拉回到怀里：“我想给你讲个故事，想听吗？”

我依然在生气：“不想。”

“好吧，我还是会讲给你听。”

“你非得讲的话，那就讲吧。”我嘟哝着说。

“也不是非讲不可，但我觉得你会喜欢，”他说，“我保证。”

“好吧，可这和弗洛拉有什么关系？”

“你马上就知道了。故事讲的是我母亲、奥兰和一张招贴画。”

“行，继续吧。”我叹了口气。阿兹令人难以拒绝。每次我赌气时，他都知道该怎么让我转嗔为喜。然而这一次没什么效果，我也不只是赌气而已。我觉得他完全误解了当前的情况，令我很是烦恼，但他似乎并不在意。

“你知道，”他开始讲，“我父亲遇害后，我们就逃到了法国，搬进了欧贝维利耶一套阴暗的只有一间卧室的公寓里。那是一个可怕、阴暗的地方。我母亲在奥兰是教师，到法国后找了个清洁工的活儿。她找不到其他工作。每晚回家后我都能闻到她手指上清洁剂的气味。太难熬了，真的，我们唯一的梦想就是回到阿尔及利亚，可那里正在内战。于是母亲找了个替代品，她从什么地方弄了张招贴画，我记不清具体是从哪儿弄的了。那是张奥兰的巨幅招贴画，她把它贴在我们的小厨房里。它占据了一整面墙，但我们并不介意。每天早晨上学前，我们都要看看它：青蓝的大海，洁白的屋顶，橘黄的树木。'战争一结束，我们就回这里去。'她常这样对我许诺，给了我希望。眼下这困窘的生活总会结束，它只是暂时的，对吗？”

“对。”

“但时间一年年过去，母亲还在给人打扫房子，一户有钱人家决定雇她做全职工。最后，我们搬到了巴黎。我们在12区找到了一套带家具的公寓，又小又丑，但我非常喜欢。对我来说它是神奇的，美丽的，是一个崭新的开始。但母亲不这样想。她依然说要回家。那张奥兰招贴画挂在我们的新厨房里，她会指着它说'我们属于那里，不属于这儿'。她就这么一遍遍地说着。但对我来说，情况已经不一样了。那时奥兰的风景在我眼中已不再象征希望，而是象征着不满。我不想回任何地方，在巴黎，我在学校中有新朋友陪伴，生活得很开心。我也开始用母亲买给我的二手相机拍照。我找到了属于自己的生活，我想用相片记录当下，而不是过去。奥兰的招贴画依然明晃晃地贴在厨房的墙上，但我对它已经视而不见了。我得到了法国人的身份，心里也认同自己是法国人。奥兰只是我们前往别处时路过的一座废墟而已。当我这样告诉母亲时，她气得发狂。她把盘子砸在墙上，尖叫着，然后把招贴画扯下来撕成了碎片。我想阻止她，但她把我推开，一声接一声地尖叫。我难过得要命，哭了起来。母亲也崩溃了，和我一起痛哭。我俩紧紧拥抱在一起，站在我们又丑又小、满地碎纸的厨房里，注视着那面墙：它光秃秃的，只剩下一小片青蓝色，那是原来大海所在的地方。”

我们沉默了一会儿。“这是个感人的故事，阿兹，”我最后开口说，“但它跟弗洛拉有什么关系？”

他转过脸来对着我，我能在黑暗中分辨出他的面容。“因为它说明了一个事实，我们回不去了，可能永远也回不去了。我母亲也知道这个事实。有句阿拉伯谚语，‘与其缅怀过去，不如珍惜当下’。如果我们回去了，家乡的生活也不会像我们想象中的那么美好了。我们已经变了，在两个国家里我们都是异乡人。我们明白，最好还是要往前走，关注即将到来的人生，不要回头看。”

“所以你是说，我不该去找弗洛拉的儿子……”

“对，我觉得故事最好只是个故事。这是个很精彩的故事，由一位与你有数面之缘的人讲述，一分不多，一分不少。别去寻找答案了。”

“可是，为什么？”

“因为它不该成为你自己的故事，它可能会将你带到一个你后悔涉足的地方。”

“你怎么知道？”

“我不知道，”阿兹沉默了片刻后回答，“我只是有这种感觉。”

“好吧，我还是想去找他，”我柔声回答，“我不带任何期待，也准备好了面对任何后果。而且你说得太晚了——当我开始读它时，它就已经成了我的故事。”

我与弗洛拉心灵上的联系是如此牢固，以至我得提醒自己，其实我与她并没有血缘关系。我没有对阿兹说这一点，但这是实情。我将她的回忆录读了很多遍，觉得自己真的对她了若指掌。我能看见少女时的她穿过巴黎的大街小巷；我能看见她母亲失踪前站在阳光下；我能闻到她父亲店里陈旧的气息；我能摸到耶路撒冷滚烫的石头，想象埃兹拉和弗洛拉身处大卫王酒店衣冠楚楚的人群之中；我能看见年轻的她在塞尔福里奇的香水柜台后忙碌，我甚至买了“一千零一夜”香水，只为了更加接近她，更加接近她的母亲；我能感受到她交出孩子后的绝望，浓稠厚重，痛断肝肠，仿佛在心脏上撕开了一个黑色的空洞；我能看见她躺在精神病院病房里的场景，她被束缚在病床上，医生按下按钮，电流的冲击袭遍她的全身。她没落下长期后遗症真是奇迹。但话说回来，我怎么知道她就没有后遗症呢?

还有她当模特的日子。她是个非常注重隐私的人，在画家面前脱光衣服时却没有丝毫顾虑。“我的灵魂是保守的，身体却不是。它尽情展现着自己，我喜欢这种感觉。”她这样写过。她的身体就是她的语言，她将其赤裸裸地展现在人前。

谁是弗洛拉·博姆？她将身体当作画布，用来表达无法宣之于口的言语。可那些画作在哪里？那些图稿呢？我到斯莱特美术学院去了一趟，查询了他们的记录，希望尽可能多找到一点关于她的信息。“1955年每周六”是我唯一的线索，但弗洛拉并不是学生，记录里没有一个字与她有关。至于她的画像，已经无从查找了。档案员建议我从与她相熟的学生入手，当时的学生中一定还有人尚在人世。然而我真的要让其他人介入这件事吗？

我想找薇薇安，却不知道她的姓氏，也不知道弗洛拉提到的其他朋友的全名。我考虑过联系洛塔，哪怕她儿子不愿意，但到处搜寻后，我也没能找到她的踪迹。

我还找过弗洛拉写的那本关于罗伯特·舒曼的书，但出版商出差去了。我去了几个图书馆，希望能找到一本，却一无所获。

几周之前，本带来纸箱时，克莱尔·贝茨尚在人世，但如今她也已经与世长辞。

与弗洛拉·博姆相关的所有人与事都已经断了线索。现在能让我有案可查的，只剩下了那本在破旧纸箱里找到的A5笔记本，纸箱上还用蓝黑签字笔醒目地写着我的名字。

3

他叫德里克·卡斯敏，哈里说。他刚满50岁，住在坎特伯雷。他结了婚，有一个女儿和两个外孙。哈里给他写了信，解释了我的身份。我们互相发过两次电子邮件，他的文字冷漠简短，并不是特别礼貌。但他还是同意与我见面，时间定在一周后。

哈里坦言德里克对见面兴趣不大，直到哈里无意中向德里克提到他母亲是法国人，而我又是私人厨师，他才被勾起了好奇心。“他喜欢法国，也喜欢吃，”哈里说，“我没了解到其他情况，但这并不代表他人就这么单纯。顺便一提，”他警告我，“别抱太大希望，他可能不符合你的期待。认亲很少会有皆大欢喜的结局。你可能会交好运，但也要准备好应对任何意料之外的情况。”

“我准备好了。”

要对德里克有所判断，我必须先与他见面。电子邮件里传达的态度并不一定能精准反映他的品性。他只是比较谨慎，突然发现有个闻所未闻的家庭成员正在追寻自己的下落，被吓一跳也是情有可原的。我想告诉他回忆录的事，但哈里劝阻了我。“别一下就向他透露太多，慢慢来，”他建议，“换了我，就留到第二次或者第三次见面时再说——如果真有第二第三次见面的话。”他还极力劝我在进一步了解对方前，一定要坚持那套远房亲戚的说辞。“之后就随你处理了，但我觉得还是要慢慢向他透露，你也不想把他吓跑吧？”

*

本打来电话，说他去参加了电影的试演，但没能拿到角色。“他们本来信誓旦旦，好像这个角色已经是我的囊中之物了。不过，唉，这也是难免的啊。”他说，听起来很是消沉。

“我很难过，本。”

“是啊，我也难过。”他语速很快，而且语气生硬。但他说自己还没有一败涂地。他拿到了一部小成本电影中的角色，电影将在拉脱维亚开拍。他对这部电影的导演了解不多，但他想试一试。“一定会很有趣的。”他说。

弟弟流露出的某些情绪令我心碎。自打那天在海滩上，他童年的纯真被摔成碎片，我就一直为他心碎。但这碎裂的纯真反而激发了他的天赋，那是天然的，真实的，是黑暗中的火焰。他总该得到一次机会吧？又或许这与天赋无关，纯靠运气。不知为何，好运总与他擦肩而过。我能做的只有支持他，但他对此似乎没什么兴趣。“我需要演戏，而不是支持。”

“你一定能成功，”我说，自己也希望这是真的，“记住，大多数艺术家在成功前都有一段艰苦奋斗的时期。‘自信者获取成功，自卑者一败涂地。’顺便说一句，这是毕加索的名言。”

“毕加索说过许多名言，”本说，“再说，真实情况更加复杂。不是有了自信就一定能获得成功。”

“但起码有成功的可能性。”

“我下周再跟你联系，”他说，“你知道的，我想陪你一起去。”

“我知道。”

事实上，我已经开始害怕独自和德里克见面了。我的自信正逐渐瓦解。也许阿兹是对的，我本不该去寻找他。万一见面不顺利怎么办？万一德里克发现真相，发现我们根本不是亲戚该怎么办？他母亲和我只相处了不超过一个钟头的时间。在读她的回忆录前，我对她几乎一无所知。我让自己陷入了怎样的境地啊？

*

与德里克约定好见面的那天，我去机场接本。他戴着棒球帽和墨镜。我握了握他的手：“见到你真好，我很高兴你能挤出时间过来。”

他抬起墨镜：“我给他们施了点压，但还是有用的。”

“你还好吗？”他看起来脸色苍白，神情疲惫。

“不算好，昨晚没怎么睡，剧组的派对太多了。你不会以为我喝酒了吧？我可没有。”他连忙补充了一句。

“我没这样想，”我安慰道，“我们待会儿坐出租车去坎特伯雷，阿兹都安排好了。”

“太棒了，多谢。”他又把墨镜戴上，“我跟梅洛迪有些麻烦，”他说，“她怪怪的，不肯接我电话。”

“也许你们两个需要好好谈谈……”

“我们谈过。”他一副忧心忡忡的模样，“她不想让我拍那部蹩脚的电影，说那是色情片，但那不是啊。呃，反正不能算色情片，只是部烂片罢了。有几位演员人倒是挺好。不过我看得出还有别的，她还有其他事没告诉我。”

“本，我很难过。我想抱抱你，我可以抱你吗？”

“当然可以了，来吧。”

我们笨拙地拥抱了一下。“抱歉，我不该让你来的，”我说着松开了本，“我不该那么坚持。”

本看着我。“你没有坚持让我来。还有，别老是道歉，怪没意思的。”

我笑了。“好吧，不道歉了。我看见出租车司机了，咱们走吧。”

*

女王酒吧外，下午两点，这是德里克在邮件中说的。司机把车停在了附近。“需要的话就来找我，我就在这儿等着。”他对我们说。

我们提前来到了酒吧，它位于市中心外围一条简陋的街道上。白色建筑肮脏的外墙上写着“麦酒小食，货真价实”几个黑字。雨点变成了细细的雨丝，云层中透出的蓝天变换着不规则的形状，雨丝时不时便被投下的光柱截断。两个男人在酒吧外抽烟，不知德里克是否就是其中之一。我不知道他的长相。我向他描述过自己的模样，前一天还告知他我会与弟弟同来，那是他的另一位亲戚。我没指望他回复，他也确实没有回复。然而，此刻我突然担心此举会不会令他反感。

本点燃了一支烟，四处踱步。他穿着黑色牛仔裤和颜色相配的短上衣，依然戴着棒球帽。我们等了 10 分钟，正当我想进酒吧上厕所时，一个男人出现了。他身材中等，肤色苍白，发丝中夹杂着星星点点的白色。他看起来比 50 岁年轻些——一个外表粗俗的寻常男子，在其他情况下，我根本不会注意到他。他的深色眼睛先与我短暂对视，然后又看向本。他有着审慎的双眼和深色长睫毛。他身穿灰色条纹外衣，里面是皱巴巴的白衬衫。他的笑容很不自然，但我想应该是紧张的缘故。我们都很紧张。“我是德里克·卡斯敏。”他说。

“你好，见到你很高兴，我是汉娜。”我说着与他握了手。

“我是本。”我弟弟说。

“好的，”德里克说，他的目光在本身上又停留了片刻，“我们进去吧。”

我们跟他进了酒吧，接着我就跑进了洗手间。我胃里仿佛打了结。

回来时，本正在点可口可乐，德里克则点了杯啤酒。蓄着胡须、脖子上有刺青的酒保是他的熟人，他们聊了几句。“这两位是你朋友？”酒保问德里克。

“不是，是伦敦人，”德里克回答，“他们是伦敦人。”

我给自己点了杯矿泉水，大家便坐了下来。酒吧很暗，脏兮兮的。外面明明是白天，在里面却见不到丝毫日光。空气里弥漫着潮湿油腻的气味，淡红色的地毯上满是斑斑点点的污渍。一男一女在隔壁房间里玩弹子球，透过敞开的门，我能看见他们击球的动作。某处传来了电视的喧哗声，几个男人吵吵嚷嚷地看着球赛。我能听见他们的声音，却看不见他们。

德里克问我们住在伦敦的哪里。

“我住在北伦敦。”我回答。

“我住诺丁山。”本说。

“诺丁山，就是电影[1]里那座？”

“对，”本回答，“电影里那座。”

“那你们很有钱？”

“不，我们不算有钱人。”我回答。本什么也没说，模样很紧张。

“我还以为只有有钱人才住得起那种地方。”德里克说着，喝了几

1　这里指1999年上映的英国爱情电影《诺丁山》，讲述了女明星和书店老板在诺丁山邂逅相爱的故事，诺丁山因此成了浪漫的代名词。——译者注

口啤酒。

“不一定非得是有钱人。”本回答。

“我在伦敦工作过一段时间，在牛津街，那是80年代。”德里克继续说，他的口音很粗俗。跟西蒙交谈过后，我怀疑弗莱彻也有这种粗俗的口音，但弗洛拉毕竟不是英国人，没能察觉这一点，因此也没对弗莱彻编造的显赫家世起疑。

“那你当时做什么工作？”本友好地问。

德里克点点头：“卖鞋子，这就是我干的行当。鞋子。我在锡廷伯恩有家店：卡斯敏鞋店。我有个合伙人，我们卖国际品牌。”

“真不错，”本说，“什么样的国际品牌？我喜欢鞋子。”他把脚上的白色耐克运动鞋从桌下露出来给我们看。“不过我只喜欢运动鞋，没什么正式场合穿的鞋子。”

“是吗？那就到我店里逛逛，我那儿有的是正式场合穿的鞋。”

德里克是真心的，还是做做样子？我看不出来。

“你是餐厅的厨师，对吗？”德里克转向了我。

“是厨师，但不是餐厅厨师，是私厨，专门承办宴会的。”

“好工作，”德里克说，“我喜欢美食，尤其是法国菜。这里刚开了家餐厅，厨师是法国南部人。我和我老婆喜欢去，我是说喜欢去这家餐厅。”

“听起来不错。”

“你呢？”他问本，手指轻叩着酒杯，“你做什么工作？”

“我是记者。”本毫不犹豫地说。我们之前都觉得“演员”这个词可能会带来负面效果。

“电视记者吗？”德里克问，似乎有些期待。

“有时吧，主要是报刊记者，但我也上过几次电视。”

“我就知道，”德里克说着靠在椅子上，“我之前见过你的脸。”

本嘟囔了一句，听不清说了什么。谈话一时有些难以继续下去，我决定加入进来。

“德里克，”我缓缓地说，“非常感谢你同意今天和我们见面。”

“你他妈的是应该感谢，我也不知道电视台的人要来，”德里克不客气地说，手指着本，“你特意把他拉来的，是吗？”

“不，绝对不是！”我大声说，“只是……本真的想和你见面，但我们不知道你会不会介意，所以，你知道……”

“不，我不知道，对，我确实介意，”德里克大口喝着啤酒，“我从来没找过我母亲，从来都没这兴趣。我和家人处得很好，为什么要找她？我妈是个好女人，很勤劳，她几年前去世了。”

“我很抱歉，”本说，“我也同意你的看法。何必违背自己的意愿去找她？都是我姐姐搞的，”他指着我，又说了一句，“她很久以前就对弗洛拉着了魔。后来弗洛拉去世了。”

“谁是弗洛拉？”

"你的生母，她叫弗洛拉。"

本在搞什么鬼？

德里克不安地揪着自己的嘴唇。"那她是法国人，对吗？"

"是的，弗洛拉是巴黎人。"

这似乎勾起了德里克的兴趣。"巴黎人？"

"是的，她是家里的独生女，她父亲有一家玩具店。"

德里克瞪大了眼睛。"真的吗？"

"真的。为什么问这个？"

"我从前很喜欢玩具，我在玩具店当过学徒，不过那是很久之前的事了。"他粗声粗气地补充道。

"真有意思，"本说，"你也喜欢玩具。"

德里克注视着他。"有意思也好，没意思也好，都无所谓。"他的语气冷硬起来，"那她是什么时候来的伦敦？"

"20 世纪 50 年代，"我回答，"她和她深爱的男人有过一段感情，那个男人就是你父亲。然后他离开了她。"

"为什么？因为她是个婊子，对吧？"

"不，"我惊呆了，却竭力装出镇定的样子，"因为你父亲已经结了婚。她不得不将你交给别人领养，为此她心都碎了。"

我差点就说出了西蒙 · 舒曼的事，接着想起了哈里的告诫。

德里克大笑起来。"她心都碎了？别跟我说屁话。人人都知道，她把我扔在了一个教堂里。她把我裹在该死的毯子里，扔在了伦敦哈克尼区的救世军总部门口，那是 1956 年。幸好我父母当时碰巧也在那条街上，真是奇迹。”

“谁告诉你的？”我声音嘶哑地问。

“我母亲说的，她不会撒谎。”

我惊呆了，不知该说什么，还好本尚能开口。

“听着，老兄，这不是实情，我有证据。”

德里克又大笑一声。“什么证据？”

“她对我们说过一些事，还写了一本回忆录，记录了她的一生。在遗嘱里，她把回忆录留给了汉娜。”

“哦，是吗？那就给我看啊。”他气冲冲地说。

“我们没带过来，”我犹豫地说，“但我们可以告诉你大致内容，下次再把它带给你。”

“下次？”他讥笑着，“为什么今天不带来？”德里克站起身，拉开了椅子。

“我今天就要看。”

“我们当时不知道你是否感兴趣。”本说。

“我要再叫杯酒。”德里克说。他走开了，本也站了起来。“你要去哪儿？”我的声音颤抖着。

“我也要叫杯酒。”本回避着我的目光，“三天来，我一直想喝酒。

我的事业落入低谷，梅洛迪又在跟我玩心理游戏，这桩破事也没给我带来什么好心情。”

“可是，本，你不能这样！”他走开时我喊道，“你已经戒酒了！”

德里克在吧台边扭头看着我，我的声音太大了。可这有什么关系？不管我喊得多大声，本都毫无反应。我看见弟弟站在吧台旁，酒保在给他倒酒，是烈酒。他端着一杯加了奎宁水的杜松子酒回到座位上坐了下来。他喝得很快，酒沾湿了他的嘴唇。“感觉不错。”他说，这时德里克也回到了座位。德里克的手机响了。“我老婆，”他看着屏幕说，“我待会儿给她打回去。”

“你太太叫什么名字？”我问。

“特蕾西。我们有个女儿，叫利安娜，还有两个外孙。他们都是挺好的孩子。”

他喝了一口酒，我注意到他的双手在发抖。

“她做什么工作？我是问你太太。”本问。

“她是美容师，在火车站边的美容厅工作。”

“是的，我们刚才也看到火车站了，好像还看到了一家美容厅。”

“你们在哪个车站下的车？”德里克问，“这里有两个坎特伯雷车站。”

我犹豫了一下。“我们开车来的，我弟弟想开车。”

“哦，是吗？”德里克又喝了几口啤酒，盯着我们俩看，“给我再讲讲，咱们算是什么亲戚？哈里和我说过，但我听不懂那该死的玩意儿。”

我尽可能清楚地向他解释了一番。“我和弗洛拉不算近亲，中间差了三辈。”

“好吧，”德里克对这点似乎很满意，“所以你根本不认识我母亲？”

“不，我们认识，”本说，“她就住在诺丁山，我们家附近。”

“你们认识她？”

“是的，她人很好，她嫁了一位钢琴演奏家。”

“一位什么？”

“钢琴家，演奏古典音乐的。”

“我不会跟他也是亲戚吧，嗯？”德里克担忧地问。

“不，肯定不是，”我让他安心，“不过他很有名，是著名的钢琴家。”

“是吗？我对那种音乐不大了解，也不大了解名人。”

“没什么，我也不了解。”本说，这时他差不多已经喝完了那杯杜松子酒。

德里克看看他，又看看我。“好吧。如果她没丢弃我，那他妈的到底是怎么回事？”

我喝了一口水，膝盖在桌下发抖。“她在战争中失去了父母，他们死了。”

“是吗？怎么死的？”

“他们是犹太人，”本缓缓地说，“他们是犹太人，被送进了集中营。”

德里克的脸变得煞白。“什么？你说什么？”

本将刚才的话一字不差地重复了一遍，德里克看起来惊呆了。有那么一小会儿，他在椅子上摇晃着，眼中掠过一道冰冷的阴影。“他们不是犹太人，他们不可能是该死的犹太人。”

“为什么？”我问，我的心揪了起来。

德里克又一次拉开了椅子：“我要再叫杯酒。”

我不敢看本，我知道他接下来会做什么。他已经喝干了酒，现在会再要一杯。他 5 年来滴酒不沾，现在却成了这样。他控制不了自己，我也控制不了他。都怪我，我不该同意他陪我来。情况不能更糟糕了。我听见自己正大声喘息，几乎喘不上气。“情况不对，”我轻声对本说，“我们该走了。”

本大笑起来：“哦，不行，我已经开始觉得有趣了。我想听听他对犹太人有什么高见。”

“我不想，我们必须走。”

“现在不行。”

本站起身走向吧台，回来时手里的酒杯已被重新倒满。他坐下来喝着杜松子酒，喝得很快、很急。我什么也没说。我能说什么呢？他已经钻了空子，逃到了我抓不住的地方。但这次他会重新振作起来的，我看得出来。这只是一场噩梦，对他对我都是。只要我们离开德里克，噩梦就会结束。但什么时候走？还有留下来的理由吗？情况不会好转，只会更糟。一个男人从我身边走过，在盘子里挑拣着受潮的薯片。我一阵恶心。我必须行动，必须开口，可我却动弹不得。这时德里克端着啤酒回来了，他双手捧着酒杯，眼睛像蒙着雾气的窗口。有那么一瞬间，他似乎很失落，仿佛不知身在何处。接着他的手机又响了起来，这次他接了。

他声音很低，很难听清在说什么。他挂掉电话，看着我们："店里有麻烦，有个老娘们儿想换货，说 4 码太小了。"

本又站起来去买酒。音响里放起一首闹哄哄的歌，音乐震动着我的鼓膜，吵得我想尖叫。此情此景，一切都令我想要尖叫。这个男人配不上他母亲。她会怎么看他？直到生命的最后时刻，弗洛拉竟然还相信他是罗伯特·舒曼的血脉，相信罗伯特真是我面前这个男人的祖先。"这些东西是写给他看的，"弗洛拉曾这样写道，"让他知道自己继承的血脉是多么伟大辉煌。"

这次会面的糟糕程度完全超出了我的想象，阿兹的担忧是对的。但至少我找到了他，这才是最重要的。我找到了德里克，现在我们可以回家了，没必要在这里多停留哪怕一分钟。我正要起身，他突然再次开了口。他的神情变了，变得更加冷酷。"那么她是犹太人，对吗？"

“对。”我回答，这时本也回到了座位上，“因为这个身份，她失去了家人。”

德里克瞪着我们：“你们不知道吗？”

“知道什么？”我问。

“谁也没有失去谁。他们嘴里的大屠杀从来没发生过，全都是犹太复国主义者该死的阴谋论，全都是复国主义者和多元文化主义者搞出来骗人的东西。”

本也瞪着他，什么都没说，我却忍不住了：“你到底是从哪里听来的这种说法？”

德里克假笑了一下：“尼克·格里芬和英国国家党[1]呗。他是这个操蛋的国家里唯一懂道理的人，只有他才知道国家需要什么。”

“需要什么？”本问，“把英国搞成纯白种人国家？”

“对！”他咧嘴一笑，大口喝着啤酒。他的手又颤抖起来，我怀疑他得了某种神经系统疾病。我看向他恶狠狠的双眼，却察觉到他流露出了一丝脆弱，一种一闪即逝的恐惧，那是我之前没见过的。他在紧张，他正压抑着什么，这点我能肯定。

“好吧，我觉得尼克·格里芬是个操蛋的畜生，”本说，“你也一样。”说这句话时他压低了声音。

---

1 英国国家党是英国极右翼政党，信奉新纳粹主义，反对移民和多元文化主义。尼克·格里芬于 1999 年至 2014 年担任该党领袖。——译者注

德里克皱眉怒视着他："你什么意思？"

本盯着他看："希望你能明白，你有个犹太母亲，因此你自己也是犹太人。懂了吗？你是犹太人，德里克。"

德里克哈哈大笑，接着砰的一拳捶在桌上，动静之大令周围嘈杂的声音瞬间都停止了。

"我从没求着和你们见面，"他压低声音怒气冲冲地说，"我从来没求着你们对我说这套屁话。你们俩我一个都不喜欢，你们干扰了我的生活。没人让你们管闲事，听到没？我怎么知道你们是不是该死的骗子？谁说我们他妈的是亲戚？证明材料呢？他妈的扭扭捏捏的伦敦骗子。"

酒保在桌旁停下脚步，腰上还系着围裙。"没什么事吧？"

"没事，"德里克冷笑着说，"你真该听听刚才我听到的那些屁话。"

"什么屁话？"

德里克犹豫了："之后再跟你说。"

我向酒保要账单。"到吧台付账。"他咕哝着说。

我站起来去付账。我将零钱收进口袋时，德里克正咽下最后几口啤酒。我示意本起身。"该走了。"我对他说。

"别急着走，"德里克说。他嗓门很大，声音嘶哑，口齿不清。"你的脸有点熟，"他醉眼蒙眬地朝本伸出一根手指，"我之前见过这张脸，不是在电视上。我对人脸可是过目不忘。"

本摇摇头："你弄错了，你一定是把我和其他人搞混了。"

德里克向他靠了过去："你说你叫什么来着？"

"本。"

"本什么？"

"本·卡拉里斯。"

"本·卡拉里斯。"德里克稍退了一步，从衬衣口袋里掏出了一盒烟。他点燃一支，注视着我弟弟。"我想不起来了，"他说，"但我见过你这张该死的脸，好一张大人物的金贵脸蛋。"

本站了起来，脸涨成了深红色。我知道这种脸色，当他还是孩子时我就见过这种脸色，比暗红色稍微浅一点。这一次，酒精令他的脸色比之前更深了。"恐怕我们得走了。"我又说了一次。

"恐怕？"德里克醉醺醺地大笑起来，使劲抽了一口烟，"不，我觉得你不是怕，"他说着，将烟直接喷向我的脸，"我觉得你他妈的只是想离我远点，不是吗？"

"是的，说得没错，"本口齿不清地说，"我真搞不懂你他妈的一开始为什么要答应见面，真是浪费大家的时间。见你妈的鬼吧。就不说'很高兴认识你'了。"他又说了一句，摇摇晃晃地向我走来。

德里克猛地跳了起来："喂！你俩把我叫到这儿来，说我他妈的有个从未听说过的犹太老娘！你们以为我在乎吗？你们以为是我求你们告诉我的吗？"

“你没求我，但你同意见我们了，”我气愤地说，“我们以为你想知道真相，但显然我们大错特错。就像我弟弟刚才说的，真是浪费大家的时间。来吧，”我边说边抓住本的胳膊，“我们回家去。”

“听着，”德里克说，语气克制了一些，“你们大老远地从伦敦跑来，就是为了告诉我你们认识我生母，还有我其实是个该死的犹太人。然后你又说我自己的母亲是个骗子，是吗？她是骗子，因为我们都知道是我的犹太母亲抛弃了我。所以我他妈的究竟该怎么想，你说啊！”

“弗洛拉从未抛弃过你，”我直视着他说，“我已经说过了事情的始末。她从未抛弃你，她爱你。她整整一生都爱着你，等你来找她。但你始终都没来。”

“她没有！”德里克吼道，“她从来没等过我！你他妈闭嘴！”

我注视着他的脸，突然就全明白了。他心中回荡着绝望的呐喊，这绝望是如此之深，他根本无法抑制。苦苦等待的除了她，还有他。在痛苦的一生中，他一直都在等待弗洛拉。他梦见过她，想象过她的样子，有时在万籁俱寂的深夜里，他可能还对她说过话。

但他从未想过竟真的能走到这一步。

他不说话了，紧盯着我们，身体还在摇晃。他脸色惨白，我觉得他可能要昏倒了。“这是怎么回事？”本问，几乎已经站不住了。

“千头万绪。”我轻声说。

此刻德里克的眼神已经充满了绝望，他的身世终于将他压垮了。

这身世充满羞耻与阴影，但也有光辉闪耀其间。

他不了解那种光辉，那种转瞬之美的光辉。他可能从未见过它。我真希望自己可以告诉他，却只能看着他缓缓转身，蹒跚地走出酒吧。我们也走了出去。

但愿我能向他描述那道光。它曾充实过他母亲的灵魂，可能也充实了他的。

他只是不知道而已。不知道它就在那里，在他的血脉里，静静闪耀。

4

哈里打来电话，说德里克想见我。“他有重要的事想跟你说。”

我犹豫了。前一天的打击尚未完全消退，为此我不知所措，甚至无法表述自己的所思所想。阿兹问起会面经过时，我只能说德里克的反应非常不好。

“意料之中，”阿兹说，“我早有预感。”

“我知道。我通常都相信自己的直觉，但这一次我错了。”

“我很难过……”

“我也是。一切都超出我的意料，一切。”

他给我俩做了晚饭，但我不怎么想吃，也不想说话。我们沉默地坐着，音响里放着吉卜赛风格的弹拨乐。我给自己倒了杯葡萄酒，一饮而尽。阿兹匆匆吃着他那份食物。吃完后，他坐到了我身边。“今天我应该陪你去的，”他握住我的手说，“我错了。”

我无法告诉他真相，说他没陪我去才是老天保佑，说德里克是个种族主义者。如果阿兹去了，情形可能会更糟，阿兹会因为他的种族受到辱骂。错的其实是我：我本该接受阿兹的劝告，我不该刨根问底，而是该听从那句阿拉伯谚语。我应该面向未来，而不是沉溺过去，因为后者只会令一切变得更糟，包括本的状况。一离开坎特伯雷，他就晕车晕得一塌糊涂，我不得不几次停车让他呕吐。到家后，他一头扎进楼上的房间，再也没出来。阿兹询问他的情况，我只好说他胃不舒服。

早上，本匆匆参加了一次戒酒匿名会的活动，便登机去拉脱维亚了。他上出租车前，我想和他谈谈昨天的事，但他举手打断了我。“就当没这事吧，”他说，“就当根本没找到他，这事没发生过。”

但事情已经发生了，此时哈里又说德里克想见我。

“你必须同意，”哈里说，“至于原因，一见他你就能明白。他有些事想向你解释。”

第二天上午，德里克和哈里一起走进了我家的前门。

一见到他，我就打了个哆嗦。他嘴里吐出的那些恶毒言语如同烟雾般在我脑中升腾起来，我唯一能做的就是强作镇定。就像我对哈里说的，这太仓促了。哪怕德里克已经幡然醒悟，这也依然太仓促了。

他这一辈子都将仇恨当作寄存痛苦的容器——他怎么可能一夜之间就改变了呢？也许他并没有改变，而是怀着更加恶毒的目的：他是来向我索要笔记本的吗？如果是这样，他可要失望了。我要留着它，把它放在书桌的第三个抽屉里，就像弗洛拉那样。弗洛拉的遗言属于德里克，但承载它的纸页不属于他，我就是这么想的。我要守护她的真相，它在我这里安全妥当。她没嘱咐过我，但我知道她会希望我这样做。我们彼此了解，弗洛拉和我。

但愿她的儿子也能了解。

此刻他就站在我面前，穿着牛仔裤和黑衬衫，模样十分局促。不管他有什么目的，我都会再给他一次机会。我别无选择。“又见面了，德里克。”我说。

他外衣的口袋里露着香烟盒。他把手插在口袋里，开始道歉。他说他极少来伦敦，但这次情况不比往常。“我必须和你当面说。那天在酒吧里，我说的并不是真心话。我只是蒙住了，我平时不会那样说话，我不是那种人。希望没太气着你和你弟弟。”他补充道，他的懊悔听起来是真诚的。

他的话令我措手不及。有那么一瞬，我想他会不会在骗我，但一见他忐忑担忧的模样，我立即相信他没有说谎。“没什么。”我小心地回答。我不想让他觉得我的原谅太过轻易，但也不想吓着他。“本和我都没事，不过谢谢你，听你这么说我很欣慰。”

“对不住，”德里克继续说，“我不知自己发了什么疯，真的不知道。就像我说的，我蒙住了，脱口说了那一通混账话。我不是真心想骂犹太人，我都不怎么了解他们。我平时不会那样说话的，我不是那种人。”他又说了一遍，声音嘶哑。德里克这一生一直以为自己是弃儿，而现在这个认识已被打碎——他是被爱过的——他要花点时间来消化这个事实。

他跟着我进了客厅。他看到了河流、房间和阳光在书桌上投下的斑点。“你的房子不错。”他评论道。

“谢谢。请坐。”我指着沙发说。我想给他端些饮料，但他谢绝了。“待会儿吧。”

他笔直地坐在沙发一边，扳了扳指节。“我想问你一件事。”他说。

“什么事？请说吧。”

他清清喉咙，指了指他的香烟：“开口之前，呃——你介意我抽烟吗？”

我看着他，看他将颤抖的手放回到膝盖上。“没关系。”我说，通常我都不许别人在屋里抽烟，然而这次是例外，德里克的一切都可以例外。

哈里一直站在一旁，这时他说他要走了。“以后再跟你谈。”

我向他挥挥手。“谢谢你，哈里。德里克，我来给你拿个烟灰缸。”

我走进厨房，回来时将一只小碗放在他面前。“这样就行了。”

我说。

德里克从烟盒里取出一支烟，迅速点燃了它。我在他对面坐下，跷起了腿。我再次看见了他眼中的不安，但昨日的怒火已被别的什么东西替代。那是某种柔软的情感，他就像一个充满期待的孩子。

“我想了解我母亲，”他说，“我想听你说说她的一切，说说我母亲。”

他很快抽了几口烟，将烟气喷向通往花园的门。

我站起身走向书桌，却猛然想起了什么：他会发现我们其实根本没有血缘关系，他母亲和我相处不到一小时，而我在读回忆录前几乎对她一无所知。一无所知。我必须坦白，就像他一样。我不想这样做，但不管结果如何，我必须冒这个险。

“德里克，你大老远来找我，我觉得应该对你实话实说。”我说，尽力抑制住嗓音里的颤抖。

他看着我，脸色开始发白。“怎么了？什么事？”

我清了清喉咙。“我 20 年前见过你母亲，我们相处得很愉快。她是个非常好的人，但事实上我们并没有血缘关系。你马上也会读到，她把手稿遗赠给我，因此我觉得寻找你就是我的使命。但为了找你，我必须假装我们是远亲。这是唯一的办法，不然我就不能合法地寻找你的下落。”

他继续注视着我，默默地吸了一大口烟。

“所以我们不是亲戚？”

“对，不是亲戚。”

“所以你为找我说了谎，是吗？”

“是的，我必须这样做。”他又沉默了，我害怕发生最坏的结果，但接着他就微笑起来。“做得漂亮。”

“你这样想？”

他点点头：“换了我大概也会这么做。”

我回以微笑：“我松了口气，真是长松了一口气。”

此刻他看我的眼神已经不一样了。“所以她遗……遗……那个词怎么说的？”

“遗赠。”

“对，就是那个词。她几乎不认识你，但还是把书遗赠给你，是这样吗？”

“是的。不过那不是书，但没错，她把它给了我。”

“她一定很喜欢你，我母亲。”他说着将烟头摁进碗里。

“我也喜欢她，我们彼此都非常喜欢对方。”

“是啊，看得出来。”他又扳了扳指节，“能给我看看吗？”

“当然可以。”

我打开书桌抽屉。“给。”我拿出弗洛拉的笔记，递给她的儿子，“都在里面，你想了解的关于你母亲的一切都在里面。”

德里克小心翼翼地捧着它，又把手掌放在封皮上。他抬起头看着我。“这是她写的？这是我母亲写的？”

“对，德里克，是她写的。”

“我现在能读吗？”

“当然可以。”

他打开笔记，读了起来。

屋里一片静寂，我也静坐不语。河水无声地流淌，河面上泛起点点银光，宛若流萤飞舞。

致谢

在此向众多朋友表达我深切的感激，这本书得以面世，离不开他们的鼎力相助。感谢丽萨·德万、鲁伯特·汤马森与戴维·萨克森的友谊、慷慨和无价的洞察力。感谢我的经纪人卡罗琳·米歇尔以及PFD 文学代理团队不懈的鼓励与支持。感谢阿尔玛图书公司的编辑亚历山德罗·高伦兹与伊丽莎白·米内尔维尼帮我梦想成真。感谢各位新朋旧友在精神及其他方面上的支持：蒂姆·米勒、塞西尔·拉博德、卡琳娜·凡·登·阿贝勒、玛吉·米尔斯，以及我母亲安妮·阿提克。感谢伊顿学术酒店、伦敦图书馆、大英图书馆以及所有帮我查遗补漏的书籍——尤其是珍娜·弗兰纳的巴黎日记，它们给了我灵感。感谢凯文·普利上校与救世军档案馆，感谢成人领养服务处的简·米斯菲尔德，感谢为我提供烹饪知识的弗朗索瓦·若巴尔，他们给了我专业的指导与建议。

感谢我丈夫汤姆·斯梅尔，感谢他为我带来了生命中的一切可贵事物。他是我卓越的伙伴与私人编辑，这本书是我与他一同构想成形的。最后，感谢我可爱的孩子们，阿斯卡尼奥和阿里安娜，看着你们成长是我无上的幸福。